石榴树上结樱桃

A Cherry on A Pomegranate Tree

李洱 著

人民文学出版社

图书在版编目(CIP)数据

石榴树上结樱桃/李洱著.—北京:人民文学出版社,2021
ISBN 978-7-02-016490-5

Ⅰ.①石… Ⅱ.①李… Ⅲ.①长篇小说—中国—当代 Ⅳ.①I247.5

中国版本图书馆 CIP 数据核字(2020)第 129665 号

责任编辑	宋 强 刘 稚
装帧设计	陶 雷
责任印制	任 祎

出版发行	人民文学出版社
社　　址	北京市朝内大街 166 号
邮政编码	100705
网　　址	http://www.rw-cn.com
印　　刷	三河市鑫金马印装有限公司
经　　销	全国新华书店等
字　　数	207 千字
开　　本	850 毫米×1168 毫米　1/32
印　　张	9.375　插页 1
印　　数	1—20000
版　　次	2021 年 1 月北京第 1 版
印　　次	2021 年 1 月第 1 次印刷
书　　号	978-7-02-016490-5
定　　价	42.00 元

如有印装质量问题,请与本社图书销售中心调换。电话:010-65233595

目 录

自序 　　　　　　　　　　　　　　　　　　001

第一部分 　　　　　　　　　　　　　　　　001
第二部分 　　　　　　　　　　　　　　　　081
第三部分 　　　　　　　　　　　　　　　　189

历史也是现在进行时（代后记） 　　　　　　291

自　序

　　写一部乡土中国的小说，一直是我的梦想。当然是现在的乡土中国，而不是《边城》《红旗谱》《白鹿原》和《金光大道》里描述过的乡土中国。我说的是现在，是这个正在急剧变化，正在复杂的现实和语境中痛苦翻身的乡土中国。

　　一个人，只要不是瞎子，只要不是聋子，都会看到和听到中国乡村正在发生的一系列"悲喜剧"。它们并不是发生在"别处"，它们也并不仅仅是"乡村故事"。你住在城市也好，住在乡村也好，只要你不是住在月亮上，那些"悲喜剧"都会极大地影响你的生活，你现在的和未来的生活，除非你认为自己没有未来。

　　2003年的4月，当我住在北京的乡下写这部小说的时候，我从北京郊区的农民的脸上看到了中原农民的脸，又从中原农民的脸上看到了北京人和上海人的脸，虽然北京人的眼睛常常从曲折的胡同瞥向红墙顶上的琉璃，上海人的目光常常从浑浊的黄浦江瞥向大洋彼岸的女神。我知道，大河上下，长城内外，这样的脸其实无处不在。在整整一年的写作期间，这样的脸庞一直在我眼前闪现。我再次意识到了乡土中国的含义。

　　当然，我还没有简单到连"城乡差别"都看不出来的地步，更何况是在"城乡差别"越来越大的今天：我不会只看到富人而看不到穷人——我还不至于如此糊涂，也不会只看到穷人而看不到富人——我也不至于如此偏激。但我理解那种因为内在的失衡而导致的普遍的怨恨。当生活在谎言的掩饰下进行着真实变革的时候，这种普遍的怨恨显得如此复杂暧昧，又如此意味深长。

石榴产自西域，由西汉的张骞带到东土，而西汉恰恰是我们民族国家形成的源头。樱桃产自东洋，何人何时将之带入中国已无可稽考，而在近代，正是因为日本，我们的民族国家意识才得以觉醒并空前高涨。经过漫长的时光，石榴与樱桃现已成为民间最常见的植物，它们丰硕的果实像经久不息的寓言，悬挂在庭院的枝头。我知道，民族国家的寓言和神话——当然是乡土背景下的寓言和神话，一直是中国作家关注的焦点。但在二十一世纪的今天，构成这个寓言和神话的诸多要素和要素之间的博弈和纠葛，以及由此带来的诸多"悲喜剧"——就像"石榴树上结樱桃"，却需要我们耐心讲述，需要我们细加辨析。

为此我写下了一些故事、一些场景、一些状况，也写下了我的忧虑、警觉和艰难的诉求。我相信它在谎言和啼笑之外，但深于谎言，深于啼笑。

第一部分

一

种上了麦子,那地就像刚剃过的头。青皮裸露,很新鲜,新鲜中又透着一种别扭。孔繁花的腰也有点别扭。主要是酸,酸中又带着那么一点麻,就跟刚坐完月子似的。有什么办法呢,虽说她是一村之长,但家里的农活还是非她莫属。她的男人张殿军,是倒插门来到官庄村的,眼下在深圳郊外的一家鞋厂打工,是技工,手下管了十来号人。殿军自称在那里"搞事业"。种麦子怎么能和"搞事业"相比呢?所以农忙时节殿军从不回家。

去年殿军没有算好日子,早回来了一天,到地里干了半晌,回家就说痔疮犯了。几天前,繁花接到过他的电话。能主动往家打电话,说明他还知道自己有个家。繁花问他什么时候回来。她本来想说,村级选举又要开始了,想让他回来帮帮忙,拉拉选票,再写一份竞选演讲词。上次竞选的演讲词就是殿军写的。上高中的时候,殿军的作文就写得好,天边的一片火烧云,经他一写就变成了天上宫阙。好钢要用在刀刃上,现在就到了要用他的时候了。可是她还没有把话说出来,他就又提到了痔疮。他说厂里正赶一批货,要运往香港和台湾,不能马虎的,同志们都很忙,他也很忙,忙得痔疮都犯了,都流血了。"同志"两个字人家说的是广东话,听上去就像"童子鸡"。可说到了"台湾",人家又变成普通话了。他说,他是在为祖国统一大业添砖加瓦,再苦再累也心甘,还说"军功章里有我的一半,也有你的一半"。繁花恼了:"我那一半就算了,全归你。"

繁花恼的时候,殿军从来不恼。殿军提到了布谷鸟,问天空中是否有布谷鸟飞过,说梦中听到布谷鸟叫了。这个殿军,真是说梦话呢。布谷鸟是什么时候叫的?收麦子的时候。随后殿军又提到了"台独"分子,说他那里可以收看"海峡那边"的电视节目,一看到"台独"分子,他的肺都要气炸了。繁花说:"不就是吕秀莲那个老娘儿们吗,你一个大老爷们儿,堂堂的技工,还能让她给惹毛了?"殿军说:"行啊你,你也知道吕秀莲?不过,请你和全家人放心,搞'台独'绝没有好下场。"繁花说:"张殿军,你给我听着。你最好别回来,等我累死了,你再娶一个年轻的。"

当中隔了几天,殿军还是屁颠屁颠地赶回来了。他脸上起了一层皮,眼角又添了几道皱纹,皱纹里满是沙土。怎么说呢,那张脸就像用过的旧纱布,一点不像是从山清水秀的南方回来的。他还戴了一顶鸭舌帽,一副墨镜,也就是官庄人说的蛤蟆镜。这天下午,当他拎着箱子走进院门的时候,女儿豆豆正在院子里和几只兔子玩。豆豆边玩边唱,唱的是奶奶教给她的儿谣:

　　颠倒话,话颠倒
　　石榴树上结樱桃
　　兔子枕着狗大腿
　　老鼠叼个花狸猫

豆豆对兔子说:"乖乖,枕着狗大腿睡觉吧。"说着就把莲藕一般细嫩的胳膊伸了过去。这时候,殿军进到了院子里。豆豆今年才五岁,大半年没见到爸爸,都已经不敢认他了。他穿的是花格儿的西装,豆豆没把他当成"花狸猫",已经算是高看他了。这会儿,殿军蹲下来,在西装口袋里掏啊掏的,掏出来一只橡皮筋,一只蝴蝶结,然后来了一句普通话:"女儿啊女儿,你比那花朵还娇艳,让爸爸亲亲。"

豆豆哇的一声哭了,立即鼓出来一个透明的鼻泡。殿军赶紧从包里掏出一只望远镜,往豆豆的脖子上挂。他还掏出一张照片让女儿看,照片上的他骑在骆驼上面,家里也有这张照片的。"你看,这是你爸爸,你爸爸就是我。"他指着骆驼,让豆豆猜那是什么。豆豆怯生生的,说是恐龙。殿军摇着一根指头,嘴里说No,No。豆豆说是毛驴。殿军又No了一下。豆豆不知道No是什么玩意,咧着嘴巴又哭了起来。这时候岳父掀开门帘出来了。岳父咳嗽了一声,说:"豆豆,别怕,他不是坏蛋,他是你爸爸。"殿军赶紧站了起来,把墨镜摘了。老爷子走过来,一手摸着豆豆的头,一手去拎那只箱子,还摸了摸上面的轮子。"回来了,也不说一声,让繁花去车站接你。"老爷子说。殿军问老爷子身体怎么样,老爷子咳嗽了两声,说:"离死还早呢。"说着,老爷子突然提高嗓门,朝着房门喊了一声:"老太婆,殿军回来了,赶紧给殿军擀碗面条。"殿军弯腰问豆豆:"豆豆,你妈妈呢?"豆豆刚止住哭,泪汪汪的眼睛还盯着他手中的墨镜。老爷子替豆豆说了,说繁花去县城开会了。

县城远在溴水。溴水本是河流名字,《水经注》里都提到过的,百年前还是烟波浩渺,现在只剩下了一段窄窄的臭水沟。县城建在溴水两岸,所以这个县就叫溴水县,人们也就称县城为溴水。

官庄村离乡政府所在地王寨村十里,从王寨村到溟水县城二十里。晚上七点钟的时候,繁花还没有回来,手机也关机了。殿军有点坐不住了,要到村口接她。老爷子脸上挂着霜,说:"接什么接?坐下。你大老远回来的,有理了,不敢用你。"殿军知道,老爷子一看见他就会生气。他有短处让人家抓住了。一般人家,如果生不出男孩,老人肯定会怨媳妇。这一家倒好,颠倒过来了,不怨女儿怨女婿了。殿军坐也不是,站也不是,就瞟着岳母。岳母瞪了一眼老爷子,把椅子往殿军的屁股下推了推,说:"殿军,还看你的电视。真不想看,就出去替我买包盐?"

　　岳母这是给他台阶下呢。殿军正要出去,听见了一阵声音,是车笛的声音,声音很脆,跟发电报似的。老爷子眉毛一挑:"回来了,坐着小轿车回来了。"果然是繁花回来了,是坐着北京现代回来的。司机下了车,又绕过来,替繁花拉开了车门。老爷子和司机打招呼的时候,繁花向司机摆了摆手,说了声再见。殿军跟着说了一句拜拜。繁花扭头看见了殿军,把他上下打量了一遍,然后又回头交代司机,路上开慢一点。车开走以后,繁花把手中的包甩给了殿军:"没眼色,没一点眼色,想累死我不是?"

二

那包里装着她的妹妹繁荣给两位老人买的东西。繁荣在县城的报社工作,丈夫是县财政局的副局长,繁花就是妹夫派车送回来的。去年,村里有人顶风作浪,老人死了没有火葬,而是偷偷埋了。上头查了下来,当场就宣布了,撤掉了繁花村支书的职务。是牛乡长来宣布的。那牛乡长平时见了繁花,都是哥呀妹呀的,可真到了事儿上,那就翻脸不认人了。那真是狗脸啊,说变就变了。要不是妹夫从中周旋,繁花的村委主任也要撤掉了。这会儿,等进了家门,繁花又把那个包从殿军手里拿了过来。那个"拿"里面有点"夺"的意思,是那种撒娇式的"夺",还是那种使性子的"夺"。殿军空手站在院子里,双手放在裆部,脸上还是那种讨好的笑。繁花扬了扬手中的包,对父亲说:"帽子,围巾,还有一条大中华。我妹夫孝敬您的。"然后她又把东西塞给了殿军:"接住呀,真想累死我呀。"殿军用双手捧住了,然后交给了岳父。

老爷子拿出那条烟,撕开抽出了一包,又还给了殿军。繁花问殿军:"祖国统一了?这么大的事我怎么没听说?"殿军哈着腰说:"痔疮不流血了。"繁花又问:"听到布谷鸟叫了?"殿军抬头望了望天,又弯下了腰,说:"天上有个月亮。"小夫妻的对话,像接头暗号,像土匪黑话,两位老人都听迷糊了。老爷子说:"布谷鸟?早就死绝了,连根鸟毛都没有。也没有月亮啊,眼睛没问题吧殿军?"

上门女婿不好当啊。只要两位老人在家,殿军永远放不开手脚。这天上床以后殿军才放开,才有了点当家做主的意思。他上来就把繁花扒了个精光。繁花反倒有点放不开了,都不敢正眼看他了。当他急吼吼地骑到繁花身上的时候,繁花用胳膊肘顶着他,非要让他戴上"那个"。瞧瞧,繁花连避孕套都说不出口了。可是"那个"放在什么地方,殿军早就忘了。他让她找,她不愿找,说这是老爷们儿的事。他说:"你不是上环了吗?哦,你不是怕我在外面染上脏病吧?我可是有妻有女的人。我干净得很,不信你看。"繁花斜眼看了,脸埋进了他的肩窝,顺势在他的肩膀上咬了一口。繁花本想真咬呢,可牙齿刚抵住他的肉,她的心就软了,不是咬,是舔了。繁花突然发现殿军还戴着鸭舌帽。裤子都脱了,还戴着帽子,算怎么一回事。繁花就去摘他的帽子。这一摘就摘出了问题,殿军头顶的一撮头发没有了。

"头发呢?"她问。殿军装起了迷糊,问什么头发。繁花说:"头顶怎么光了?"殿军说:"说我呢?哦,是这么回事。它自己掉了,也就是咱们说的鬼剃头。"繁花就伸手去摸。什么鬼剃头啊,胡扯。鬼剃头的头皮是光的,连根绒毛都不剩,他的头皮却有一层发楂,硬硬的,扎手。繁花问:"到底怎么回事?"殿军这才说,他站在机器上修理一个东西,一不小心栽了下来,碰破了头皮,缝了两针。殿军还拍着脑袋,说:"已经长好了,骗你是狗。"说着,殿军就像狗那样一下子扑到了繁花身上。

在房事问题上,繁花也称得上巾帼不让须眉。她喜欢骑,不喜欢被骑。也就是说,她喜欢待在上面,不喜欢待在下面。有一次她听村里的医生宪玉说过,女人在床上要是比男人还能"搞",那肯定是生女孩的命。好事不能让你全占了,又能"搞"又能生男孩,天底下哪有这等美事?啊?甘蔗哪有两头甜的?啊?所以说,女人再能"搞",再想"搞",也得忍着。一句话,一定要夹紧。宪玉啊宪玉,你这是典型的事后诸葛亮嘛。早说啊,早说的话我就忍着点,现在什么都晚了,豆豆已经快上学了,忍也白忍了。想到这里,她心里有那么一点空,脑子里有那么一点迷糊,但身子却有那么一点放纵,是那种破罐子破摔的放纵。她来了一个鲤鱼翻身,就把殿军压到了身下。她的汁液都溅出来了,就像果汁。有一股味道从门缝飘了进来,她闻出来了,是烧香的味道。嗬,母亲又烧上香了,又祈拜那送子观音了。有那么一会儿,繁花有些恍惚。那么多的汁液,能够孕育出多少孩子啊?可她只能让它白白流淌。恍惚之中,她听到了敲门声,好像那送子观音真的显灵了,亲自上门了。不过,事情好像有那么一点不对头。据说送子观音都是来无影去无踪的,而这会儿,那院门的锁环却被拍得哗啦啦直响,还喊呢:"我,是我,是我啊。"

繁花听出来了,那人是孟庆书,那是送子观音的天敌啊。繁花有一点恼怒,又有一点无奈。好事被庆书给搅了只是其一,繁花主要担心母亲受不了,因为好事一搅,母亲的香就算白烧了。殿军从被窝里伸出脑袋,喘着粗气,问:"谁,谁,他妈的谁啊?"繁花说:"还能是谁,庆书,孟庆书。"孟庆书是个复员军人,在部队时入了党,现在是村里的治保委员,兼抓计划生育。以前殿军最喜欢和庆书开玩笑,称他为妇联主任,还故意把字句断开,说他是"专搞妇女,工作的"。庆书呢,不但不恼,还说自己最崇拜的人就是赵本山，因为赵本山在电视里演过男妇联主任，知道这一行的甘苦。这会儿，一听说来的是庆书，殿军咧开嘴就笑了，说："他可真会挑时候。今天我就不见他了，改天我请这个专搞妇女工作的喝酒。"繁花说："庆书现在积极得很。快选举了嘛，人家已经有要求了，要求新班子成立以后，再给他多压些担子。"殿军笑了："压担子？这词用得好，很有水平，进步很快啊。"繁花说："那得看他跟着谁干的。火车跑得快，全凭车头带。跟着我干上几年，蠢驴也能变成秀才。"繁花支起身，对着窗户喊道："地震了，还是天塌了？有什么事明天再说。"庆书还是喊："我，是我，是我呀。"繁花只好穿起了衣服。她还像哄孩子似的，拍了拍殿军的屁股，说："乖乖别急，打发走了这催命鬼，我让你疯个够。"

外面黑灯瞎火的，那天空就像个巨大的锅盖扣在那里。月亮倒是有一个，可是被云彩给遮住了，基本上算是没有。有两个人影从黑暗中显现了出来。繁花首先闻到了一股香水的味道，比雪花膏清淡，有点像杏花的味道，还有点薄荷的味道。繁花上去就闻出来了，那是裴贞的味道。领他们进了做厨房用的东厢房，那人果然就是裴贞，民办教师李尚义的老婆。裴贞和庆书的第二个老婆裴红梅是一个村的，还是本家。裴贞以前也是个民办教师，很有点知识女性的意思，天一暖和就穿上了花格裙子，天一冷就穿上了高领毛衣。这会儿她手里就打着毛衣，不时地还穿上两针。繁花以为庆书和红梅打架了，平时喜欢充当"大姨子"的裴贞看不过去，把庆书押来说理的，就问红梅为什么没有来。庆书说红梅是条瞌睡虫，早就睡了。繁花又看了看庆书，庆书脸上并没有血道子，不像是刚打过架的样子。繁花拎起暖水瓶，问他们喝不喝水。他们说不喝，繁花就把暖水瓶放下了，动作很快，好像稍慢一步，他们就会改变主意似的。这时候,繁花听见母亲在院子里泼了一盆水,嘴里也不闲着:"半夜三更了,还鸡飞狗跳,什么世道啊。"繁花知道母亲那是在发无名火,赶紧把门掩上了。

三

繁花想,看来庆书是来打听会议的事的。庆书啊,你急什么急?心急吃不了热豆腐。需要你知道的时候,我自然会告诉你的嘛。繁花问:"那是怎么回事?裴贞,是尚义欺负你了?不像啊,尚义老师文质彬彬的,放屁都不出声的。"裴贞说:"他敢,有你给我撑腰,他敢。"繁花说:"是啊,还有庆书呢。庆书文武双全,收拾一个教书先生可是不在话下。"庆书说:"尚义对裴贞好着呢。"裴贞用鼻孔笑了,说:"再好也没有殿军对繁花好啊。我可看见过,繁花怀豆豆的时候,殿军每天都给繁花削苹果。"庆书说:"你也有福气啊,我可看见尚义给你嗑瓜子了,嗑一粒又一粒。文化人心细,比针尖都细,比麦芒都细。"这两个人深更半夜来了,当然不是为了苹果皮和瓜子皮,针尖和麦芒。繁花就问庆书是不是有什么要紧事。庆书说:"先说个小事,令佩从号子里放出来了,剃了个光头。"

令佩是村里最有名的贼,小时候在溧水后街拜师学艺,学的就是掏包儿。他师傅把猪油加热,丢一个乒乓球下去,让他捏,什么时候捏出来就算出师了。那是童子功啊。他确实很有出息,他住的楼房就是他掏包儿掏起来的。半年前派出所在庆书的协助下把他揪住了。庆书经常吹的"捉贼捉赃",指的就是这个。其实,他们是从被窝里把人家揪住的,那时候人家并没有"上班"。这会儿,繁花对庆书说:"改天咱们去看看他,给他送套锅碗瓢勺。组织上关怀关怀,送点温暖,还是应该的。"

庆书说:"狗改不了吃屎。他还能缺了吃的,缺了穿的?"繁花说:"要用发展的眼光看问题,不能一棍子打死。好,还有什么事?说吧。"庆书挠挠头皮,又揪揪耳垂,说:"有点情况。怎么说呢,这情况还真不好说。"繁花说:"有屁就放嘛。"庆书说:"情况说大也大,说小也小。你先听听裴贞怎么说吧。"裴贞好像没听见,头也不抬,继续打她的毛衣,小拇指翘得高高的,很有点兰花指的意思。庆书急了:"路上不是说好了嘛,事情由你来说,我来补充。支书需要掌握第一手材料嘛。"繁花先纠正了他,叫他别喊支书,要喊就喊繁花,不想喊繁花就喊村长。繁花把门关上了,对裴贞说:"说吧,又没有外人。"裴贞用竹针顶着下巴,咳嗽了一下,终于开口了。可她的话绕来绕去的,没有条理不说,还都是些废话,一点不像是教师出身的。裴贞从她家的猪说到了她家的肥料,又从肥料说到了厕所,再从厕所说到了擦屁股纸。说到擦屁股纸的时候,裴贞还很文雅地捂起了鼻子。这时候庆书已经抽完了第二根烟。他终于忍不住要亲自上阵了。庆书说:"支书,简单地说,就是李铁锁和裴贞两家共享了一个茅坑。为什么呢?因为李铁锁家的茅坑塌了,没钱修。然后,问题就出来了。"

但是一说到具体"问题",庆书的嗓门就压低了,很神秘,好像谈的是军事机密。他的声音被动物的叫声给压住了。官庄村西边靠水,北边靠着丘陵,村里的副业主要是养殖。毛驴,山羊,兔子,这是地上跑的;鸭,鹅,这是水里游的;还有天上飞的呢,那是蜜蜂,鸽子、鹌鹑。用庆书的话来说就是,海陆空各兵种都齐了。庆书本人也算半个养殖户,不过他养的是鹦鹉,虎皮鹦鹉,不是来卖钱的,而是用来"调节脑神经"的。庆书说过,他有一只鹦鹉会唱《打靶归来》,一开口就是"日落西山红霞飞,战士打靶把营归"。这会儿,很远地方,传来了驴打喷嚏的声音,很响亮。繁花知道那是村东头李新桥一家喂的草驴,快生骡子了,有一种要生杂种的兴奋。想到了杂种,繁花心头一闪,莫非裴贞蹲坑的时候,让铁锁给撞见了?还有什么动作?或许是李铁锁的老婆雪娥蹲坑的时候,叫李尚义给撞见了?这种鸟事确实不太好说。

繁花喝了口水,稳住神,问了一句:"后来呢?"庆书这会儿干脆变成了假嗓,捏得细细的,哪像个行伍出身的,都快成娘儿们了。庆书说:"后来,裴贞就发现了猫腻,这猫腻就出在裤衩上。隔三岔五的,女人的裤衩就会像那火烧云。可起码有两个月了,铁锁老婆姚雪娥的裤衩都没有火烧云了。"繁花皱了皱眉头,说:"什么火烧云水浇地的。你说的是月经带吧?"庆书说:"对,就是那个。两个月没用了。"繁花身子往后一仰长喘了一口气,然后又往前一探倒抽了一口气:"你的意思是?"庆书又点了一根烟,慢慢吸了,说:"娘儿们的事,我不是很懂。大概就是那意思吧。"繁花又问:"你是说?"庆书说:"支书,我说的只是现象。本质呢,还得你亲自去找。其实,这些本该裴贞来说的。大老爷们儿一说,好像就有些低级趣味,而我们共产党人最反对的就是低级趣味。你说呢,裴贞?"裴贞好像没听见似的,拎着毛衣,对繁花说:"繁花,你看这袖口该不该多打一针。"

"你看着打吧。"繁花说。她都顾不上和裴贞客套了。什么本质不本质的,他们的话外之音就是"本质"。繁花想,他们无非是要告诉我,雪娥肚子大了。裴贞遮遮掩掩还可以理解,庆书你是干部,管的就是这个,吞吞吐吐的算怎么回事嘛。繁花就对庆书说:"今天的会议你不是想知道吗?没错,是布置村级选举的会。可是管计划生育的张县长也发言了,还是长篇发言。你是管这一块的,我本想明天告诉你的,现在就给你说了吧。上面千条线,下面一根针,张县长可是强调了,基层工作要落到实处。计划外怀孕的要坚决拿掉。只要出现一个,原来的村委主任就不再列入选举名单了。出现两个,班子成员都得滚蛋,滚得远远的,谁也别想成为候选人。"

四

庆书倒吸了一口气:"我靠,来狠的了,刺刀见红了。"繁花说:"还有更狠的呢,以后再说给你听。"庆书感叹了一声:"官越大越好搞,刀往脖子上一放,鸭子都得上架。"繁花说:"所以我要提醒你,我们的脖子上都架着刀子呢。我可不是吓唬你,我的担子重,你的担子也不轻。雪娥可是生过两胎了。"庆书说:"我就猜到上头又要抓计划生育了。所以,一听说这事,就赶来向你汇报。"裴贞说:"我可什么也没说。红梅月经不正常,哩哩啦啦的,问到我了,我这当姐的能不管吗?我笨嘴笨舌的,说了句雪娥月经也不正常,想哩啦还哩啦不成呢,庆书就留意了。我可把话撂到这儿了,我可什么也不知道。支书,你再看看,这袖口是收一针好呢,还是放一针好?"

明白了,繁花总算明白了。裴贞是等着看戏呢,都扎好架势了。嗑瓜子嗑出个臭虫,什么仁(人)都有啊。这个裴贞,心机很深哪。几个月前,裴贞也怀了孩子。她已经生了两个男孩了,一定要生个丫头。她那张嘴可真会说,说什么生了丫头,花色就齐了。还说不就是罚款吗?她娘家有的是钱。繁花就找到裴贞和尚义,又是讲国情又是讲国策,嘴皮都磨薄了。裴贞说,不就是人口多底子薄吗？懂，我懂。尽管放心，我们不会拖国家后腿的。小家伙们长大了，都要送去美国的。为国家多赚一点外汇，还违法了不成？不违法嘛。繁花就说，美国是那么好送的吗？送一个要花多少钱你知道吗？就凭尚义一个月挣的五六百块钱工资？那仨核桃俩枣，还不够填美国人的牙缝呢。

裴贞小腰一扭，扭进了里屋，把东西拨拉得哗啦啦响。那张嘴也不闲着，说，五六百块钱怎么了，那是干净钱，是一根根粉笔头换来的。这话比狗屁都臭，说的是有人贪污公款了。但贪污的是谁，人家又不说明。繁花说，我跟你说不通，我是来跟尚义老师商量的。繁花对尚义说，你不是五好家庭吗，只要你把这孩子打掉，我就让你当计划生育模范。"五好"加"模范"，每年就得奖给你三千块钱。再加上你的工资，给儿子交学费够了吧？裴贞又在里屋喊，三千块钱就把女儿卖了？繁花恼了，冲进里屋，朝着裴贞就是一通吼："你怎么知道你怀的是女孩呢？你看见了？你撒泡尿照照自己，你是不是当丈母娘的命。我看你不是。你就死了这条心吧。"

镇住了裴贞，繁花又来给尚义做工作。她向尚义透露，修高速公路的时候，国家占了村里一百多亩地，补偿金已经到账了。她已经想好了，那笔钱谁也不能动，谁的孩子考上了大学，村里就补贴谁一笔钱，以实际行动支持教育事业。繁花说，你那大儿子不是中考第一吗，那是什么命？秃子头上的虱子明摆着的，状元命嘛。一句话，你就仰着脸等着领钱吧。眼看尚义有所触动，她就又对他说，已经有红头文件了，超生一个，一把手就得下台。我要是下台了，那笔钱怎么花可就由不得我了，你不会盼我下台吧？这样软磨硬泡的，裴贞终于把孩子打了。繁花当时还长出了一口气，以为事情就这么过去了，哪料到裴贞到现在还记着仇呢。这也好，繁花想,老话是怎么说的?不怕贼偷就怕贼惦记。现在全村女人的肚子,裴贞都替她惦记着呢。好啊,裴贞都有点像美国国会的议员了。美国议员免费监督中国各级政府,裴贞免费监督官庄妇女的小肚子。好,很好,她倒可以少操一份心了。

繁花接过毛衣看了,说:"裴贞真是心灵手巧,哟,上面还绣花呢。什么花?牡丹还是桃花?"繁花本来想说,那是不是狗尾巴花,临到嘴边,还是改了。裴贞嘴一撇,说:"玫瑰,一朵白玫瑰,一朵红玫瑰。"繁花说:"怪不得认不出来。开眼了。毛衣上绣玫瑰,我可是第一次见。"裴贞说:"牡丹俗气,桃花更俗气,还是玫瑰洋气。"庆书说:"玫瑰者,爱情也,玫瑰代表爱情。"繁花没有理他,继续对裴贞说:"尚义娶了你真是有福了。"繁花说着,给他们各倒了一杯水。刚坐下,一拍巴掌又站了起来,连声说忘了忘了。她拉开冰箱,取出来两只金黄的橙子。橙子也是妹夫送的,可繁花这会儿一高兴,就说是殿军千里之外捎回来的。"殿军?殿军回来了?"庆书问。繁花拐着弯把殿军夸了一通,说:"刚回来,挣了点钱,现在烧包得很。改天你拧着他,让他请大家喝酒。裴贞,尚义喝酒你不管吧?"

在案板上切橙子的时候,繁花又说:"裴贞,你说庆书该不该掌嘴?你明明是他的大姨子,他不说叫你一声姐,还一口一个裴贞。"裴贞说:"人家是大干部,哪能看得起我们平民百姓。"庆书说:"这跟地位没关系。我比你大嘛。我站起来撒尿的时候,你还在你爸腿肚子里转筋呢。"繁花说:"我给你们出个主意,这个叫一声哥,那个叫一声姐,谁也不吃亏。"繁花把切好的橙子递给裴贞,说:"殿军说了,橘子吃了上火,橙子呢,又祛火又助消化。接着,全接着。"说过这话,繁花突然问庆书:"这两天你看见姚雪娥了吗？肚子是不是大了？平时你的工作抠得那么细,这件事怎么忽略了。"庆书说:"我就两只眼,也有看不到的地方嘛。再说了,我一个党员同志,哪能整天就盯着女人的肚脐眼。"繁花说:"死样子,我说的是肚子,可不是肚脐眼。"

公鸡就是乡村的闹钟。平常情况下,鸡一叫,繁花就醒来了。可这一天,繁花醒来的时候,鸡已经叫过三遍了。殿军已经起来了。殿军正一边翻书一边剪脚指甲。晚上,他的脚指甲把繁花的小腿肚都划破了。这会儿,繁花让他看划破的地方:"都怨你,在我身上蹭来蹭去的。"殿军充耳不闻,继续翻书,两眼直愣愣的。那书就摊在膝盖上,叫《英语会话300句》。殿军翻书的时候,用的不是手,而是下巴。殿军这次回来,又瘦了一圈,下巴越来越尖了,繁花本来有些心疼他,这会儿看他用下巴翻书,反倒有点想笑了。他又用下巴翻书的时候,繁花拧住了他的耳朵:"出洋相,真会出洋相,26个字母你还记得吗?"殿军说:"怎么了,允许你看,不允许我看？这英语可不姓孔,谁都可以搞的。"

五

繁花这才想起来,那书是她带回来的。昨天中午,开会之前,县委书记把几个先进村的村长先接见了一下。照例是先表扬一番,表扬大家干得好,给各乡增了光,然后又提出了一些要求,主要是要求大家更上一层楼。临结束的时候,县委书记像拉家常似的,顺便提到了一件"小事"。说他听"上头"的一位朋友讲了,有个老外可能会来溴水。具体来搞什么,有两种可能,一种可能是考察咱们的投资环境,找个乡办企业合作,还有一种可能是考察咱们的村级选举。哪个是真的,哪个是假的,"上头"那个朋友也搞不清楚。书记没有说明,"上头"那人是谁,是市里呢还是省里呢,都没有明说,很神秘。

书记又说,听说还不是一般的老外,比较牛,因为是美国人。书记说,昨天晚上他上网查了一下,关心中国乡村建设乡村选举的那个美国人,很厉害的,那真是不查不知道,一查吓一跳,原来是美国前总统卡特。一听说是美国的一个总统,有几个村长吓得出气声都变细了,腰都哈了下去。书记笑了,笑得很淡,还像鸡毛掸子扫灰尘似的摆了摆手,说:"也犯不着怯场嘛。搞改革怎么能怯场呢?以前我们说美帝国主义都是纸老虎,现在因为要讲文明礼貌,也因为想从他们手里搞几个钱花花,给他们一点面子,不这样说罢了。"他又提到了卡特,说卡特个子很高,就像一棵钻天杨。不过,跟我们的穆铁柱一比,跟我们的姚明一比,他就成了我们的武大郎了。武大郎有什么好怕的,啊?不过是个卖烧饼的。

书记这么一说,还哈着腰的村长就又把腰板挺了起来。书记挪了一下屁股,拉着溴阳村村长的手,说:"我要是没记错,你就是咱们溴水县的花生大王,上回还是我给你颁发的奖状,对吧?"溴阳的村长是当兵出身,立马站了起来,脚后跟一碰,行了个军礼,说:"报告首长,我代表全村人民感谢你。"书记拉着他的手,让他坐下,然后说:"卡特以前也是种花生的,跟你是同行,你们有共同语言啊。""花生大王"激动了,脖子一梗,就说:"逮不住他就算了,只要能逮住他,我就要和他拉呱拉呱,问问他的花生到底出不出虫子。"书记愣了一下,很响亮地笑了起来。笑过以后,书记又说道,当然了,卡特是不可能亲自来的,来了也轮不着我们接待,半路就被省里"卡"住了。所以,来的很可能是他的手下人。书记这么一说,村长们的腰就又弯了下去。不是因为紧张,而是放松了。有人甚至掏出了烟袋,准备来上两口了。书记又说,那美国人究竟什么时候来,现在还不清楚,是个"未知数"。但是,我们要打有准备之仗,战略上要重视,战术上也要重视。至于怎么重视,你们要听县里的,县里要听上头的。但是,啊,该提前做的工作一定要提前做,不能屎到肛门了才去挖茅坑。

说到这里,书记从西装口袋里掏出了一本书,大小就像当年的"红宝书",它就是《英语会话300句》。书记像摇着"红宝书"似的,摇着"300句"。摇了几下,书记的脸上就发光了,发的是红光。那西装的领带吊在那里,这会儿也在摇晃,有点像戏台上花脸的胡子。书记说,他本人现在就又重新捡起了英语。美国人来了,好跟他们对话嘛。

这么说着,书记突然来了一段英语。书记说得磕磕绊绊的,听上去有些像卖羊肉串的新疆人说的汉话。但其中有个单词繁花倒是听懂了,那就是"welcome","欢迎"的意思。那个"花生大王"没有听懂,把书记的话听歪了,听成粗话了。繁花旁边的一个村长,就低声嘀咕了一句:"我靠?靠谁呢?怎么说翻脸就翻脸了。"坐在书记身边的张县长首先鼓起了掌,而且是站起来鼓掌的,还面朝着书记。既然张县长都站起来了,村长们就更得站起来。书记先请张县长坐下,然后朝村长们摆了摆手,说:"谢谢,谢谢大家的鼓励。村看村,户看户,群众看干部,干部呢,看的还是我们在座的这些先进干部。我只是想给大家带个头。"

然后书记就对张县长说,县里的新华书店已经进了几千本《英语会话300句》,里面附有录音光盘,他已经让新华书店送来了几大包,待会儿发给大家。繁花当时领了一本,会后妹夫派车送她的时候,又塞给了她一本。妹夫说,他和繁荣的单位也发了,他家里有一本就行了,多出的那一本还是送给豆豆吧。从小学外语,那是童子功。司机还没来,周围并没有别的人,但妹夫的嗓门还是压得很低:"过不了多久,全溴水就会搞起学习英语的新高潮。"繁花问到底是怎么回事。妹夫说:"这书是书记的侄子编的,压了一年了,卖不出去。懂了吧?"繁花说:"那狗日的,竟然给我们来这一手。"不过,繁花很快就想到,村里应该多买一些,学校也应该买上一批,算是替组织上分忧嘛。妹夫似乎看出了她的心事,连忙提醒她,村里买就买了,千万别让学生掏钱买。繁花迷糊了,问为什么。妹夫的嗓门压得更低了:"这书记快滚蛋了,到届了嘛。每个新书记上台,都会从教育搞起。到时候,抓你一个乱收费,就能摔你一个屁股蹲儿。"我靠,有猫腻呢。

这会儿,见殿军在翻那"300句",繁花就问他能不能看懂。殿军说:"你可以考我呀。要考就考个比较生僻的,比如骆驼,毛驴。"繁花不相信殿军还会"骆驼",就问他怎么拼。殿军翻着眼想了半天,说:"我只是随便说说,你还真考啊。不过,我相信我能想起来。应该是c、a、m、e、l,camel,对不对?"殿军比画了一个"啃馍"的动作。"毛驴呢?"殿军又翻起了眼,可他终究没有说出来。这就怪了,稀罕的东西他能说出来,常见的东西他倒哑巴了。繁花把那本书夺了过来。这一下殿军露馅了,因为他正看的那一页上画着一只骆驼,骆驼旁边站着一只毛驴。繁花把毛驴这个单词念了两遍,donkey,发音是"党剋"。在溴水,"剋"的意思就是训斥。联系到自己的身份,繁花很自然地想到,那"党剋"就应该是"组织上在训斥"了。这么一想,繁花就把这个单词记住了。繁花把书记的意思给殿军说了说,但是妹夫的话她并没有透露出去。她太知道殿军了,他是狗窝里放不住热包子,转眼间就会搞得人人皆知。殿军说:"外国人要来?太好了,太好了。繁奇的儿子祥超不是学英语的吗,老外要是来了,把祥超叫回来不就行了。你就对老外说,祥超是你的手下。"繁花说:"好,我不会亏待祥超的,车票给他报了,再发给他一份薪水。"

六

　　殿军把书合上,打起了哈欠。他说他一晚上都没有睡好,想再睡个回笼觉。繁花说:"还没睡好呢,呼噜打得震天响,耳朵都给我震聋了。"殿军说:"骗你是狗。我老是听见什么东西哭。""哭?谁哭?我怎么没有听见?""瘆人,真瘆人,鬼哭狼嚎的。"繁花笑了:"对了,那还真的是狼嚎。庆林家里喂了一头狼。"繁花从被窝里钻出来,两手支棱在耳尖,扑向了殿军,说:"狼,大灰狼。"两个人滚在一起打闹的时候,母亲已经把早饭做好了。吃饭的时候,繁花对殿军说:"待会儿你出去走走,看看村里的变化。"殿军说:"我哪也不想去,就想躺在家里睡大觉。我要休养生息,重整旗鼓。"休养生息?还要重整旗鼓?繁花听不明白了。莫非他在深圳出什么事了?繁花盯着他,问他到底要说什么,是不是有什么事瞒着她,栽坑了?殿军用鼻孔哼了一声:"笑话,栽坑?栽什么坑?我现在是芝麻开花节节高,好得很,说不定哪天摇身一变,就当上总经理了。"又吹上了。繁花用手背贴着他的额头,问他是不是烧糊涂了。殿军把她的手拨拉到一边,说:"到时候,庆书他们见了我,就该喊我张总了。"殿军正吹着,豆豆在外面喊起来了。豆豆又在背奶奶教给她的"颠倒话":倒唱歌来顺唱歌河里石头滚上坡满天月亮一颗星千万将军一个兵从来不说颠倒话聋子听了笑吟吟。正背着,豆豆停了下来,问奶奶什么叫将军。奶奶说,你妈就是将军。豆豆又问将军是干什么的。奶奶说,将军就是生丫头的,生你这个丫头的。繁花偷偷笑了,想,老两口还是在盼我生个小子啊。这不也是在说颠倒话吗?我是一村之长,得给别人做榜样,怎么能说生就生呢?殿军握住了繁花的乳房,捏住了乳头,说:"满天月亮一颗星,让我吻吻月亮,亲亲星星。"繁花又把他的手打开了,说:"正经一点。马上又要选举了,你得好好想想,我的演讲词该怎么写。"殿军说:"我堂堂的张总,当个捉刀人未免有点屈尊了。"瞎扯什么呢?繁花问他,你好好的,动什么刀子啊。殿军摇着头,说:"太封闭了,国际形势一点不懂。捉刀人就是替总统写演讲稿的人。牛得很,想吃香的就吃香的,想喝辣的就喝辣的。"繁花放下碗就出去了。她要视查一下雪娥的肚子。一想起雪娥的肚子,繁花就觉得太阳从西边出来了。一个月前乡计生办还搞过一次检查,计划外怀孕的当场拿下,送到医院连夜打掉,怎么能把雪娥给漏了呢?莫非裴贞看走眼了?裴贞当然不会像她自己说的那样,是在厕所发现猫腻的。不用说,她看的也是人家的肚子。但愿她看走眼了。不过,如果雪娥的肚子真的鼓动了起来,那问题可就大了。那就不是肚子了,而是定时炸弹了。跟国务院总理一样,繁花脑子里也有一大串数字,而记得最牢的都是关于女人的。官庄村一千二百四十五口人,分五个村民小组,育龄妇女一百四十三个,结扎过的七十八个,再刨掉四个生不出来的,那么肚子随时可能鼓起来就有六十一个。其中政策允许鼓起来的有三十七个。这么刨下来,还有二十四个肚子悬在那里呢。这二十四个肚子就是二十四颗炸弹,引爆了其中一颗,别的还能老老实实待着?用庆书的话来说,那就相当于"核灾难"了。一想到这个,繁花头皮都发麻了。

雪娥一家和庆林住对门。快到那地方的时候,繁花听见了一阵脚步声,脚步声很快,踢踢踏踏的。那是庆林家喂的狼在跑动。那头狼刚运回来的时候,庆林到处吹牛,说是他自己在丘陵上下了套子逮来的。后来有人告他滥捕野生动物,犯了王法,他才改口说是从汉州动物园买来的,有证书的,只能养着玩儿不能杀了吃。庆林当然不是为了玩儿,而是要让它和狗交配,生狼狗。狼和狗交配生出来的第一代狼狗最值钱,一只能卖七百块钱,都抵得上两头猪了。庆林现在不喂狗,只喂狼,也就是只管配种,不管生产。有人开玩笑,说庆林家弄了个配种站,狗日的配种站。庆林一本正经地纠正人家:"搞错了,搞错了啊,不是狗日的,是日狗的。"庆林给狼取了个名字,灰灰。他说他的灰灰要按人的属相,刚好是属狗的。人的命天注定,那狼的命也是天注定的,灰灰既然是属狗的,那它天生就是吃这碗饭的。庆林曾伸出两根指头,对繁花说:"我的灰灰往狗身上一趴,起码这个数。"二十块?繁花问。庆林在繁花的手心画了个十字,说,乘以十。好家伙,就进去那么一下,二百块钱就到手了。村里的人民调解委员孔繁奇曾说,得研究研究了,要不要把庆林选为"双文明户"了。养狼是保护生态环境,属于精神文明范畴,人家是物质文明精神文明双丰收嘛。时代不同了,狗走窝都得花钱,狗杂种都能挣钱。这叫什么?这就叫市场经济!

铁锁家的大门纹丝不动。街的这一边,庆林正抡着铁锤砸骨头。他要把那些骨头砸碎,再放到石臼里捣,捣成粉末,然后拌到食料里去。"对狼比对你媳妇都好。"繁花说。庆林把铁锤放下,说:"哦,是村长啊,吃了?"繁花说:"吃了。"繁花说着这话,眼睛还瞟着铁锁家的门。她的话刚好让庆林媳妇听见了。庆林的媳妇是一袋大米外加一壶香油从山西阳城换来的,五六年过去了,当地的口音她还是听不大懂。这会儿,她就听岔了,说:"嗯,庆林对俺不赖。"庆林头也不抬,像赶苍蝇似的,说:"死样子,一边去。"庆林把锤子一撂,又对繁花说:"这鸡巴媳妇算是白娶了,就知道吃,吃。前天白陀沟人来配种,给狼买了二斤牛肉。一转眼,她就把肉煮了。灰灰辛苦了半天,一口肉都没搞上。"庆林媳妇在一旁听了,不但不恼,还笑呢,手比画着说:"俺喂了它恁大一块呢。"她比画着,比画得越来越大,都赶得上半个牛犊了。繁花想,这娘儿们虽说是外乡人,可住久了,也知道了这里的风俗,知道面子比油都贵重的。这是在炫耀呢,炫耀自己的小日子过得好。庆林却不理会老婆的一片苦心,横眉立眼的:"日你娘,我早就说了,要喂生肉,这是科学。不听科学的,灰灰哪有力气搞。惹恼了我,看我不剁了你的爪子喂狼。"

七

　　后来繁花突然听见了门环的响声。原来是尚义老师出来了。尚义穿着西装，胳肢窝夹着书本，边走边仰着脖子，把衬衣的领子往外面拽。看见繁花站在庆林家门口，他没有像村里人那样问"吃了没有"，而是很文明地说"你好"，"早上好"。走出几步远以后，尚义又回头看了一眼，有点"狼顾"的意思。就是那个"狼顾"让繁花看出来了，裴贞告状的事他是知道的，说不定就是他鼓动的。她把尚义叫住了。但话一出口，她就有些后悔。不合适，在大街上谈论雪娥的肚子，显然不合适。但尚义已经拐过来了。走到她跟前的时候，尚义又说了一遍"早上好"，然后才问她有何"指示"。繁花说："尚义老师，你这身西装太合身了，买的还是做的？"尚义说："合身吗？我没有感觉出来。"这么说着，繁花已经想到下面该怎么说了："有件事要跟你商量一下，你帮忙出几道题，出好以后交给我。"尚义说："好办，哪方面的？"繁花说："计划生育和选举方面的。注意保密。"尚义真是个聪明人，马上吃透了繁花的心事。他低声问了一句："是知识竞赛吧？"繁花正要解释，村里的大喇叭突然响了起来。每天早上七点半钟，大喇叭都要响上一阵。这规矩是庆书提出来，经村委会讨论通过的。庆书说，这相当于起床号。因为是乡下,吹起床号不合适,繁花就提议还是放一首歌曲吧,最好放一首既能催人上进又能增强凝聚力的歌曲。这天,喇叭里放的是《谁不说俺家乡好》:谁不说俺家乡好依儿哟,得儿哟,幸福的生活啊千年万年长。歌声结束以后,繁花说:"题目要密切联系实际。像马克思什么的,这一次就别搞了。"繁花这话也是有出处的。去年征兵期间,为了活跃气氛,繁花也让尚义出了几道题。第一道题尚义就来了个问答题,问马克思是哪年哪月哪日出生的。当然没有人能答上来。尚义就自己解释了,说,很好记的,马克思一生下来,就"一巴掌一巴掌"打得资本主义"呜呜哭",所以,马克思是1818年5月5号出生的。尚义这会儿就说:"行,马克思这次就先不搞了。"繁花说:"就是嘛,也该让老人家歇歇了。"尚义说:"但是,知识性、趣味性、实用性三者还是要统一,是不是?"繁花没说是,也没说不是,而是说:"你看着办吧。"尚义说了声"再见",就夹着书本走了。

　　尚义刚走,繁花就听见庆林"扑哧"一声笑了。庆林口气很自豪,说尚义只跟两个"人"说过"你好",一个是繁花,另一个就是他的灰灰。尚义第一次来看灰灰,说的就是"你好,大灰狼"。这时候,背书包的孩子们纷纷出现在街上。那些孩子路过庆林家门口的时候,都要探头往院子里看看,捣蛋的男孩还故意学两声狗叫,逗得那只狼在屋里一阵乱跑。繁花还看见了前任村长孟庆茂,他要送孙女去上学。庆茂的孙女背的书包可不一般,上面不光绣有唐老鸭,还有星条旗,一看就是美国货,就算是假冒的,假冒的也不是中国货。小孙女走路的样子,骄傲得很,小脸仰着,就像个小公主。不过,庆茂的样子却让人有点心酸。天还不算太冷,庆茂就袖起了手,还缩着肩。到底是上了年纪了。繁花喊了他一声叔,庆茂站住了。庆茂把手从袖口掏出来,搓着脸,说:"嗬,来视察工作了。"繁花说:"走到这里了,顺便过来看看。"庆茂说:"值得看。那不是狼,那是庆林家最先进的生产力。"繁花说:"还是叔说得好。"庆茂摆了摆手说:"老了,不中用了,胡咧呢。胡咧十句还能不蒙对一句?"繁花一时有些失神。庆茂是三年前下台的,这才几天啊,头发都白完了。上次选举的时候,有三个人竞选村委主任,他一个,繁花一个,祥生一个。第一轮投票,眼看自己的得票少了繁花许多,他就当场宣布退出选举,要求投他票的人下一轮改投繁花,都有点美国人的意思了。这一招很厉害的,给自己留下了一条光明的尾巴。当时的乡党委书记姓郭,郭书记对庆茂的做法很欣赏,表扬庆茂识大体,有大局观念。庆茂说:"圣人之后嘛,凡事讲究个礼数。不能给老祖宗丢脸。"庆茂还说:"礼数可是官庄村的传家宝,总不能跟有些村那样,下台干部把人都搞了。南辕乡不是有个村子吗,捅了九刀。我日,再多捅一刀,就凑够整数了。那可不是捅刀子,那是剁饺子馅呢。"郭书记连忙称是。庆茂又说:"我是属马的,老马识途啊。繁花是属龙的,天生要穿龙袍的。"这话虽然有点不着调,但意思到了,郭书记还是点了头。繁花知道,庆茂有些话其实是说给她听的。礼尚往来,她也不能不讲"礼"啊。她让团支部书记孟小红到溴水买光荣匾,要送给光荣离职的庆茂。小红拿了三百块钱去买匾,见那匾只有一百三十块钱,就买了两个。往上面题字的时候,庆茂说,就题个"一岁一枯荣,一花一世界"吧。字是尚义写的。尚义说"枯荣"有点"那个"。庆茂将庆书"剋"了一通:"说句人话。那个是哪个?"尚义说:"有点悲凉,有点雨打芭蕉的意思。弄拧了。"庆茂用烟袋敲着桌子,说:"什么羽毛扇芭蕉扇的?咬文嚼字我不如你,可我就是喜欢'枯荣'。由'枯'

到'荣'嘛,一年比一年好。"庆茂拿走了"一岁一枯荣",留下了"一花一世界"。关于那"一花一世界",庆茂也是有解释的,"花"是繁花,"世界"就是官庄村。庆茂说,那就算他对繁花的祝福吧。离任村官是要审计的,后来审计的时候,繁花给庆茂做的那个结论可真叫好啊。按那个结论,庆茂都可以坐直升机飞到中南海了,别说进第三梯队了,直接可以进常委了。村里有个石灰窑,修路盖房搭桥都离不开它,傻瓜干了也能赚钱的。繁花和村委一商量,就让庆茂去搞了。又过了半年,繁花才听祥生说,庆茂当初退出选举,也是因为圣人的话。孔子家训里讲了,"男不得为奴,女不得为婢"。嗬,这话说的,不当一把手就是"为奴"了?看来,庆茂肚子里还是有情绪的。繁花有些生气,第二年就把那承包费给他涨了上去。

八

庆茂走远了,繁花又去看了看庆林的狼。那只狼关在西厢房,狼是昼伏夜行,太阳一出来,它就躺到了地上,下巴很舒服地抵着一堆沙子,呼呼噜噜的,做着娶媳妇的美梦。要不是耳朵直立,还有点瞧不起人似的斜着眼,还真看不出它是一条大尾巴狼。庆林在一边说:"人家讲究着呢,一天不给人家换沙子,人家就不高兴,新郎官都不愿当了。唉,惯出毛病了。"繁花说:"人家是先进生产力嘛,闹点情绪也是正常的。"庆林突然问:"支书,听说有一种药叫伟哥,男人吃了能疯一晚上,这药狼也能吃吧?"繁花说:"你吃过?"庆林说:"有我也舍不得吃啊。上回祥民来跟我拉呱,说,伟哥就跟薄荷片一样,蓝莹莹的?"祥民经常吹牛,说他把先进文化带到了官庄。莫非这就是他说的先进文化?

一想到祥民,繁花就多少有点头疼,刁民啊。祥民是村里最先富起来的人。早些年夏利车还比较值钱的时候,他经常给别人说,他手里有两辆车,一辆是夏利,另一辆还是夏利。杀鸡杀屁股,一个人一个杀法,他是靠什么发家致富的?靠倒卖牲口,倒卖人口。他把溴水的牲口运到山西,再把山西的女人弄到溴水。庆林的媳妇就是祥民给他运过来的。溴水的光棍们见到祥民,那就像见到了上帝。别说,后来这个刁民还真的信教了,信的是基督教。有一次,巩庄村的一个人来找他,那人的媳妇也是祥民给他弄的。那人蹲在祥民家门口,眼巴巴地望着祥民,说:"行行好,再弄一个呗,钱是不亏你的。"祥民说:"靠你妈,你还想妻妾成群呢。"那人说:"不是那意思。我们家的老二还打着光棍哩。"祥民卖起了关子,说:"现在风声紧,不比往常了。再说了,政府号召经济上要翻两番,人家山西都把劳动力留了下来,准备翻两番呢。"那人立即明白了,说:"好商量好商量,我也给你翻两番。"话都说完了,那人还是没有走的意思。祥民说:"怎么,你以为女人都是泥捏的,等一会儿就捏成了? 赶快回去弄钱吧。"那人嘬着牙花子,半天终于吐出了一句:"那是我弟媳妇,你行行好,路上可不要,可不要,不要胡来。"祥民上去就是一脚:"靠你妈,我都信教了,你还给我说这个? 我都是耶稣的人了,行的是大善呀。靠你妈,找别人去吧。"前段时间,繁花听说祥民准备捐资在王寨修个小教堂,传得有鼻子有眼的。据庆书说,弄个教堂也是很赚钱的,香火钱很可观的,蘸着唾沫能数半天,比倒牲口强多了。

那边终于有了动静。繁花看见了铁锁的两个女儿亚男和亚弟出来了,雪娥也出来了。雪娥紧追了几步,撵上了小女儿亚弟,往她口袋里塞了一团纸:"再用袖口擦鼻涕,看我不捶扁了你。"什么事就怕先入为主,放在平时繁花肯定看不出来,可这会儿她上去就看出来了。雪娥的步态确实有点"笨",是孕妇特有的那种"笨"。雪娥原来很轻盈的,像一只飞蛾。现在呢,挺胸翘屁股,都有点像企鹅了。等雪娥掉头往回走的时候,繁花叫住了她。繁花说:"哟,亚弟哪里惹着你了,你要把人家捶扁了? 嫩胳膊嫩腿的,经得住你捶吗?"雪娥朝繁花走了过来,走着走着,还侧身指着女儿说:"气死人了,一天下来袖口就明晃晃的,快成了剃头铺的磨刀布了。"繁花说:"这不能怨亚弟,这是遗传。铁锁小时候就是个鼻涕虫。他还不如亚弟,他连鼻涕都懒得擦,都是用舌尖舔。"这么说的时候,繁花的眼睛可没有闲着,那眼睛就跟探雷器似的,在雪娥的肚子上扫过来扫过去。雪娥说:"听说殿军在深圳挣大钱了?"繁花说:"他那个德行,挣一个花俩,挣再多也不够他一个人花。你看人家庆林,不显山不露水,还不费一点力气,钱就挣到手了。"庆林受了很大委屈似的,说:"还不费力气,整天就围着它转了。"繁花说:"费你什么力气了?活儿是狼干的还是你干的?"繁花把自己说笑了,雪娥也笑了。雪娥那么一笑,繁花就进一步看出了问题。雪娥捂肚子了。雪娥一只手顶着后腰,一只手捂着肚子。顶后腰是因为腰疼,捂肚子呢,那是肚子沉啊。瞧这架势,起码有三个月了。那裴贞还真是没有看走眼。唉,雪娥啊雪娥,怕疼不怕疼,你都得挨上一刀了。

　　庆林媳妇从茅厕里出来,捋起袖子就去帮庆林搅拌食料。庆林用胳膊挡住了她,让她先把"爪子"洗干净。别看庆林脖子黑得跟车轴似的,该干净的地方人家还是很干净的。繁花想,美国人要是真来了,一定让他们看看庆林的狼,让他们知道官庄人很注意动物保护。美国人不是揪住中国的人权不放嘛,瞧瞧,我们连动物都保护成这样,喂它吃肉,给它喝汤,还给它娶媳妇,更何况人呢?她还想,也应该给妹妹繁荣说说,让她给庆林照张相,登在报纸上。庆林身上有戏啊,可写的东西太多了。虽然他早年是个二流子,就知道偷鸡摸狗,连媳妇都是用大米换的,可后来在党的富民政策鼓动下,在村干部的帮助下,人家发奋图强,靠养殖求发展,一步一步走向了小康。这叫什么?这叫石榴树上结樱桃,想都想不到的。

她又瞥了一眼雪娥的肚子,想,等雪娥的肚子收拾利索了,雪娥家里也可以养条狗嘛,当然是母狗。庆林的狼往后面一趴,那狗肚子就大了。狗肚子装的可不是狗崽子,而是一摞摞印着领袖头的百元大钞啊。现在的母狗都是外村的,肥水都流外人田了。虽说是市场经济了,不能再搞地方保护主义了,但先尽着本村的母狗用,总不是原则性错误吧?搞一次不是二百块钱吗,她可以给庆林说说,打不了五折就打八折。这样一来,妹妹就可以在报纸上写了,在村干部的领导下,全村一盘棋,资源共享,优化组合,取长补短,共同发展。一句话,官庄村的人口增长率下去了,动物出栏率却上去了,百姓的生活越过越好了。就像大喇叭里唱的那样,依儿哟,得儿哟,幸福的生活啊千年万年长。

九

官庄的村委设在一个大院子里。早年那里有一个孔庙,庙不大,四周也没有院墙。庙里敬奉着泥塑的孔子像,还有从山东曲阜抄来的《孔子世家谱》。"批林批孔"的时候,官庄人为了批判封建宗法,一把火把它烧了。据说第一把火是孔昭原烧的。昭原当时是村革委会主任。他召集村人到孔庙前开会,批过"孔老二",又批"林秃子",然后再把"孔老二"和"林秃子"放到一个锅里煮,说他们都不是好东西,都是奸臣王八蛋,早就串通好了,一起来挖"社会主义墙脚"。他越批越来劲,越批越上火,扭头看了一眼孔庙,突然来了一句:"娘那个×,我就想一把火点了它。"老年人说,昭原其实是个老实人,说过就害怕了,一哆嗦,人都变矮了。但是老实人也有不老实的地方啊。哆嗦完了,他就环顾众人,等着有人反对他。但他等来的却是一阵高呼,点,点,点!开弓没有回头箭啊,但节骨眼上人家昭原又玩了一手。他在身上摸啊摸的,掏啊掏的,找火柴呢。身上翻了两遍之后,他又喊道:"谁有洋火?谁有洋火?"当时送上火柴的,就是现在的治保委员孟庆书。庆书当时才四五岁,还穿着开裆裤呢。庆书他爹稍不留神,庆书就把他爹的火柴掏了出来。老人们后来说,那比令佩的手都快,令佩下手前还要先望望风呢,人家庆书连望风都省了。拿到了火柴,庆书还想再拿父亲的烟袋。他以为昭原是要抽烟呢。当爹的不给他,他就咧嘴大哭。这一哭,目标就暴露了。昭原就说:"日你妈,呈上来吧。瞧瞧毛主席的好孩子,咱们的革命接班人,多有觉悟啊。日你妈,你真是天不怕地不怕,人小志气大。"拿到了火柴,昭原又问谁家有引火的干草。都是席地而坐,好多人屁股下面都垫着干草,但就是没有人送上去。后来有人说话了:"你老婆的屁股就坐着干草!"昭原没辙了,只好来到群众当中,从他老婆的屁股下面抽干草。他抽了一下又一下,不管怎么抽,他老婆搂着儿子就是一动不动。抽到第三下的时候,终于抽出来了几根。不过,那干草已经让他老婆给尿湿了,已经结成冰蛋蛋了。冰蛋蛋也得点啊,昭原就点,汗都出来了,还是没能点着。后来有人还就此编了一个"颠倒话":"说昭原道昭原昭原批孔狗打砖东边落日西边出老婆奓个冰蛋蛋昭原腊月热出汗芝麻秸上顶花碗顶呀么顶花碗。"颠倒话其实不颠倒,基本上是实情。据老人们说,庆茂当时刚二十出头,正想着出风头呢,就在下面背诵着毛主席语录给昭原打气:"下定决心,不怕牺牲,排除万难,去争取胜利。"俗话说,打虎亲兄弟,上阵父子兵。关键时刻,昭原他爹站了起来。他爹说:"德行,眼瞎了?前头那么多人,谁的屁股下面没有干草。"昭原连他爹的话都听不见了,还在那里点,急得他爹直跺脚:"聋了?耳朵割了喂狗算了。"昭原还是听不见。他爹急了,抹了一把脸,悻悻然走了过去,亲自把那火给点着了。这个老狐狸,火点着以后,并没有把火交到儿子手上,而是"一不小心"掉到了地上,掉到了前排的革委会成员的脚下。革委会成员不干也得干,只好上去添了把火。众人拾柴火焰高啊,吸袋烟的工夫,那火就从庙外烧到了庙内。一群老鼠从庙里跑了出来,跟疯了似的,叽叽乱叫,把猫都吓跑了。大火把天空都烧红了,那是真正的火烧云啊。

不过,几天之后,人们经常看见昭原虎着脸背着手在那个地方走,一圈圈地走,跟毛驴拉磨似的。又过了几天,他说:"这地方太空了,看得人心里空落落的。还是修个舞台吧。有了舞台,样板戏就好搞了,就可以更好地宣传毛泽东思想嘛。"一万年太久,只争朝夕,昭原说搞就搞。那一年小麦越冬的时候,台子就修好了,屋顶上的大梁用的是村里仅有的一棵银杏树,据说树龄比官庄村的历史还要久远,可以追溯到康熙年间。用的檩条也是百年槐木,像石头一样结实,把刨子的刀刃都打豁了。风水轮流转,乾坤大扭转,多年以后,当年被批倒批臭的孔子又吃香了,当年背着语录给昭原打气的孟庆茂当上了支书。

庆茂一上台就搞起了基本建设,在东边建了三间土墙瓦房,外面抹着白石灰,和舞台连在一起,就像东厢房。什么都搞好了,就差孔子像和《孔子世家谱》了。孔子像好搞,用泥巴糊一个就行了,《孔子世家谱》还得去曲阜抄。派谁去呢,就派昭原的儿子去吧。昭原的儿子拿着公款出去了,半个月以后还没回来。后来有人发现他压根没去曲阜。他就待在溴水,住在溴水的亲戚家里,隔三岔五到街上吃一顿,要把公款吃完了再回来。奇怪的是,人家确实把《孔子世家谱》拿出来了。后来还是昭原老婆说漏嘴了。老太太说,昭原当年留了一手,在家里留了一份《孔子世家谱》。点火那天晚上,昭原回到家就点上了香,把《孔子世家谱》供奉了起来……不管怎么说,庙终于修成了,而且发扬光大了。庆茂还把戏台又修了一下,加固了一些台基,在台基外面包了一层石头,石头上还雕了一幅画,叫《龙凤呈祥》。雕画的那师傅是从省会请来的,雕得那叫好啊。龙是飞龙,张口旋身,回首望凤。凤是翔凤,展翅翘尾,举目望龙。朵朵祥云飘在龙头凤尾,一派祥和景象。

十

当时就有人说了,说庆茂这是给自己打基业呢,要活到老干到老,要鞠躬尽瘁呢。可庆茂还是下台了。庆茂一下台,这院子这基业就留给了繁花。前年,繁花又在西边修了三间青砖瓦房,就像四合院的西厢房。这一下齐了,成了一个真正的四合院。四合院好啊,在北京教书的祥超说过,中央领导人住的都是四合院,院子里栽着石榴树,春天长嫩叶,绿油油的,夏天开红花,红彤彤的,到了秋天,那真是果实累累。至于为什么要栽石榴树,祥超也有解释的,说是多子多福的意思。有人建议,干脆也栽一棵石榴树。繁花没有同意。倒不是担心石榴树刚结果就被人摘了,而是祥超说的"多子多福"有点"那个"。是啊,那不是和计划生育唱对台戏吗?繁花也没有在墙上再涂白石灰,而是里里外外镶上一层白瓷片,有点像大城市里的公共厕所。当时瓷片很紧俏,溴水的大街小巷都在贴瓷片,说这样一来就"城市化"了,就成了省会的卫星城了。当时的县长姓王,王县长的外号"王瓷片"就是这样得来的。因为"城市化","王瓷片"很快就升了,成了汉州市的副市长。当时,那一车瓷片繁花还是托了妹夫才弄来的。

东边有一大片火烧云。早晨的火烧云像红绸,薄暮的火烧云像炭火。繁花来到村委的时候,整个院子都像铺了红绸。有几只麻雀落在红绸之间,它们也被染成了红色,成了红色的鸟,就像野地里那红色的浆果。农谚说,早烧不出门,晚烧行千里。看来天气要变坏了。庆书正坐在办公室里打电话。庆书的样子很严肃,中山装的扣子一直系到下巴。还梳了个大背头,涂了发油的,又亮又光,苍蝇落上去都会滑下来的。看到她进来,他愣了一下,放下电话,说:"起这么早?殿军好不容易回来一趟。"说这话的时候,庆书舔着嘴唇,一脸坏笑。繁花说:"德行,正经一点。再胡说看我不撕烂你的嘴。"庆书把脸凑过来:"撕呀,撕呀,撕烂了谁替你做工作。"庆书问繁花看没看早间新闻。繁花说她白天从不看电视。庆书就说遗憾啊,太遗憾了,实在太遗憾了。繁花问他到底看到什么了,是上头死了什么领导?中东又开战了?还是恐怖分子又把地铁给炸了?庆书说:"比中东还有意思。省电视台把你们的会议当新闻播了。我还看到了你的镜头。"繁花说:"胡扯,那么多人在下面坐着,怎么能轮到我上镜。"庆书说:"全县就你一个女村长,还是县人大代表。你是一朵鲜花插在那牛粪上,你不上谁上。"繁花小声问了一句:"我没丢官庄人的脸吧?"庆书说:"嗬,怎么会呢,你给官庄人增光了,给溧水人民增光了。你是我们的形象大使嘛。"

庆书出门的时候喜欢握着手机,这会儿庆书又把手机掏了出来,从左手换到右手,又从右手换到左手。繁花问他要到哪里去。庆书说,他得到学校去一趟。校长来电话了,说乡教办最近要到官庄小学听课。校长很着急,因为教室的桌子有断了腿的,只是临时用砖头支着。小鸡巴孩儿们还打烂了几块玻璃,也得赶紧补上,不然不好看。繁花说:"一个萝卜一个坑,你找祥生去呀。"祥生是村里的文教卫生委员,兼村会计,可最近两年,他一直在溟水做生意,也就是卖凉皮。他比繁花和庆书都大,快五十了,可按辈分他得叫繁花姑姑,叫庆书爷爷。

庆书说:"打电话找你找不着,只好给祥生打电话。祥生让我先帮他办了。"繁花说:"祥生呢,还在溟水城卖凉皮?"庆书说:"养兵千日,用兵一时。可是每次用到他,他都不在。等他回来了,非把他押送到庆林家不可。"繁花听不明白了,这事怎么又扯上庆林了?庆书脸上又堆起了坏笑:"村里的事一点不放在心上,不是狗日的是什么。"祥生不在,村里用钱都是繁花先给垫上。这会儿繁花给了庆书二百块钱。她说:"桌子该修的修,玻璃该安的安。不够你再另想办法。"庆书拿到钱,样子很感动,眼神还有那么一点敬佩。繁花说:"别急着走,查一下,雪娥上回怎么漏网了。"庆书把头皮挠得沙沙响,说他也正纳闷着呢。十月怀胎,这会儿雪娥应该有两三个月了,可是一个月前怎么没有查出来呢?难道她肚子里装了什么"反雷达"装置?这个庆书,说着说着就又跑到军事上去了。繁花急了,一急就把雪娥的怀孕日期提前了几个月。繁花说:"两三个月?三四个月也有了,搞不好都七八个月了,都快临盆了。"

计划生育是村里的头等大事。老话说,天大地大没有肚子的问题大。以前说的是吃饭,说的是肚子扁了,没东西吃。现在意思变了,说的是女人肚子鼓了,他娘的又有喜了。有一次庆书又要求压担子,繁花就说,你的担子够重了。在美国最重要的职务是国务卿,在官庄最重要的职务就是你这妇女主任。为了突出他的重要性,繁花单独给了他一间办公室。这会儿,庆书甩着钥匙链,带着繁花往他的办公室走。一进门,就可以看到墙上的那两张表。一张是男女身体穴位表,正面,背面,左侧面,右侧面,各个穴位分得很细,连耳朵上的穴位都标出来了,这张表是他从医生宪玉那里弄来的。一张是全村育龄妇女一览表,这张表分得更细,刚结婚的,正怀孕的,带了环的,结扎过的。每一类下面又分几个小类,形成一个个金字塔。比如刚结婚的,又分为已经申请生育指标的和尚未申请的。申请过指标的,又分为已经批准的和尚未批准的。表格上还画了好多图。凡是没有超生的,名字下面都画着一支麦穗,意思是"收获",准确地说是他自己在工作上的"收获"。凡是只生一个的,除了画红旗,还画了五角星,意思是"排头兵"。带了环的画了个满月。结扎过的画了半个月亮,庆书说那其实是镰刀。庆书进门先拉开抽屉,取出来一根电视天线,用手帕从头到尾擦了一遍。然后,庆书往表格跟前一站,胸脯挺起来,腰也叉起来了,都像沙盘前的将军了。繁花说:"别傻站了,快给我查查。"

十一

　　天线在麦穗、五角星、月亮和镰刀之间游动,在"姚雪娥"三个字下面停了一会儿,然后顺着红色箭头指示的方向跳到了"定期体检"栏。天线的顶端在表格上点来点去的,有时像军人原地踏步,有时像蜻蜓点水。过了一会儿,庆书的报告出来了:"很清楚啊,没种上啊。"繁花说:"都鼓起来了,还没种上?"庆书踩着椅子,趴到表格上面看了看,然后又向繁花报告:"对呀,没种上啊。石榴树上结樱桃,日怪了。"庆书从椅子上跳了下来。他跳得很别致,是越过椅背跳下来的,就像体操运动员跳鞍马似的。落地以后,庆书斜着眼,盯着房梁想了一会儿,突然拉开了抽屉,取出了一份《解放军画报》。画报里面粘贴着各种单子,抬头都印着"王寨医院"四个字。庆书蘸着唾沫,快速翻动着,最后停在了一张单子上。那是雪娥的体检单,机器打出来的,在"孕否"一栏里打了个"否"字。繁花说:"不对啊,这骗得了别人,可骗不过我。"庆书说:"我靠,机器出毛病了。美国的激光制导炸弹你知道吗?计算机控制的,世界上最先进的,可该出问题还是要出。所以毛主席说,美帝国主义是纸老虎。"

　　繁花急了,一急粗话都出来了:"德行!别瞎鸡巴扯了,赶紧去一趟王寨医院,把问题落实一下。"这么说着,繁花突然笑了,还像男人那样吹了一下口哨。有猫腻了,她终于发现猫腻了。单子上的名字是姚雪娥,可年龄却不是姚雪娥的。雪娥多大了?有三十五了吧,可单子上的年龄却是三十岁。最要紧的是,上面还写着"卵巢发育不良"。这话说的,雪娥要是卵巢不好,那世上就没有一副好卵巢了。"单子要保存好,"繁花说,"说不定还要用上的。"庆书说:"放心吧支书,我会像爱护自己的眼睛一样爱护它的。"繁花又纠正了他,叫他不要瞎喊。庆书说:"那你赶紧恢复职务呀,那样我就不会喊错了。"繁花想,庆书是真不明白还是假不明白,村支书都是上头任命的,不是她想恢复就能恢复的。

庆书不愿去王寨医院。他扭扭捏捏的,一点不像是军人出身的,倒像是刚过门的媳妇。他哼哼唧唧的,说,每次去都有人笑他,还问那肚子里的孩子是不是他的种,烦都烦死了。"还是让你们女的去吧,小红怎么样?"庆书说。亏他想得出来,小红还没结婚呢。这种裤裆里的事,一个姑娘家怎么好意思插手呢。最后还是繁花去了。繁花先去找了宪玉,宪玉常在王寨医院进药,跟那里的人很熟。但是宪玉一听说是雪娥的事,就连连摆手,还连吐了几口痰。繁花这才想起来,雪娥曾和宪玉老婆翠仙吵过架。雪娥的母鸡飞过院墙,跑到宪玉的麦秸垛里孵了蛋,宪玉的老婆翠仙就把那鸡蛋收到罐子里了。后来就吵开了,扭在一起又是揪头发又是咬。宪玉上前拉架,雪娥就连宪玉一起骂了,说他也不是好东西。每次给女人打针,宪玉两眼放光不说,手也不闲着,揉揉这边的屁股,再揉揉那边的屁股。幸亏女人的屁股只有两瓣,要是有第三瓣,宪玉也是不会放过的。骂完宪玉,再倒过来骂翠仙,说翠仙名义上是替宪玉打针,其实就是扒男人的裤子,全官庄村男人的裤子都让她扒完了。这会儿,宪玉看了看那张体检单,很神秘地笑了笑,说:"这个臭娘儿们,我可惹不起。"

繁花笑了,说:"你就当她不是雪娥,而是你老婆,不就得了。你是专家,我主要是怕医院的人骗我。"宪玉说:"她要是我老婆,我早就让她安乐死了。再说了,人家若要骗你,我也没鸡巴法子。"繁花说:"你不是跟他们很熟吗?只是让他们核对一下,再出一份证明。"宪玉突然张开嘴巴,两眼瞪得溜圆,一脸呆相。繁花不知道他搞什么名堂,哪料到他只是要打个喷嚏。在溴水,打喷嚏可是很有象征意义的,可以象征背后的思念,也可以象征背后的诅咒。繁花很担心宪玉将它理解为诅咒。但你越是怕鬼,鬼越来敲门。宪玉果然认为有人在背后骂他,而且那个人就是铁锁。宪玉说:"铁锁是不是听到什么风声了?他肯定在背后骂我呢。"繁花赶紧说道:"他知道个屁,我以党性和人格担保,一定替你保密。怕什么,啊,别怕。"宪玉笑了,笑得很坦然,都有点肆无忌惮的意思了。宪玉一拍胸脯,说:"吃饭吃稠,怕他算尿。吃饭吃稀,骂他算×。骂就骂吧,他还能把我怎么样?再说了我这不是为了自己,而是为了落实基本国策。我靠,老子豁出去了。"

王寨医院是王寨乡的形象工程,形象工程都是要上报纸的,不上报纸还谈什么形象?医院刚刚扩建完毕,院子大了许多,栽了很多连繁花都没有见过的树。最高的那株树,是一株银杏树。那树繁花以前是见过的,因为官庄村曾经有过一株,后来成了戏台的房梁。眼前的这一株是从别的地方移来的,枝丫都砍了,只剩下了树干。树干上拴着几个瓶子,那是在给银杏树打吊针呢。银杏树左边的那幢楼上新盖个琉璃瓦大屋顶,右边那幢楼上搞个锡皮鼓似的圆球。那圆球上又耸着一个越来越细的塔,有点像上海卫视上经常出现的东方明珠电视塔。因为这工程是牛乡长主持扩建的,有人就说了,那圆球加尖顶很像带蛋的牛鞭。扩建以后,繁花还没有来过,这会儿见了,觉得还真像那么回事。宪玉说,妇产科就在那个塔上面。繁花说:"这就怪了,来妇产科的多是挺了大肚子的,爬那么高多不容易啊。"宪玉开玩笑说:"这就是让你望而生畏,少生为好。不过有电梯的。"他们就坐着电梯往上升。那电梯里有股子臊味。繁花想,臊就对了,电梯本来就是"牛鞭"的尿道嘛。

十二

到了妇产科,宪玉找了一个熟悉的医生。一看到那个医生,繁花就有些不自在了。繁花生豆豆的时候,就是那个人接生的,事先殿军还塞给他五百块钱红包。那医生姓王,就是王寨村人。殿军送完红包,拐回来对她说,就当是喂王八了。王医生并没有认出她。宪玉递上烟,然后又递上了那张单子。王医生说:"字迹很清楚嘛。"繁花赶紧说:"这人生过孩子的,上面却写着卵巢有病。"王医生说:"生过孩子就不能出问题了?谁规定的?"繁花赶紧示意宪玉给人家点烟。繁花说:"可这上面写的是卵巢发育不全。"王医生说:"这就是科学的力量了,科学技术是第一生产力嘛。发育不全不要紧,可以想办法让它发育全。"繁花说:"发育不全,不就是有毛病吗?还有……"

繁花还没有说完,王医生就说:"真有了毛病也不要紧,把那二两肉摘下来就行了。"宪玉说:"王老师,她的意思是,这体检单出问题了。这个人的卵巢好得很,上面却写着卵巢发育不良。还有,这女人的年龄也写错了。"王医生说:"我靠,老虎的屁股摸不得,女人的年龄问不得,谁知道怎么回事。"繁花说:"是不是机器出问题了?"王医生说:"什么都会出问题,更何况一台机器。"繁花急了,说:"这女人明明怀孕了,上面却写着没怀孕。这是大问题呀。"王医生说:"你看你这个女同志,总比没怀孕却写着怀孕了好吧?那可是一场空欢喜。"说着,王医生把单子还给宪玉,又回了门诊室。繁花恼了,低声说了一句:"这个王八蛋,他到底是真傻还是装傻?"宪玉说:"当然是装傻。多一事不如少一事嘛。"

繁花看着那上面的签名,那签名像是蚯蚓爬出来的,蜘蛛织出来的,反正不像是人写的。繁花推着宪玉,把他往门诊室里推:"你再问问他,这是谁签的名。"宪玉只好硬着头皮进去了。那王医生本来是近视眼,这会儿却像远视眼似的,远远地举着那张单子,还边看边摇头。繁花在外面给宪玉使眼色,让他再拿给对面的医生看看。对面的医生看了,也摇了摇头。那医生说:"这字体真是龙飞凤舞啊,草书啊,大草,草得很有水平,连我都不认识了。"他问宪玉:"你认识吗?"宪玉说不认识。那医生就说:"就是嘛,你不认识,我怎么会认识呢?"

繁花想,或许应该去找一下牛乡长。但她很快就又改变了想法。前年冬天,为了乡提留的事,她跟牛乡长争辩过几句。牛乡长对纸厂的停产,心中也是窝了火的。谁都知道,牛乡长跟纸厂的厂长是哥们儿。牛乡长去东南亚考察养鸭和水稻栽培,路费就是纸厂掏的。只是看在妹夫的面子上,牛乡长才大人不计小人过,没跟她翻脸。这事情要是让牛乡长知道了,那还了得,说不定会把官庄村当作反面教材的。去他娘的,错就错吧。如果真的是机器出了毛病,也不见得是坏事,繁花又想,到时候各村都有超生的,又不是官庄村一个。再说了,她有把握把雪娥给收拾了,而别的村长,却不见得有她这么大的本事。繁花和宪玉坐着电梯,从"牛鞭"里走了出来,到街上拦车。来了一辆面的,繁花正要招手,宪玉说:"怎么也得坐个轿的啊。"繁花说:"丢你的面子不是?"

宪玉不好意思了,说:"有点面子也全丢光了。"这么说着,宪玉突然一拍脑门,说:"想起来了,有一个人可以帮忙。"宪玉这么一说,繁花就知道他说的是谁了。那是个女知青,姓范,早年也曾是个赤脚医生。这个范医生当年最崇拜两个人,一个是电影《春苗》里的赤脚医生田春苗,另一个是扮演田春苗的李秀明。她要算是最早的追星族了。她连自己的名字都改了,由范抗美改成了范苗秀。范苗秀和宪玉在溟水卫校进修的时候曾经好过一阵的,她现在是住院部的主任。

宪玉和繁花找到住院部的时候,范医生刚好从病房出来。范医生刚染过头发,远看还很年轻,近看就不行了,就像朽木上长出来的黑木耳。不过,她看宪玉时候的那种眼神,还有年轻人的那种醋劲,带着一点幽怨,也带着一点冥落,也带着那么一点骚。繁花夸她年轻,越来越年轻了。范医生淡淡一笑,对宪玉说:"你们家谁又病了,不会是你家里那位吧?"宪玉说:"瞧你说的,没病没灾就不能来看你了。"范医生引他们在办公室坐下,说:"我就不给你们倒水了,一次性杯子用完了。说吧,什么事?"宪玉又说了点别的,然后让繁花把那单子拿了出来,又讲了讲事情的原委。范医生看了看单子,说:"别搞了,认栽吧。"繁花吓了一跳,连忙问到底怎么回事。范医生朝门外看了看,又把门关了,说:"这不是机器的事。不就是尿检吗,容易得很,一般不会出问题的。"

宪玉朝繁花使了个眼色,意思是终于找对人了。范医生说:"不管我说什么,等你们走出这个门,我就不认账了。"宪玉说:"那是。"繁花说:"我们根本就没有来过。"范医生说:"这人已经调走了。升天了。"宪玉说:"死了?"范医生说:"反正是升了。这人你们说不定认识。她叫张石英,她姐姐就在你们村。"繁花说:"谁啊,我怎么不知道?"范医生说:"她姐姐就很漂亮,叫张石榴。"宪玉说:"张石榴啊?确实很漂亮。不过她是中看不中用,全村只有四个女人不会生,她就是其中一个。"

范医生说:"这当妹妹的会不会生,我不知道。也应该是不会生吧。韩国不是有个戏子叫金喜善吗?不知道?宪玉,你不是挺爱学习的吗,怎么变得不读书不看报了?金喜善是韩国第一美人。这位呢,就号称是中国的金喜善。时代不同了,脸蛋也能当饭吃,升了!"繁花问:"去溴水医院妇产科了?"范医生说:"再往上。"宪玉说:"当溴水医院的院长了?"范医生说:"瞧你那点志向。再往上。"宪玉说:"再往上就上到月亮了,她总不会当嫦娥了吧?"范医生说:"嫦娥?当嫦娥是要守寡的。她怎么会守寡呢?一天都守不住的。她嫁给县长的儿子了,石榴树上结了樱桃,现在是卫生局的副局长了。"繁花有点想不通,这样一个人,为什么要帮铁锁呢?这个范医生真是个刀子嘴,说:"两种可能,一种是无意搞错了,因为她本来就是个绣花枕头;一种是有意搞错的,因为往枕头上绣花也是要花钱的。"

十三

繁花傻眼了,一时都不知道该说什么了。要不是宪玉提醒,她都不知道为什么来了。宪玉说:"能不能再检查一次,证明确实搞错了。"范医生说:"这倒不难,一个月体检一次,到时候你把她领来就行了。"宪玉连说太好了,太好了,还说请她看在他的面子上,到时候一定帮助照看一下,千万不要再出错了。范医生用眼睛瞟着宪玉,突然问:"那女人肚子里的孩子,不会是你的吧?"宪玉忙着解释,又是赌咒又是发誓,还拉住繁花的胳膊,让繁花给他做证。范医生的目光移开了,移到繁花的胳膊上,然后又移到了繁花的脸上,好像繁花就是单子上写的雪娥。繁花想,这女人可真没劲,本来我还想感谢你的,拉倒吧。

庆茂当政的时候有个口头禅,用的是毛主席语录,说的是思想工作的重要性,叫"扫帚不到,灰尘不会自己跑掉"。临交班的时候,庆茂还当着乡干部的面,把这句话又重复了一遍,说这是村干部的"传家宝",不能丢的。第二天,繁花就去找了雪娥,她要通过思想工作这把"扫帚",扫掉雪娥肚子里的"灰尘"。繁花是拉着庆书一起去的。繁花说:"本该你去的,你管这一块嘛。"可庆书并不领情,他说,张县长可是在电视里讲了,各村都要一把手挂帅,他充其量只是个跑腿的。这个庆书,关键时候不说冲锋陷阵,反而成了缩头乌龟。繁花皱了皱眉头,说:"你看着办吧。"庆书又嘟囔了几句,还是跟在繁花屁股后面去了。

铁锁到溴水城外修公路去了,就雪娥一个人在家。铁锁去修公路,还是村里推荐的。繁花通过妹夫,搞到了十个名额,这十个人不是没搞养殖,就是养了却折了本的,都是些没出息的家伙。雪娥现在只是养了十几只鸡,一头猪。"鸡子叫,娃子哭,院子里一头大肥猪",放在二十年前,这就是兴旺发达的象征,可现在不行了。改革开放已经搞了二十年了,你还拿鸡屁股当银行,只能说明你是窝囊废一个。这会儿,那头黑猪正靠着一棵槐树蹭痒,一根又短又细的尾巴荡来荡去的,驱赶着苍蝇,很舒服的样子。繁花看着那头猪,想着怎么对付雪娥。槐树的叶子还没落净,映在院墙上,留下铜钱大的一片一片影子。猪蹭来蹭去,那树叶的影子就有些乱。雪娥端着一只盛有玉米的破碗出来喂鸡,嘴里咕咕咕叫着。"别叫了,姑来了,"繁花随口来了一句,"来看你的大彩电了。"雪娥家的那台日立牌大彩电是铁锁摸彩摸来的,繁花已经听人讲过无数遍了,这会儿,繁花就像刚听说似的,又问起了摸彩的事。"嗬,这就是铁锁摸来的那一台?铁锁真有一手,手上抹香油了还是打香皂了?"

雪娥端着脸,半眯着眼,美滋滋地陷入了回忆,那样子就像品尝甜食。说那天铁锁扛着钢锨出门,遇到了一个和尚。官庄村什么时候来过和尚?一百年也来不了一个。和尚可不是凡人,修了身就成佛了。好不容易来了一个,还让铁锁给碰上了。繁花没有反驳她,离官庄村不远就有个普济寺,住了两三个和尚,她也在路上遇到过的。雪娥又说,那一天公路刚好修到新开张的溴水超市门口,铁锁想起来了,亚男亚弟早就吵着要买个文具盒。中午吃过饭,铁锁就进了超市。那文具盒其实很便宜的,一个才四块钱。铁锁买了两个,八块钱。铁锁买东西从来不开票的,乡下人嘛,没那个习惯嘛。那天见好多人开了票,铁锁也就跟着开了。卖东西的说,这位大哥你再买点别的吧,买够十块钱就可以摸彩了。铁锁面子薄啊,比鸡蛋皮都薄,看人家是个姑娘,他也不好不买。他就又买了一支圆珠笔,然后就跟着别人去摸奖了。佛祖保佑,前头的人没摸着,后头的人也没摸着,偏偏叫铁锁摸着了。繁花说:"还得谢谢亚男和亚弟,她们要是不用文具盒,铁锁本事再大也摸不来。"庆书在一边说:"摸个屁,无源之水嘛。"繁花说:"说来说去,还是你的闺女好啊。令辉不是也在那里修路吗?他也摸了,为什么没有摸着?"雪娥说:"就是,那天令辉买了七八十块钱东西呢,屁也没摸着。"繁花说:"所以,还是你的两个闺女争气。等她们长大了,你和铁锁就等着享福吧。"

然后繁花又问,铁锁修路一天挣多少钱。雪娥不说话,起身到里屋翻了一阵,拎出来一个塑料袋,倒出来了一看,原来是几双皮鞋:"娘那个×,就发了个这。上个月发了五双,说是一双值七十块,还说是名牌。我当姑娘的时候,也是穿过名牌的。我就想,算了,就当是自己买的。我就试了一双,没穿一个礼拜,脚指头都拱出来了。后来才听说这鞋是交通局局长的小姨子做的,咱溴水产的!"繁花说:"你看你,给人家退了吧,你穿过了。不退吧,明明上当了。你太马虎了,穿之前为什么没有好好看看呢?"庆书插了一句:"是白局长吗?他也当过兵。"雪娥指着庆书,说:"对,就是这个姓白的。白脸奸臣啊。"庆书躲开她的指头,说:"他姓白,长得可不白,黑不溜秋的。当兵那会儿,他是学雷锋先进分子。他学雷锋,我们学他,新兵学我们。他怎么说变就变了。"

后来就谈到了那张体检单。繁花说:"雪娥,瞧你那点德行,不是我说你,你这个人就是太马虎了。芝麻和绿豆不分不要紧,皮鞋的事马虎一下也不要紧,体检的事你也敢马虎?上回你在医院体检,单子填错了你知道吗?我就知道你不知道。庆书,把单子拿出来给雪娥看看。雪娥你好好看看,上面填错了。"雪娥的表情一下子变得很奇怪,似笑非笑。她坐得好好的,一动没动,可是头发却突然披了下来,把半个脸都遮住了。繁花又说:"幸亏只是计划生育体检,错了还可以再改。要是真有什么病,没有查出来,那可就误大事了。"雪娥看着那张单子,嘴巴发出吸溜吸溜的声音,还用舌头顶着腮帮子,好像牙疼似的。繁花继续批评她:"不该马虎的时候马虎了,是要出乱子的。当然这也不是你的错,责任在王寨医院。可是,你拿到了单子,总该好好看看吧。我估计,医院是把你和另外一个人搞错了。说不定那个人有问题,可现在还蒙在鼓里,还在和她的男人加油干呢。加油加油,怎么加油都不行了。石榴树上能结出樱桃吗?"这话繁花是笑着说的,说着便把脸扭向了庆书:"庆书,你说呢?"庆书立即附和道:"结个屁。屁也结不出来。"搭了桥就该过河了,套上驴就该拉磨了,繁花这就顺理成章地把庆书拉了进来:"雪娥,你也不用谢我。要谢你就谢庆书。还是庆书眼尖,这问题还是人家庆书发现的。"

十四

庆书顿时慌了,好像被火烫住了,连连摆手:"我,我,我可不敢贪功。"繁花说:"当然,是我叫庆书复查的。这一复查就查出了问题。你呀,事不宜迟,赶紧再去医院查查。这次可不敢马虎了,查仔细一点。你放心,花多少钱,都由村里掏。"雪娥把头发掖到耳轮后面,连掖了几次,脸上还是那种似笑非笑。繁花想,我可把台阶给你铺好了,你只要顺着台阶走下来就行了。她万万没有料到,雪娥把单子还给庆书的时候,会来那么一句:"这单子好好的呀,看不出来什么呀。"现在轮到繁花似笑非笑了。先是似笑非笑,然后是大笑,都笑得前仰后合了。繁花说:"德行!还没问题呢,卵巢都弄错了。"雪娥现在倒变得镇定了,二郎腿都跷起来了。她问繁花:"卵巢是什么东西?长在哪里?你拿出来叫我看看。"繁花继续笑,笑够了,才说:"亚男从哪里出来的?亚弟从哪里来的?石头缝里蹦出来的?不会吧?"雪娥说:"你家豆豆从哪里来的,亚男亚弟就是从哪里来的。"庆书说:"卵巢是排卵的地方。""排卵,排什么卵?这你们可哄不了我。我也是读过高中的。卵就是蛋,鸡卵呢,就是鸡蛋。孟主任,你见过女人下蛋吗?"庆书说:"没见过,真没见过。支书,你见过吗?"繁花口气变了,已经是软中带硬了:"雪娥,别犯傻了。听话,再去查一次。我这是为你好。"雪娥说:"啥叫卵巢我还没搞清呢,怎么查?查什么?"繁花说:"要不咱们进到里屋,你把衣服脱了,我指给你看?"

雪娥的舌头又把腮帮子顶了起来,半天没有吭声。院子里静得很,黑猪的哼哼声都听得一清二楚。透过竹帘,繁花看见一只公鸡像飞机滑翔似的,斜着翅膀在追逐一只母鸡,很快活的样子。有一只狸猫,在泛着碱花的院墙上散步,弓着腰喵了一声,很惬意的样子。室内气氛却很紧张,跟高压锅似的。为了缓和一下气氛,繁花指着门外开了句玩笑:"雪娥,你家里什么都忙,连鸡都忙得很。"雪娥没接腔,咬着指关节望着房顶,好像屋里没有别人。繁花说:"怎么,想明白了?要是还不明白,那就把裤子脱了。"雪娥欠了欠屁股,好像准备着脱裤子了。可是当繁花站起来的时候,她却又坐下了。她说:"你要是翠仙,我就把裤子扒了,可你不是。翠仙不光扒男人的裤子,还扒女人的裤子。连亚男都知道,这叫同性恋。"啧,这个雪娥,夹枪带棒的,又把宪玉的老婆翠仙骂了一通。繁花想,这就是胡搅蛮缠了,就是给脸不要脸,不见棺材不掉泪了。繁花忍住笑,脸一板,说:"雪娥,咱们打开窗户说亮话,你是不是又怀上了?我看像。我没有看走眼吧?要是没有看走眼,你这可是计划外怀孕,不是开玩笑的,要罚款的,十台电视机都罚进去了。"繁花正说着,雪娥突然站起了身,掀开竹帘就出去了。繁花和庆书不知道她要干什么,都撩着竹帘往外看。只见雪娥一横一横的,走到院子的中央,一拍屁股突然蹦了起来,把正在刨食的鸡都吓飞了。

雪娥朝着西院墙骂道:"娘那个×,欺负到老娘头上了你。撒泡尿照照呀你,老娘是好惹的吗?我靠你八辈子祖宗。"雪娥"靠"

完西边再"靠"东边,还是一蹦三尺高:"良心都喂狗了呀你,你狗拿耗子呀你,娘那个×,我靠你八辈子祖宗呀。"庆书眯着眼,脸上挂着笑,说:"说得轻巧,你拿什么靠啊?"繁花正在气头上,听不得这种话,就对庆书说:"嘴巴干净点。"庆书讪笑着,指着雪娥说:"你看,本来还好好的,一扭脸就变成了母夜叉。"繁花说:"这娘儿们不通事理。你赶紧往工地跑一趟,把铁锁给我叫回来,回来以后马上通知我。"

门口已经围了一群女人和孩子,都是来看热闹的。裴贞也在里面,手中照例还打着毛衣。看见庆书出来,裴贞就说:"打架了?铁锁怎么能这样呢,雪娥在家里替他养孩子容易吗?"裴贞又对身边的二愣媳妇说:"咱女人腰板再硬,也经不住男人的拳头啊。"二愣媳妇的娘家与雪娥的娘家是一个村的,自然要站在雪娥的立场上说话。不是一家人,不进一家门,二愣就够愣了,他媳妇比他还愣,都有些愣头青的意思,二百五的意思了。这会儿,二愣媳妇"呸"地吐了一口痰,叉着腰说:"嗨,这不是妇女主任吗,你可得替妇女说话。"见庆书要走,她就抓住了庆书的袖子:"跑鸡巴跑!解放军叔叔怎么能当逃兵呢?不准跑。"

当然,有心机的很快就想到了生孩子的事。前任支书庆茂的老伴就想到了。庆茂老伴抱着半岁的小孙子乐乐,一边给乐乐喂奶瓶一边说:"铁锁也真是的,雪娥哪点不好?不就是没生个带把儿的吗?带把儿的有什么好,就会气人。"庆茂老伴很严肃,严肃中又有点慈祥,是那种高干夫人的严肃和慈祥,很有内容的。庆茂老伴把奶瓶夹到腋下,腾出手来撩着乐乐的小鸡鸡,说:"乐乐啊乐乐,你说是不是?你就知道吃,吃完就会气人。"还要唱呢,唱的是养闺女的好处:

养个闺女就是好
西瓜皮也能做个袄
冬瓜皮用来缝个袖
南瓜瓜蒂钉个扣
做完衣裳再嫁人
嫁给北瓜做媳妇

她还要把乐乐递给庆书,让庆书先替她抱着,她好进去劝架。还没等庆书反应过来,庆茂老伴就把乐乐塞到了庆书怀里。抱着那软乎乎的东西,庆书就像端着一盘豆腐,顿时不知道如何是好了。突然手心一热,吓了他一跳,差点把孩子撩起来。原来是乐乐尿了。他赶紧把乐乐塞给裴贞。裴贞想躲,但庆书有办法治她。庆书凑到她耳边只说了那么一句,裴贞只是愣了片刻,就乖乖地把孩子接住了。庆书低声说:"还是你眼尖,组织上谢谢你。"

十五

庆书一走,看热闹的就拥进了院子。二愣媳妇咋咋呼呼地站在最前头,嚷道:"铁锁你给我出来,给我爬出来。雪娥哪点不好?啊?白天给你干活,晚上陪你睡觉,容易吗?给我爬出来。"竹帘掀开了,繁花拎着一双皮鞋走了出来。二愣媳妇说了一声"我日",就愣住了。繁花往前走,她往后面退,退到拴猪的那棵槐树跟前的时候,二愣媳妇一下子蹲到了地上,用手捂住了脸。繁花笑了笑,把二愣媳妇拉起来,还叫了她一声"嫂子"。然后繁花拿着那双皮鞋走到众人跟前,说:"都来看看,这就是上头发的鞋。还没穿两天呢就开帮了,脚指头都拱了出来。这事搁到谁身上不生气?还让不让老百姓活了?你们说,这该不该骂。"这时候,雪娥已经扭身进屋了。繁花对着屋门口喊道:"雪娥,你别着急,我会给你做主的。"说着,繁花就走到了门口,掀着门帘说:"不就是几双鞋嘛,犯不着生那么大的气。气坏了身子,铁锁还得回来伺候你。"繁花说得有鼻子有眼的,众人听了,还真的以为雪娥是为一双臭鞋发火,没什么看头,就纷纷散了。

剩下繁花和雪娥两个人的时候,繁花又把脸板了起来:"闹够了吧?没闹够接着闹。闹够了,就乖乖地往王寨跑一趟。让铁锁陪你去。放心吧雪娥,铁锁的工钱扣了多少,村里就补给他多少。够意思了吧?嗨,谁让咱们关系不错呢?咱们是打断骨头还连着筋呢。"繁花把那堆皮鞋拾进塑料袋,说:"送佛到西天,好事做到底,这鞋我带走了。殿军回来了,我让他给你修修。修不好,你打他一顿我都没意见。"

午饭很丰盛,母亲做了几个菜,荤素搭配。其中的一道荤菜,那真是荤到了家,叫牛鞭炖土豆。牛鞭是从罐头瓶里取出来的。妹夫每过一段时间就送回来一批罐头,都是送礼送的。这会儿,繁花的父亲用筷子翻了翻,夹起来的却是一块土豆。殿军嚼着牛鞭,脸都红了。繁花想笑,却不敢笑,也不好意思笑。可怜天下父母心啊。繁花当然明白,老两口做梦都想抱孙子呢。这是给殿军进补呢,给殿军打气呢。

还有土豆,土豆也是很有深意的。半个月前繁花就听母亲说,有人告诉她,要想生男孩就得多吃土豆。繁花问谁说的,母亲说反正是个文化人,文化人就是懂得多。繁花没猜错,那个人果然是裴贞。母亲说,裴贞说了,那土豆不光要吃,还要多吃,一次起码要吃两个。两个土豆放在一起像什么呢?男孩的蛋嘛。母亲还把自己埋怨了一通,埋怨自己真是白活了,白活了几十年,这么浅显的道理都没弄明白。这个裴贞,怎么能想出这种歪门呢?这不是拿老太太开涮吗?亏你还是人民教师出身。还有,你这是盼我怀孕啊,盼我犯错啊。后来有一天,繁花在地里拢田垄,见到了裴贞,就问她吃土豆和生男孩到底有什么关系。这一次裴贞没有再说两个土豆就像男孩的蛋。裴贞文绉绉的,说了一通科学道理。说吃了土豆,子宫里面的碱性就多了,碱性一多就会生男孩了。唉,那碱性不碱性的,母亲自然是不知道的,母亲知道的还是两个土豆放在一起就像"男孩的蛋"。母亲也不知道那土豆该由繁花来吃。瞧,这会儿她就夹了一只土豆,放到了殿军的碗里。父亲看着那土豆,问:"殿军,不过年不过节的,怎么想起来回家了?"殿军嘴巴很甜,说:"主要是想孝敬孝敬二老。"父亲说:"嗬,我烧了高香了。"繁花听出了父亲的不满,赶紧接了一句:"是我叫他回来的,叫他帮我一把。"父亲不吭声了。繁花又说:"叫他回来帮我写篇演讲词。"说到这里,繁花又像撒娇一般,对父亲说:"到时候,你们可得带头鼓掌啊。"父亲的表情立即郑重起来,敲着碗,对老伴说:"都得鼓掌,不能叫冷场。"殿军说:"是啊是啊,一犬吠影,百犬吠声嘛。"父亲说:"犬?什么犬?"殿军赶紧解释,说:"我是在打比方。我的意思是说,只要有一个人带头鼓掌,别的人就都跟着鼓掌了。"

　　繁花一直在等庆书和铁锁。饭吃完了,碗筷也洗过了,庆书和铁锁还没有出现。繁花等得心焦,就带上豆豆陪着殿军出去走了走。一来是散心,二来是想趁这个时间向殿军介绍一下村里的情况,说白了就是让他熟悉一下她的成绩,好让他写演讲词的时候心中有底。当然,她还想让殿军和他的狐朋狗友们见见面,联络联络感情,也算是替她拉拉选票。怎么说呢,尽管她有充足的理由连任,并且恢复村支书的职务,但是不怕一万就怕万一啊。老话是怎么说的?人心隔肚皮,狗心隔毛皮。万一有人在背后捣蛋,到时候她可就抓瞎了。老天爷啊,我心中的宏伟蓝图还没有完全实现呢,总不能半途而废吧?殿军装了一盒大中华,又戴上了墨镜。"把那蛤蟆镜摘了!"繁花说着就给他扯掉了,交给豆豆玩去了。殿军又把那个儿童望远镜拿了出来,说是要好好看看故乡的山,故乡的水,也看看费翔唱过的"故乡的云"。繁花拧了一下他的鼻子,说:"云就免了,你还是好好看看改革开放的成就吧。"

到了村口,繁花跺着脚下的柏油路,对殿军说:"看见了吧,这段路就是我领着修的。还记得吗?当年你娶我的时候,就是从这里进村的,车都陷进去了。你看看,现在比打麦场都平展。"殿军说:"别搞错了,是你娶的我,不是我娶的你。"繁花捅了他一拳:"德行!我不是说了嘛,当两位老人过世了,就让豆豆跟你姓张。你说说,到底谁娶了谁?"村西有一条河,官庄人都叫它西河。西河的西边,原来有一个造纸厂,地皮是官庄的地皮,厂却是乡上的,只是每年给官庄人两万块钱。放在二十年前,两万块钱是个大数字,够买两百头猪,够全村人交电费,也够盖两个舞台。现在不行了,连半个舞台也盖不起了。还有更让人生气的,那就是纸厂排出来的废水。那就像婴儿屙出来的粑粑,黄的,又臭又黏又腥,整条河都污染了。

十六

庆茂当政的时候,就向村民许诺要和纸厂谈判,让他们处理废水。不处理就跟他们来硬的,把大门给他们堵了。但几年下来,人家不光废水照排,而且大门越修越漂亮,门前的石狮子本来是青石做的,这会儿又换成了汉白玉狮子。村里有个白痴,是后天患上的白痴,早年在北京当过兵,见过几个外国人。那白痴说,那狮子不是中国狮子,而是外国的狮子。外国人都是白人,所以他们雕出来的狮子也是白的。这不着调的话后来竟然传开了,有些人还真的以为这狮子是从国外搞来的。两只外国狮子卧在村边,很能说明问题啊。说明什么呢?只能说明纸厂越搞越好,而庆茂的工作却越搞越糟。有一次村委开会,庆茂就差扇自己的脸了,不过他说这不能怨他。道理很简单,你就是走到了天涯海角,就是坐宇宙飞船上了月亮,胳膊也扭不过大腿。官庄村就是那条胳膊,王寨乡就是那条大腿,所以这不能怨他。这会儿,繁花指着西河,问殿军还记不记得她是怎么治理这条河的。

繁花说,当初我偏偏不信那个邪,不就是个牛乡长嘛,再牛也只是个乡长,大腿再粗也没国家的大腿粗。他要是国家主席,我就认栽了,可他不是。繁花说得没错,上台以后,她就和纸厂重开谈判。女将出马,一个顶俩。繁花先哄着纸厂给村里安上了路灯,然后又让他们给学校"赞助"了课桌、幻灯机和一台计算机。为了加强官庄村和纸厂的联系,也为了方便纸厂职工子弟"就近入学",繁花又让他们在河上新修了一座石拱桥。起初,他们哼哼唧唧的,不愿掏钱,但临了还是乖乖地把钱掏了。当然,这当中也有孟小红的一份功劳,因为那主意是孟小红出的。小红说,我听别人说了,现在教育上有规定的,要减轻学生负担,不能给小学生布置课外作业,但是你把放学时间推迟一个小时,学生做不完作业不准回家,上头就没话可说了。小红很有把握,说用不了半年,就会有职工子弟掉到河里面去,到时候什么都好说了。按说小红还是个丫头,她的话不能当真的,但繁花还是很尊重她,从善如流,采纳了她的建议。后来果然有人掉下去了,而且一掉就是两个,一个男孩一个女孩,都是中层干部子弟。好啊好啊,小红说,这就叫龙凤呈祥,好事成双。再后来,那桥就修起来了。最后,又让他们一次性补偿村里五十万元污染费。钱一到账,繁花就利用妹妹繁荣的关系,请来省里的记者,让他们把纸厂的污水排放曝了光。没过多久,省里一张红头文件就把纸厂给封了。繁花都想好了,下一步要把那地皮收回来。她已经查过当年的档案了,当年只是把地皮借给了乡里,时间为二十年,到明年的正月十五,就到期了。这可不是小事,对官庄人来说,收回地皮就相当于香港回归,在村史上要记上一笔的。

"这可是我的得意之笔。不过,你既不能提我的名字,也不能提繁荣的名字。纸厂那帮杂种会报复的。你点到为止就行了,就说村委尊重民意,成功地完成了污水治理。如果我再次当选了,我就要集资贷款,把地皮收过来,重打鼓另开张。这方面你可以重点写写。"

殿军问:"你想办什么厂呢?"繁花笑了,说:"你不是有望远镜吗?你看得远,你说说,以后这里能干什么?"殿军说:"办鞋厂吧,缺少我这样的技术人员。办个皮鞋批发市场吧?这里又远离闹市。"繁花抱起豆豆,指着那个纸厂的院墙问:"豆豆,你说说,你想在这里看到什么呢?"豆豆脱口而出:"动物园,我要看恐龙。"繁花说:"你看,连豆豆都知道。我想在这里办个动物养殖场,至于养什么动物,你得替我好好想想。反正庆林喂狼给了我很大启发。我的理想是带着全村人致富。到时候,你也别去深圳了。不就是打工嘛,哪里都能打。你就等着回来帮我照看场子吧。"

殿军说:"我知道了,夫人的理想就是,配种加养殖,养殖加配种,实现共同富裕。"繁花说:"德行,正经一点。"路上不时有人和繁花打招呼,那问候语虽然很平常,还是那句"吃了没有",但其中却都透着恭敬,还有那么一点拘谨。别看殿军比繁花高出一头,人们总是先看到繁花,再看到殿军。和殿军说话的时候,那些人就不那么拘谨了,一开口就是"我日""我靠"的。殿军还忙着掏烟,一盒烟都快散完了。每当殿军散烟的时候,繁花就会来上一句:"这烟你是在哪里买的,不会是假的吧?"殿军便骑驴就磨台来上一句:"假烟?我靠!我老张别的烟抽不出来真假,大中华还是能抽出来的。"

官庄村后有一大片丘陵,高高低低有三百亩。原来栽的也是果树,低洼之处栽的是梨树、杏树、桃树,高岭上栽的是核桃树。"大跃进"那年为了赶超英美,大炼钢铁,一夜之间全砍光了。后来又栽上了,还没有挂果,学大寨就开始了。怎么办?砍吧。就又砍了。前几年,又栽了一批树,这回不栽果树了,栽的是杨树、榆树。村里有人说了,这下好了,栽的都是长得快的,遇到什么形势需要砍了,它也成材了,砍了也不心疼。可是树长得再快,也没有形势变化快。杨树长到胳膊粗的时候,溴水城有一个房地产商人在县领导的陪同下来了,说要开发这片地,盖一批小别墅。庆茂当时算了一笔账,一亩地卖十万,三百亩就是三千万。全村人不吃不喝,十年攒不了这么多钱,提前奔小康了。有这等好事,放着不干,不是头号傻瓜又是什么?当然得干。慌慌张张的,就又把树砍了。可后来那个房地产商人却没有来,一打听,靠他娘的,原来进大牢了。繁花这会儿就来到了这丘陵,一来是散心,二来是想让殿军帮她琢磨一下,这丘陵怎么利用。

十七

　　天穹之下,那丘陵起伏绵延,一派苍莽。远处有一面白镜,那其实是一片水域。偶尔有一株白杨树,支在天地之间,远看像个孤儿。离村子不远有一片低洼之处,蒿草足有半人高,婚前繁花和殿军曾在那里打过滚的。身上沾着草籽,屁股被蒿草划得一道红一道黑,可当时竟觉得很幸福,心里就像灌了蜜。这会儿站在高处往下一望,他们脸上就有隐隐的笑意,不约而同向那边走去。殿军说:"这里可以养骆驼的。骆驼什么都吃。"正走着,他们突然看见了李皓,正在放羊的李皓。李皓、繁花和殿军都是高中同学。在溴水一中上学的时候李皓有两个绰号,一个是化学脑袋,一个是小数点。化学脑袋是说他脑子快,快得都不像是人脑了,小数点是说他能背圆周率,背到小数点之后多少多少位。其实李皓还有一个外号的,叫铁拐李,只是没有人敢当面叫。他天生的小儿麻痹,瘸子,不过李皓一般不架拐。李皓最讨厌的人,就是孟庆书最喜欢的人,那就是赵本山。这是因为赵本山演过一个小品叫《卖拐》,有好长时间,一些孩子一见李皓就喊赵本山。其实当年读高中的时候,李皓也是架过拐的,通常情况下是一年一次。因为他是残疾人,只要动动扫帚就是劳动模范,所以每年都当选三好学生。每到年终发奖的时候,李皓必定会在众目睽睽之下架拐上台领奖,以示实至名归。唉,说起来,要不是当年的高考体检过严,他早就远走高飞了,早就当官了,说不定都混上二奶了。可他现在只是个羊倌,连媳妇都没能娶上。繁花曾经想过把他拉到班子里来,让他当村里的会计。但上次选举的时候,他又出去相亲了。他对祥生说,"鸡巴问题"是革命的首要问题,"鸡巴问题"搞好了,别的问题也就迎刃而解了。结果,"鸡巴问题"没搞好,竞选也错过了。据说他后来有点后悔,一生气把几只羊都打瘸了。但世上什么药都有卖的,就是没有卖后悔药的,错过也就错过了。好在还有下一次。这一次,繁花就想把他拉进班子。村里有十几个残疾人,除了两个白痴,其余的一个比一个聪明。李皓是他们的头儿,李皓要是支持她,那十几个残疾人也会投她的票。日后,那养殖场要是建起来了,这些残疾人也是能够派上用场的。脑袋瓜子灵一点的,可以进入管理阶层,笨一点的,可以让他们扫扫地,接接电话,搞搞收发。至于那两个白痴,反正他们也分不清香臭,就让他们垫圈起粪算了。

这会儿,十几只山羊像朵朵白云点缀在丘陵之上。豆豆看见羊,就在殿军的肩头扭来扭去的,非要下来和"羊羊朋友"一起玩耍。有一只羊跑了过来,皮毛上沾着草籽。那草籽是带刺的,像细小的麦芒,闪着微光。繁花担心它刺伤豆豆,就伸手去择那草籽。豆豆在一边又喊又叫,闹着要骑到那羊身上去。李皓回头看了一下,说了一声"我靠",就又把头扭了回去。繁花笑了。残疾人大都很要面子,自尊心很强,你不跟他打招呼,他是不愿搭理你的。这会儿,李皓就靠着一个土堆躺下了,还用褂子盖住脸,好像睡着了。土堆上的草长得有半人高,上面有一棵榆树,有些年头了,这会儿光秃秃的,已经看不出来死活了。繁花差点忘了,那个土堆其实是一座坟,里面埋着一个孤老太婆。老太婆的儿子孔庆刚当年雄赳赳气昂昂跨过鸭绿江,参加了抗美援朝。那时候老太婆是英雄的母亲,拄着桑木拐杖在村子里走过的时候,拐杖把地捣得咚咚响。老太婆的腮帮经常鼓起来,因为人家含着冰糖。繁花听父亲说过,每到国庆节,村里的第一面红旗都是在庆刚家门口升起的。可是仗打完了,庆刚却没有回来。问老太婆,老太婆说死了。老太婆捣着桑木拐杖,说死他娘那个×了,反正为毛主席争光了,死得好,不是小好,是大好。到"文革"的时候,人们才知道庆刚当年并没有死,而是被美国人俘虏了,后来跑台湾了。那老太婆白天挨了斗,晚上就上吊了。繁花的母亲当年刚嫁到官庄,去那里看过热闹。据母亲说,那老太婆的舌头吊得很长,就像大热天的狗,舌头都耷拉到下巴颏儿了,上面爬满了蚂蚁。为什么爬蚂蚁呢?是因为老太婆死的时候,嘴里含了一块冰糖,最后一块冰糖。老太婆的娘家就在邻村巩庄,昭原亲自去巩庄,通知她的娘家人来收尸,那娘家人说,他们正忙着搞革命呢,没工夫。催紧了,他们就说,一把老骨头,干脆扔了喂狗算了。昭原恼了。昭原撂下一句话就走了。昭原说:"我可把话撂在这儿了,我们官庄的狗也是无产阶级的狗,宁吃无产阶级的屎,不啃资产阶级的骨头。"怎么办呢?总不能放在那里生蛆吧,官庄人就用破席一卷,埋了。当时孔家人不准她进祖坟,只好把她埋到了这荒天野地。当年这地方离村子很远,野狗都懒得来的。繁花和殿军以前在这里打滚的时候,那坟已经没了。前些年,老太婆娘家却派人来到了丘陵,给那坟加了土,就成了这么一个小土堆。繁花记得,两年前漠水刚实行火化的时候,上头说为了增加耕地面积,死人要给活人让路,各村的坟头都要平掉,一个也不能留。哪个村留了,哪个村的支书下台。老天爷啊,怎么把庆刚他娘的坟忘掉了。看来,不光她一个人忘了,全村人都忘了,连巩庄村的人都忘了。

不用说,那李皓肯定也忘了,不然他不会靠着那坟睡觉。这会儿,繁花正要喊他,丘陵之上突然响起了赵忠祥的声音,很深情,深情得都有点过了,有点肉麻了。赵忠祥当然不可能来到官庄,到了官庄也不可能来丘陵放羊。那自然是李皓的声音,是李皓在吟诗:"大梦谁先觉,平生我自知。草堂春睡足,窗外日迟迟。"繁花有点想笑。一个快四十岁的光棍汉,不用你多嘴人们也知道你已经是"日迟迟"了。这是在向组织上诉苦呢。繁花想,这个问题其实很好办,只要你跟我走,当上我的会计,身份一变,工资一领,我保管你能娶上媳妇。

十八

　　她把这意思给殿军说了。殿军说:"你想歪了,人家吟诵的是诸葛亮的诗。这个铁拐李,一高兴就把自己当成卧龙了。"繁花说:"有知识,还是你有知识,行了吧?"接着,繁花就喊了一声:"小数点,你的狐朋狗友来看你了。"李皓翻了个身,在褂子下面说:"谁啊谁啊,净耽误老爷们儿睡觉。"殿军把李皓的褂子一掀,喊了一声铁拐李。李皓这才像毛驴打滚那样,在草地上打了一个骨碌,坐了起来。接过殿军递过来的烟,李皓瞟了一眼牌子,吐掉当牙签用的草茎,说:"我靠,你阔了呀。"那个"阔"字是用力说出来的,还拉得很长,本来是赞美的,可听上去却是怪怪的。繁花说:"阔不阔又顶个屁用。还是悠闲了好。他哪有你悠闲啊,你过的是神仙日子。我以后不叫你小数点了,干脆叫你活神仙算了。"

　　李皓拿起铁铲,铲住一块土坷垃,朝羊群扔了过去,嘴里说:"那倒是。放放羊,看看景。抬头望,满天星。一人吃饱了,全家肚子撑。"这李皓虽然才学满腹,却还是像一条狗,你扔给他一截砖头,他就把它当成排骨了。瞧,你一说他是活神仙,他就把手上的褂子当成了羽毛扇,扇着扇着就唱了起来,唱的是《空城计》:

我正在城头观山景
耳听得城外乱纷纷
旌旗招展空翻影
却原来是司马派来的兵

那嗓音初听上去有点伤感,再听,里面却埋伏着喜悦,有点浊酒一杯喜相逢的意思。再往下听,却又有点悲凉,有点此恨绵绵无绝期的意思。天上的云彩在慢慢滑动,最大的那一朵颜色由灰白变成浅红,然后又变成暗红。李皓唱完以后,似乎还沉浸在戏中,眉头微微还有些挑,目光很虚,手上的褂子也还在那里抖动。有一只蚂蚱从他们当中飞过,转了一圈,又落到了李皓脚边的草尖上。蚂蚱本是绿色的,可现在已变成了暗红色,像长了一层铁锈。过了一会儿,殿军突然说:"你是卧龙,我可不是司马懿。我只是一个做鞋的。"李皓没接腔。又过了一会儿,李皓才说:"你当然不是司马懿。司马懿的儿子做了皇帝,你呢,是夫人当了皇帝。"繁花撇了撇嘴:"这帽子我可戴不起。现在搞的是民主选举。皇帝轮流做,明天到我家。后天就到你家了。"

李皓还是没有立即接腔。李皓的神色现在已从戏中收了回来,脸上又显示出了平时的狡黠。一般人的狡黠让人发冷,让人心中发怵,李皓的狡黠当中却有一种温情脉脉。李皓的目光从云彩落到地上,说:"有一回,我正放羊,来了几个同学,就是考上大学的那几个。都他妈的阔了。在城里住烦了,带着啤酒、罐头到这荒山野岭度周末来了。我当场给他们宰了一只羊,架火烤了,就着这岭上的野蒜,吃得他们,嘀,满嘴流油,放个屁都飘着油花。他们问孔繁花呢?我说繁花随团到外地考察去了。当时我可没说你是皇帝。我给他们说了,人家繁花现在可是女王。殿军,你猜他们是怎么说你的?他们说那么张殿军就是菲利普亲王喽。所以说,我认为你不是司马懿,你是菲利普亲王。"繁花说:"他哪有菲利普亲王的福气。他是个吃苦的命,什么事都得自己干,我可帮不上他什么忙,我和豆豆就靠他养活了。"繁花顺便问李皓,那天来的都是谁。听到那堆人里面有南辕乡的乡长刘俊杰,繁花就说:"这个刘俊杰,考察团里原来有他的,他说工作太忙走不开,原来他是跑到我们官庄逍遥来了。哪天见了他,看我怎么收拾他。"殿军问:"刘俊杰也在县城买房了?"李皓的目光突然有点冷,声音也低了下来:"那当然,买了房就好互相串门了,串了门就可以摸清敌情了,摸清了敌情就可以使绊子了,使过绊子就可以升官发财了。都是一环扣一环的。"殿军说:"不管他,李皓,改天咱们一起喝酒,喝个痛快,喝死拉倒。我请客。"李皓说:"你又不是不知道,我这人不胜酒力。酒中仙,我这辈子是当不成了。"繁花说:"不让你多喝。有些事我正想征求你的意见呢。"

李皓多聪明的人,当然是知道她的意思的。瞧,他都已经开始低头沉思了。过了一会儿,李皓终于开口了。"不就是红豆黑豆嘛,不用数,你的红豆肯定多。"李皓说的"红豆""黑豆"也是有典故的,这典故最早出自老电影《平原游击队》。里面的一个游击队员说,人民群众手里握了两把豆,一把是红豆,一把是黑豆。谁给人民做了一件好事,群众就会往他的屁股后面放一粒红豆,谁欺压了人民,群众就会往他屁股后面放一粒黑豆。不怕当下闹得欢,就怕将来拉清单。到时候红豆黑豆一数,你是好人还是孬种,那是一目了然啊。庆茂参选村长那一年,想起了这个典故,就把它派上了用场。选举前一个月,庆茂说他有一家亲戚,是做豆腐生意的,从东北进了几布袋黄豆,可拆开布袋一看,嘀,那真是眼睛一眨,老母鸡变鸭,那些黄豆竟然变成了红豆黑豆。自从盘古开天地,三皇五帝到如今,哪有用红豆、黑豆做豆腐的?眼看那亲戚一夜之间愁白了头,他心中不忍,就掏钱买了几布袋。买是买回来了,可放着吧它要生虫,不放吧又吃不完。庆茂说,他四处打听了一下,听说红豆黑豆对老年人有好处,有助于消化,所以他特意请村里的老哥们老嫂们都来尝尝。到了选举的时候,庆茂就向当时的村委提了个建议,村里不识字的,就不要填选票了。赞成谁当村长,就往投票箱里塞一粒红豆,不赞成的就往里面塞一粒黑豆。村里辈分最高的孔继生,早年在山西逃荒的时候,参加过阎锡山搞的选举。他说,这叫"豆选",阎锡山当年搞的就是"豆选",还有顺口溜呢:"金豆豆,银豆豆,豆豆不能随便投。选好人,办好事,投在好人碗里头。"庆茂把这词给改了,改成了"红豆""黑豆":

　　红豆豆,黑豆豆

　　豆豆不能随便投

　　选好人,办好事

　　红豆放到箱里头

选举完了以后,人们才迷瞪结束,当时吃了庆茂豆子的那些人,大都是不识字的。所以村里有人说,庆茂当村长多亏了那几粒红豆,不然庆茂当个屁。这会儿,李皓一提红豆黑豆,繁花就笑了。繁花说:"你呀你,什么也瞒不住你。我正想征求你的意见呢。"李皓说:"我照你的懿旨办不就行了。不过,有些事啊,人少了做不得,人多了也做不得。"这就像是偈语了,凡人猜不透的。见繁花有些愣怔,李皓就自己解释了,说这是《水浒传》中吴用军师说的,意思是人多了,鸡一嘴鸭一嘴的,什么事也办不成。繁花立即表示,闲杂人员一个也不叫,就三个老同学在一起聚聚。

十九

离开了丘陵,他们往回走的时候,繁花顺便拐到了学校。校长是新来的,姓许,本来在乡教办工作,据说是因为生活作风问题被人揪了辫子,才下放到乡村小学的。繁花很少和许校长打交道,倒不是怕人说闲话,而是因为学校是归祥生管的,每年置办桌椅板凳,购买教具,里面多少都是有些油水的,她不想搅进来。许校长正背着手在操场上踱步,走的是外八字,有些穿着戏靴子走台步的意思。繁花喊了一声许校长,他立马站住不动了,接着急速地来了个向后转,在向后转的同时,双手伸了出来,然后一路小跑赶了过来。

繁花介绍他认识了殿军,许校长立即说,他早就想请"张先生"来学校讲讲课。"他能讲什么?"繁花说。"讲讲改革开放的大好形势啊,村里上千口人,谁有张先生见多识广?"殿军说:"知道一点,但不是很系统,我只是一般的工程师。"繁花白了殿军一眼,对校长说:"老许,你别听他瞎吹。"许校长立即板起脸,把繁花"批评"了一通:"孔支书,我比您大几岁,可敢批评您。张先生的成就可是有目共睹的,成功人士,弄潮儿。张先生在哪里工作?深圳!深圳是什么地方?改革开放的最前沿。张先生要是不能讲,'改革开放'四个字整个溴水县就没人敢提了。眼界,关键是眼界。时间是金钱,眼界是效益。具体到教育上,眼界就是成绩。所以孔支书,您可不能藏着掖着,一个人独享啊。"

繁花想,这么会拍马屁的人,上头怎么会舍得把他下放呢?看来不光是生活作风问题。繁花说:"许校长,这事先放着。听说上头要来听课?那么多村子,为什么单单挑了官庄?吃柿子专拣软的捏?"许校长"哼"了一声,说:"软柿子?谁的柿子有咱们的硬?你可是县人大代表。强将手下无弱兵,村里搞得好,学校搞得也不坏呀。他们是轮流听的。你放心吧,咱村的教学水平全县一流,正好向他们展示一下。"繁花又问,人来了,要不要管饭。许校长说,那就看谁带队了,要是教办主任带队,那这顿饭是躲不过的。倘若来的是副主任,那就不一定吃饭了。繁花说:"副主任比较廉洁?"校长笑了:"廉洁?就算是吧。其实呀,人家是韬光养晦,正树立形象呢。"殿军说:"越是这样越要请。不然,等人家形象树立起来了,官也升了,你再去请人家就迟了。"他拍了拍胸前挂的望远镜,像"成功人士"那样叉着腰,又说:"山不转来水也转,凡事要看得长远一点。繁花,村里反正又不在乎那几个小钱。"许校长立即指着殿军说:"看,这就是眼界。搞教育最重要的就是眼界。从一滴水里可以看见太阳,张先生一开口就跟别人不一样。"繁花心里暗暗叫苦,不该把殿军带来的。殿军是站着说话不腰疼啊。那些人嘴都吃滑了,刁得很,没有油水不行,油水大了更不行,一顿饭下来几百块钱呢,一个农民一年的开销啊,传出去不得了的。繁花眼睛望着别处,说:"等祥生回来了,再研究研究吧。听谁的课,定下来了吗?"许校长说,上边规定要民办教师讲,据说全乡要挑两三个讲得好的,有机会让他转成公办,所以他决定让尚义老师讲,尚义老师也主动请缨了,捋胳膊卷袖子,正要大干一场。繁花说:"好啊,天上掉馅饼了。尚义的普通话怎么样?"许校长"咦"了一声说:"好着呢,都快撵上赵忠祥了。"

　　转了一圈回到家,繁花就盯着殿军看。殿军以为脸上沾了东西,抹了几下,又去照镜子。繁花继续盯着他,嘴里说:"行啊,行啊。"殿军发毛了,说:"有什么你就说嘛,老盯着我干什么?"繁花说:"行啊,什么时候摇身一变,成了工程师了。"殿军脸上闪过一丝尴尬,额头上出了一层细汗。后来,殿军清了清嗓子,说了一句模棱两可的话:"人要精神树要皮嘛。"繁花说:"什么皮不皮的。别的本事见长了没有,我没看出来,吹牛皮的本事你可是见长了。现在你哪句话是真的,哪句话是假的,我都分不清了。殿军,你不会有什么事瞒着我吧?"殿军说:"瞧你说的,我对你可是忠心耿耿。再说了,我也没说什么呀。你的理想是带领官庄人民走上小康,我的理想就是当工程师,当资本家。怎么了?"繁花没有跟他啰唆,而是把雪娥的那堆鞋拎了出来,"砰"的一声丢到了他面前:"好吧,工程师,请你把它们拾掇好。"

第二部分

一

　　日头钻进了西边的云彩。它就像进了洞房,进去就不出来了。只是在那缝隙里露出窄窄的一条,像染血的刀。那刀一点点往下坠,那血也一点点发乌,发黑。有那么一会儿,村里很静,毛驴打喷嚏的声音听得见,毛驴打滚的声音也听得见。繁花知道,等新桥家的毛驴打完滚,村子里就该热闹了。"毛驴"的英语该怎么说?繁花一时有些愣怔。还好,她很快就想起来了,叫"党剋"。"党剋"还在地上扑腾,村子里就闹腾起来了。大人叫小孩闹还在其次,主要是放养的动物都回村了,很有些牛欢马叫的意思。街上走过一群鸭子,呱呱叫着。公鸭的叫声带着那么一点沙,母鸭的叫声带着那么一点脆。鸭子后面跟着一群鹅,像云在地上飘。那鹅是令文养的,令文媳妇拿着一根树枝赶着那群鹅。真是一朝被蛇咬,十年怕井绳。看见令文媳妇肚子也有点挺,繁花就打了一个激灵。不过,她很快就明白了。同样是挺肚子,令文媳妇跟雪娥还是有些不一样。令文媳妇的"挺"是因为近朱者赤,是跟鹅学来的。瞧,那鹅冠是柿红色的,像一颗玛瑙,令文媳妇的发卡上就带着一颗玛瑙,塑料做的玛瑙。

　　那辆高级轿车就是这时候开过来的,好像北京现代。繁花的妹夫坐的就是北京现代,所以繁花还以为妹夫回来了。不管那车怎么鸣笛,鹅就是不给它让路。你不是鸣笛吗,咱也会,咱会曲项向天歌。领头的那只白鹅脖子一扭,脖子一下子挺了起来,哏儿嘎,哏儿嘎。后来司机下来了,不是妹夫,是个歇顶的中年人。车里还坐着一个人,把窗玻璃摇了下来,伸着脑袋往外看。司机穿的是西装,那个人却穿的是中山装,扣子一直系到下巴,还戴着殿军戴的那种墨镜。司机很恼火,朝着那只白鹅踢了一脚。那白鹅看起来很笨,其实很灵敏,一掉屁股,朝着司机的腿就是一嘴。那只白鹅如果托生成人,肯定是个党员,因为它每时每刻都起到了模范带头作用。瞧,领着鹅群穿马路的是它,带头向司机发起攻击的也是它。白鹅对着司机又来了一嘴,与此同时,它的一只翅膀高高竖起,仿佛在振臂高呼。那群鹅果然都围了过来,扑扇着翅膀,脖子平伸,像枪杆似的一起伸向司机,同时哏儿嘎哏儿嘎叫了起来。司机一哆嗦,搂着头,蹲到了地上。繁花朝他喊了一声,让他赶快回到车上。

司机几乎是爬到车上去的。头进去了,屁股还露在外面。领头的那只鹅朝着司机的屁股就是一嘴,司机"哦"了一声,声音不像是肚子里发出的。有一只鹅突然飞了起来,飞有半人高,朝着车前的玻璃叼了一口,把汽车的扫雨器叼了下来。坐在车里的另外一个人,此时脑袋还伸在外面,戴着墨镜,胳膊肘搭在车窗上,瞧着这车鹅大战。繁花赶紧喊了一声:"找死啊你,快把玻璃摇上。"这边正喊着,那边有一只鹅突然飞到了车顶,用翅膀,用嘴,用它厚大的脚掌,也用它那玛瑙似的冠子,轮番攻击车顶。它太用力了,鹅蛋都使出来了。那只鹅蛋像手雷似的,从车顶上滚了下来。还有一只狸猫也过来添乱了,就是在雪娥家的墙头上散步的那一只。

这会儿,它一猫腰上了车顶,用前爪掏着耳朵,那姿势好像在沉思。繁花忍住笑,对令文媳妇说:"快走,快走啊。"她是让令文媳妇把鹅赶走,没想到令文媳妇会说:"好,我走。"说着,令文媳妇竟然丢下那群鹅,自己走了。这时候,好多人围了过来,这个喊一声好,那个喊一声妙,有一种唯恐天下不乱的意思。那司机不敢再鸣笛了,无声地把车倒了回去。车顶上的那只鹅,像一只鹰似的,飞了下来。而那只口衔扫雨器的鹅,这时候却邀功请赏似的,哏儿嘎哏儿嘎,追着令文媳妇跑了过去。

繁花本来是在路边等待庆书的,庆书没等到,却等到了一场车鹅大战。人群散去以后,见庆书还没有回来,繁花就打庆书的手机。奇怪的是,庆书竟然关机了。庆书从来不关机的。以前如数报销手机费的时候,庆书的手机费总是最高的。他老婆红梅说,庆书现在懒得跟她说话,每天要么对着手机说话,要么对着鹦鹉说话。有一天她正在院子里喂猪,突然听到电话响了。响了好长时间,可躺在屋里的庆书就是不接。等她进来拿起了话筒,你猜怎么着?原来是庆书打的。几步路,庆书都不愿走。庆书躺在床上,用手机往客厅里打电话,提醒她别忘了给鹦鹉喂食。可这会儿,当繁花给庆书打电话的时候,却发现从来不关机的庆书,竟然关机了。

天快黑的时候,繁花给团支部书记孟小红打了个电话,让她通知干部们饭后开会。人对脾气狗对毛,繁花对孟小红总是有一种说不出的喜欢。自从听了小红的建议,建起了那座石拱桥,繁花对小红更是高看一眼。小红本来有个哥哥,可是那年发大水的时候淹死了。她哥哥跳进河里捞河柴,让漂过来的一根房梁给打沉了,再浮上来的时候已经泡得滚瓜溜圆,就像一只碾米的碌碡。所以,这小红以后也是要步繁花后尘,招个入赘女婿的。说来这也是命。

085

小红她娘就说过,小红生下来,就是脸朝下背朝上,按溧水的老说法,这闺女以后是要死在娘家的。繁花听母亲说过,自己生下来的时候,也是脸朝下背朝上。繁花曾听说过,令佩很喜欢小红,可他们隔着辈分呢。没隔辈分也不行啊。令佩是个"三只手",怎么能配得上小红呢。小红是只金凤凰,金凤凰是要落在梧桐树上的。令佩不是梧桐树,而是一棵垂柳,长不高的,枝枝丫丫都耷拉在下面的。小红这丫头很聪明,一点就透。上次村里规划道路,要扒掉一些民房,重新划分一些宅基地。小红家里也申请了。她父亲非要去村东头,说那里风水好。好多人都要到村东头,急得繁花嗓子眼冒火。关键时候,繁花只是轻轻地点了一下小红,小红就把那申请给改了。繁花说:"高速公路可是从村西头过的,这次政府可不会赖账了,因为那钱是国家统一划拨的。你跟别的姑娘不一样,以后不能靠男方的。"小红一下子就明白了,知道动用了民居,国家是会补钱的。后来,果然补了一大笔钱。按照上头颁布的《宅基地使用规定》,村里必须优先解决这些人的住房问题。村委会就开会研究,又在村东头划了一片地。小红是一箭双雕啊,既发挥了党员的模范带头作用,又如愿以偿地在村东头盖了房,还赚了一笔。

二

还有一件事,让繁花觉得小红太聪明了。繁花说,小红啊,你可以把名字改了,改成孟昭红。听听人家小红是怎么说的?小红说:"旧戏里的小红都是丫鬟,我就是个丫鬟命。在咱们的班子里,我就是你使唤的丫鬟。"这话说的,谁听了不高兴?这可不是拍马屁,因为人家是这样说的,也是这样做的。跟小红一比,别的丫头就低一个档次了,就知道疯,打情骂俏,臭美。繁花当时对小红说:"咱们有缘分啊。花红花红,花哪有不红的,不红还叫什么花呀。你还年轻,正是红艳艳的,好日子多着呢。好好干,以后我还得给你压担子呢。"小红很谦虚,说:"村里的能人多的是,你还是先给他们压担子吧。我一个黄毛丫头,承担不起。"这话说得好啊,主要是位置摆得正,知道自己几斤几两。哪像庆书,剃头挑子一头热,明目张胆地伸手要官,一点也不知道韬光养晦。

繁花想,等选举完了,计划生育工作干脆交给小红算了。交给了小红,她就省心了。小红不光有这个能力,还有这个魄力。有一件事,繁花现在想起来还很佩服。村里繁传媳妇名叫郭琳娜,郭琳娜名字很洋气,人却是个笨蛋,是真正的笨蛋,五根指头都要数半天的。那郭琳娜已经生过一男一女了,还想再要一个。庆书就去做工作。先给繁传做,繁传做通了再给那傻媳妇做。给一个傻子做思想工作,那不是瞎子点灯白费油嘛。郭琳娜啃着玉米棒,啃完一根又一根,不搭理庆书。庆书急了,就连拉带拽,要把她弄到王寨结扎。郭琳娜别的本事没有,咬人的本事还是有的,一口下去,差点把庆书手背上的肉撕下来。最后还是小红把傻媳妇的工作做通了。小红说:"琳娜嫂子,我的好嫂子,那不是从你身上取东西,那是往你身上添东西。"那傻媳妇问是什么东西,小红说:"你儿子不是喜欢推铁环吗?就是那东西。拿回来,你不用可以让儿子用嘛。"傻媳妇又问,铁环那么大,怎么装上去。小红说:"比那小,比那好。"傻媳妇虽然傻,但在占小便宜方面,那是一点都不傻。一听比那小,又不干了,一屁股坐到地上,蹬着腿,开始耍赖了。小红说:"手表比钟表小,可比钟表贵。说吧,有塑料的,有铁的,有金的,有银的,你挑吧。"郭琳娜说,她要金的。小红说:"金的就金的,过两年取下来,打个金戒指。给咱银的,咱还不要呢,咱又不缺银镯子。"郭琳娜问什么是金戒指?小红说,就是纳鞋底用的顶针嘛。傻媳妇就说,顶针她要,银镯子她也要,不要白不要嘛。小红说:"好,那就给你一个顶针,再给你一个银镯子。"说完,小红就把郭琳娜拉走了。繁花当时跟在后面,连连佩服。到了医院,小红大声对大夫说:"行行好,给她上两个,一个金的,一个银的。"有人后来也就此编过一个颠倒话:

太阳从西往东落
石榴树上结樱桃
天上打雷没有响
琳娜×里塞满宝
打从繁传门前过

繁传屄上套银镯

那一天,护士把郭琳娜领进去以后,小红问繁花:"要不给医生说一声?干脆一刀劁了她算了。"繁花说:"劁了她倒是省心了,就怕繁传那里不好交差。"要不是这句话,小红当时真敢劁了她。有魄力啊,年轻人真是有魄力啊。繁花夸小红工作有方,盘碟碗盏分得细,知道"具体问题具体分析",要往大处说,这可是马克思主义的精髓。小红扭着腰,手里梳着辫子,说:"饶了我吧。什么方的圆的,精髓骨髓的,我可承受不起。我也是个傻子,比繁传媳妇强不了多少。聪明人想不到的办法,我都能想到。我是傻人有傻办法。"瞧瞧,都瞧瞧,这就叫觉悟。庆书啊庆书,你和人家相比,那真是云泥之别啊。繁花这会儿就想,选举完以后,先让小红把计划生育工作抓起来。让小红先抓局部,树立起威信,过几年之后就让小红主持全面工作。繁花想,我再干上两届就不干了,到时候我一定想办法把位子传给孟小红。孟小红就是我的影子嘛,我跟她是狗皮袜子不分反正啊,我干跟她干还不是一个样?

这会儿,一听说跟计划生育有关,小红就说:"我就不用大喇叭通知了。我刚吃完饭,正想出去转悠呢,往每个人家里跑一趟正好。村民组长是不是就不通知了?"瞧瞧,聪明人就是聪明,多说一句就是多余。当然不能用大喇叭。李皓不也说了嘛,人多了不好,人少也不好。当然不能让那么多人知道。五个村民组长也不能参加,又不是什么代表大会,鸡一嘴鸭一嘴的,没那个必要嘛。小红"无意"中还向她报告了一个消息,用庆书的话说也就是"信息"。她说下午她在巩庄村看见庆书和祥生了。庆书开了辆车,那车就停在巩庄村学校门口,庆书的下巴枕着胳膊,胳膊枕着车窗,在跟巩庄村的村支书聊天。繁花问:"祥生呢?祥生不是在澳水吗,怎么跑巩庄了?"小红说:"谁知道呢,反正聊得很热乎。祥生递了一根烟,又递了一根烟,热乎着呢。"小红还说,她向庆书和祥生招手,可他们却装作没看见。巩庄和官庄,村挨村,地挨地,很多人都认识。巩庄的支书叫巩卫红,小名叫瘦狗,不过他现在已经吃胖了,腆着啤酒肚,由瘦狗变成了胖狗。瘦狗和庆书在一起当兵,不过人家早当了一年。庆书有一次说,瘦狗最有福气了,当兵第一年就遇到了水灾,抗洪抢险,火线入党。他呢,脏活累活抢着干,外加送礼,临退伍的时候才捞了个党员。小红这会儿又说:"你看看庆书这人,看到我就像没看到一样,还同事呢。我把脸都丢光了。"

三

繁花问:"庆书回来了吗?"小红说:"回来了,我前脚刚进村,人家的车就进村了。那车开得溜着呢。"繁花赶紧扭头问父母,庆书来过没有。父亲说:"年纪轻轻的,忘性这么好。他昨天晚上不是刚来吗?冰箱里的橙子是他吃的吧?"繁花又听见小红说:"喂,你现在用的是洗衣粉还是肥皂?"繁花说:"有时候用洗衣粉,有时候用肥皂。怎么了?"小红说,她只是随便问问。

繁花很生气,想,等庆书上门了,我一定要批评批评他。这个庆书,吃了豹子胆了,明明知道我在等他,他竟然不来报到。她就在家里等。殿军在屋里翻箱倒柜,找他早年修鞋的"行头"。他是一肚子不情愿啊,叮咣叮咣的,声响很大。繁花在外面边等边看电视。心气不顺,电视遥控器便成了她发泄的对象。中央一台正放着《焦点访谈》,山西一家煤矿又瓦斯爆炸了,尸体放在运煤的筐里,正从矿井里往外吊,就像从地窖里吊红薯似的。那红薯一个擦一个,很吓人。繁花平时最喜欢看《焦点访谈》,她是一村之长,国事家事天下事,风声雨声读书声,她都得关心,哪一样也不能落下。可这会儿繁花却把它按了过去。上海卫视正播着宋祖英的歌曲《今天是个好日子》。据说领导干部都喜欢宋祖英,这话是不是真的,繁花不知道,反正繁花是喜欢的。除了喜欢她的歌喉,繁花还喜欢她的眉梢。她的歌喉很甜,哪怕你刚吃过黄连,一听宋祖英的歌,你的牙缝里也像塞满了砂糖。她的眉梢有些挑,尤其是她把脸斜成45度角的时候,刘海下面的那个眉梢呀,这样一挑,那样一挑,嗨,别说大老爷们儿了,老娘儿们心里也会痒酥酥的,只想认她当干闺女。至于那双眼睛,嘿,快别提了,那简直就是萤火虫,把黑夜都照亮了。繁花喜欢听她唱《今天是个好日子》,还有《小背篓》《辣妹子》。辣妹子辣,辣妹子俏,繁花本人就是个辣妹子嘛。不辣还能镇住手下的那帮老爷们儿?俏当然不比从前了,可在溟水县的村级干部里面,她应该是最俏的一个,因为全县只有她一个女村长嘛。张县长也说了,她是全县的一枝花。但这会儿,她把宋祖英也按过去了。好什么好,好个屁!繁花一脚下去就把那堆鞋踢散了,其中飞起来的那一只还差点砸着殿军。殿军说:"豆豆,快看,你妈变成还珠格格了。"父母也在一边骂她"发神经"。繁花把遥控器往沙发上一扔,说:"你们看吧,我开会去了。"

每次开会,她都要带上她的黑皮笔记本。殿军说,那黑皮是真牛皮,可以做个好鞋面。那是妹妹繁荣送给她的,是妹夫到省里开会带回来的,封皮上还印着"省财政厅"四个字。可这会儿,她怎么也找不到那个本子了。她问殿军有没有见到。殿军正对着雪娥的一双皮鞋冷笑,被她揪住领子一问,连忙摆着手说:"我不是笑你,我是笑这双鞋。我靠,这也叫鞋?这简直是塑料袋。"繁花又问母亲,跟母亲比画了半天,母亲才想起来,厨房里好像有那么个东西。繁花跑到厨房一看,本子果然放在那里,本子上面还放着两片橙子皮。繁花这才想起来,那本子是和庆书、裴贞说话的时候拿过来的。繁花又回到堂屋,用那个本子敲了一下殿军,说:"修好修坏,你都得动一次手。养兵千日,用兵一时。人家可等着穿呢。"这时候,有人敲响了院门上的锁环。繁花以为是庆书来了,故意不去开门,而且不允许别人去开。她要冷落他一下。感到冷落够了,她才做出气鼓鼓的样子打开了门。不是庆书,而是祥生。"哟,祥生回来了?你怎么舍得回来,不害怕耽误了生意。"大概是她的口气有点冲,祥生听了,咬着嘴唇只是笑。跟着繁花走进了院子,祥生没有立即进去,而是站在门口,对屋里边的人说:"谁惹我的姑奶奶生气了?哦?殿军?哪股风把你给吹回来了?你吃了豹子胆了,回来就惹繁花生气?"

  祥生和殿军开了一会儿玩笑,才和繁花一起出来。起风了,有什么东西突然飞了过来,差点撞着繁花和祥生。祥生用手电照了,才知道那是一只塑料袋。风把它吹得鼓鼓的,像一只气球。祥生骂了一声:"我靠,到处都是垃圾。"繁花说:"电视上说,这叫白色污染。国家能人这么多,怎么连一只塑料袋都治理不了?"然后就无话了。祥生的脚步声很重,惊动了墙根的蛐蛐。蛐蛐叫了起来,天凉了,它的叫声一声比一声弱,最后一声比较亮,然后突然不叫了。繁花想起小红说的在巩庄看见祥生的事。但她没有问。只要祥生不说,她是不会问的。祥生突然长长叹了口气。繁花不知道他为什么叹气,就说:"不就是少卖几碗凉皮吗,犯得着这样?"祥生"啧"了一声,又一跺脚:"什么呀,我是在为村委感叹,感叹你们几个下手晚了。"什么"你们""我们"的,繁花都听糊涂了。祥生身体后仰,有一束灯光照着祥生指向苍天的那只手,那只手有点哆嗦,尤其是竖起来的那根食指,一直在抖动。抖动了好一会儿,祥生才把话说出来。祥生说:"我靠,你是真不知道还是假不知道?雪娥跑了,姓姚的那个贱货跑了呀。"

什么,雪娥跑了?繁花脑门一热,耳朵也跟着轰隆一声响。她没有搭话,而是一直往前走,走得很急,就跟小跑似的。紧走了几丈远,繁花才想起来祥生还跟在后面呢。她就停了下来,待祥生走近了,她咽了一口唾沫,让自己镇静下来,然后说:"把心放到肚子里。跑,往哪里跑?跑得了和尚,跑不了庙。"

还没有走进村委大院,就听见有人在喊,活要见人,死要见尸。谁的嗓门那么大,跟驴叫似的。繁花根本想不到,那人竟然是李铁锁。活见鬼了,这个铁锁向来低眉顺目的,一副可怜相,这会儿是吃了豹子胆了?放跑了老婆,他还有理了?到了会议室门口,繁花没有进去。繁花倚着门框站在外面,她倒要看看铁锁要耍什么把戏。那么多人都在抽烟,烟雾向门口涌来,繁花的眼泪都要呛出来了。

四

　　铁锁也拿着烟,但他没有吸,而是捏在手里。铁锁那副架势,繁花还是第一次看到:脚踩板凳,手撩褂子,还梗着脖子,很有点像老电影里的地下党。繁花看他不说话了,正要进去,铁锁突然又开口了。铁锁捏着那根烟,指着庆书,说:"我可把话撂在这儿了,雪娥三天不回来,我就敢把这房点了。反正过不成了。"庆书的身体一直向后仰着,差点连人带椅翻到后面去。铁锁又说:"明天我就去你家吃饭。你家吃完了,就去他家。他家吃完了,我就吃孔繁花的。共产党总不能叫人饿死吧。"铁锁越说越来劲了,把睡觉的事都安排好了,时间都已经安排到数九寒天了。"天冷了,还得有人给我暖被窝,你们研究吧,让我先去哪一家。我还得铺着红床单,盖着红棉被,头枕花枕头,脚蹬床头柜。"他这一说,繁花知道了,他平时睡觉都是头朝床尾,因为脚蹬床头柜嘛。祥生说了一句:"铁锁,你可别吓住人家小红。"小红这会儿正躲在墙角,还拿着一本书,好像没有听见铁锁和祥生的话。怎么能听不见呢,繁花知道,小红其实什么都听见了。小红开会的时候有个习惯,凡是装着没有听见,她就嚼着泡泡糖乱翻书。有人笑了起来,小红扭过脸,头埋得更低了。不知道谁放了一个屁,很响,更多的人笑了起来。庆书说:"严肃一点,啊,都严肃一点。"说过这话,他又说:"不过这也太臭了,红薯屁吧?"有人捏得嗓子说:"红薯屁?我肚子里不光装了红薯,还装了可口可乐。可口可乐什么都好,就是有一样不好,泡泡多,喝到肚子里屁就多。所以说,不光是红薯屁,还是可口可乐屁。"繁花听出来了,这话是调解委员繁奇说的。这哪像开会,完全是胡闹嘛。奇怪的是,除了小红,最严肃的反倒是铁锁了。铁锁紧绷着脸,这会儿换另一只脚踩着板凳,说:"我可不是好伺候的,我一天要吃两个鸡蛋。一个鸡蛋也行,但必须是双黄蛋。"嗬,真是想不到啊,铁锁竟然学会幽默了。许校长说得对,眼界,关键是眼界。这不,铁锁出去修了几天公路,眼界就开了,本事就见长了。

　　说过了"双黄蛋",铁锁又提到了他的"臭脚"。铁锁拉起裤腿,说:"先声明一下,我自己可是从来不洗脚的,都是雪娥给我洗。"铁锁说得很利落,不但不磕巴,而且手势、语调都配合得恰到好处,真把一个无赖给演活了。这是有备而来呀,繁花想。他这副架势肯定是练出来的。可这又能说明什么呢?只能说明这一切都是蓄谋已久的,是在有计划地对抗组织。笨蛋!你演得越好,暴露得也就越充分。瞧,这个笨蛋转眼间就露怯了。他张着嘴,显然还想再说点什么的,但是看到没人应声,他竟然什么也没说,就那样闭上了嘴。当他把那根烟夹到耳朵后面的时候,他的手都有点哆嗦了。

　　繁花就是选中这个时机进来的。看到繁花,铁锁赶紧把他的脚放下来。繁花把笔记本往桌子上一拍:"蹄子放得好好的,取什么取?就那样放着吧。"还没等铁锁做出反应,繁花就来了第二句:"我们到庆书的办公室开个会。铁锁嘛,就让他一个人先待着。小红,你留下,继续看你的书。年轻人爱学习是好事。"她用眼神告诉小红,她说的是真的。等小红又坐下了,繁花又说:"不要怕他。他不是孟昭原。孟昭原点房子那是响应党的号召,'批林批孔'。铁锁要是敢点房子,那是死路一条。"然后繁花用那个笔记本敲了敲板凳:"铁锁,你刚才有句话我特别欣赏。'活要见人,死要见尸'。对,这也是组织上对你的要求。"

繁花先走了出来,在院子里站了片刻。虽然天色昏暗,但还是可以看到舞台屋脊两端的兽头。年深日久,屋顶瓦楞上长满了草。此时那草在风中摇晃,似乎有人群俯仰于云端。那深秋的草早已干枯,俯仰之间唰唰作响,也似有众人窃窃私语。远处传来几声狗叫,是那种小心翼翼的叫,有些哼哼唧唧的,显然是夹着尾巴的。繁花说:"天变了,好像要下雨了。"没有人接腔。繁花又说:"下了好,下了就有墒情了。"有人咳嗽,但还是没人说话。到了隔壁的办公室,繁花哈哈笑了两声,先拿庆书开了个玩笑。"不愧是搞妇女工作的,这办公室装扮得花花绿绿的,又干净又漂亮。大家还记得以前令文的办公室吧?那真是跟狗窝一样。"

这句话也是有所指的,那其实是一剂防疫针。令文是庆书的前任,因为工作不得力,被繁花撤了,只好当他的鸭司令去了。有人说,这比牛乡长的办公室都漂亮。话音没落,就有人接了一句:"乡长?再挂一幅世界地图,都抵得上美国总统了。"繁花说:"这也是应该的,庆书肩上的担子本来就比较重嘛。"祥生说:"等村里有钱了,再给庆书配台电脑。有了电脑,这些表格啊,红旗啊,就没必要挂在墙上了。"繁花说:"我妹妹繁荣的屋里就放了个电脑。十个指头,这个敲一下,那个敲一下,那些字就像跳蚤似的,一个个往上蹦。"说完这个,繁花把笔记本往桌子上一放,突然转入了正题:"庆书,你先给村委会汇报一下,到底是怎么回事?"

庆书脸一紧,又拿起了那根电视天线。这次,他没有再往墙上指,而是像拍巴掌似的,一下一下地拍到另一只手上。他说,他深知肩上担子很重,所以得到支书的命令,他就赶往了溴水。在部队的时候他开的是敞篷汽车,从未开过轿车,但是为了尽早完成任务,他还是开着祥民的轿车跑去了。庆书说的祥民,就是信基督教的那个祥民,祥生的亲弟弟。繁花插了一句:"公事公办,祥民的油钱、租金都由村里支付。庆书,你先挑重要的说,别的事会下再商量。"庆书说,到了溴水城南,嗬,到处都是工地呀,简直是人欢马叫,还有大吊车呢。大吊车真厉害,轻轻一抓就起来。繁花问:"是吗,抓的什么呀?"庆书说,具体抓的什么,他没有看清楚,也没工夫看清楚,反正是一派蓬勃景象。这本来是好事,可这时候好事却变成了坏事,人难找了嘛。那可真叫难找啊,他的鞋底都磨薄了。繁花说:"可惜这不是部队,不然就得给你记功了。找到铁锁以后呢?"庆书说,在一个石灰坑的旁边,他终于找到了铁锁。铁锁正用筛子淋石灰呢,胡子眉毛全都白了,就跟电影中的圣诞老人一样。嗬,庆书懂得真多啊,连圣诞老人都知道。

五

　　繁花说:"拣重要的说。"庆书就说,抓住了铁锁,他就把他训了一通,又把国情和基本国策给他讲了一遍。铁锁低着头,好像听进去了。他问铁锁有什么想法,铁锁说,他干了一天活儿,肚子饿了,头晕,想吃点东西。他就带着铁锁进城找东西吃。后来就见到了祥生,在祥生那里吃了一碗凉皮。拌了芝麻酱,浇上蒜泥,嗬,那真叫好吃啊,又香又爽口还有嚼头。说到这里,他扭脸问祥生:"调料里面没放大烟壳吧?"祥生看了一下繁花,接着捅了庆书一拳,说:"放了,靠你娘,专门给你放的。"繁花说:"别闹了。祥生,一碗凉皮多少钱?待会儿我签个字,给你报了。"祥生说:"见外了见外了,不就是几碗凉皮吗?"庆书说,吃凉皮的时候,祥生也把铁锁训斥了一通,差点把凉皮扣到他脸上。祥生说:"我靠,一碗凉皮三块钱呢。我怎么会扣到人家脸上呢?动之以情晓之以理,教育他几句,倒是真的。"庆书说,然后他就和祥生一起回来了。一路上他和祥生你一句我一句,劈头盖脸的,骂得铁锁头都抬不起来了,脑袋都要掖到裤裆里了。说到这里,庆书把天线放下,模仿了一下铁锁"掖脑袋"的动作。繁花本来想问他为什么拐到了巩庄,考虑到祥生也在场,她就把这个省了。她说:"行了行了,说说回村以后的情况。"庆书又拿起了天线。这一次,庆书没有拍来拍去,而是把天线从脖子后面塞了进去,挠着自己的后背。他说:"回到村里,他就回家了嘛,我也回家了。报告村长,汇报完毕。"

"这就完了?雪娥呢?雪娥和铁锁打照面了没有?你又见到雪娥了吗?"繁花问。庆书继续挠着后背,说:"你让我接铁锁,又没叫我看雪娥。"繁花听了,胸口一闷,喘气声都变粗了。繁花说:"那我问你,你什么时候知道雪娥跑了?"庆书说:"我回到家,洗了把脸,随便吃了点东西,连鹦鹉都没有顾上喂,听说晚上要开会,就赶紧出来了。路过铁锁他们家,我看见有人和庆林谈配种,还有人在谈论车鹅大战,嘻嘻哈哈的,围了好多人,就在那里待了一会儿。支书,我其实是想听听有什么信息。"繁花说:"再纠正一遍,我不是支书。"庆书说:"是的,村长。我正要走,就看见铁锁出来了。铁锁问我吃了没有,我说吃了。他问我吃啥,我说面条。他说他最喜欢吃面条了。我说雪娥给你擀碗面条不就得了。同志们,老少爷们儿,你们猜猜他是怎么说的?他说,擀,擀个屁,雪娥不知道去哪了。五雷轰顶啊。我浑身打了一个激灵,赶紧往他家跑。到了那里,只看到了他的两个丫头,大的哭,小的闹。"繁花的脸色已经越来越难看了,可庆书还在继续讲着:"那个小的,还在地上打滚,驴打滚呀。鼻涕拖得这么长。"看着庆书又放下了天线,要去比画那鼻涕有多长。

繁花终于忍不住了。繁花拾起那根天线,"啪"的一声拍了一下桌子:"够了!"随着那一声吼,众人都愣了。繁花长长地喘口气,然后轻轻地把天线放到了桌子上,说:"不就是亚弟吗,亚弟会魔术吗?我就不信,打着滚鼻涕还能拖那么长。庆书,不是我批评你,都已经火烧眉毛了,你还在这里瞎鸡巴扯呢。还信息长信息短的,这就是你说的信息?你说说,这些信息哪一条管用吧?我是怎么交代你的,让你一回来就把铁锁交给我,你倒好,直接交给雪娥了。我敢打保票,雪娥就是铁锁打发走的。你说说,你办的这叫什么事啊。"庆书说:"支书,我是……"繁花打断了他:"主任同志,你还是叫我繁花吧。"庆书脸都涨红了,还了一句嘴:"我也不是妇女主任,我只是个治保委员。"繁花再次打断了他:"治保委员连个娘儿们都看不住?养条狗还会看门呢。"这话有点重了?重就重吧,乱世须用重典嘛。繁花停顿了一下,又说,"你刚才说什么?给我汇报?你是在给村委会汇报你知道吗?明说了吧,雪娥肚子大了,你也有一半责任。同志们都在帮助你,关心你,你知道吗?你对得起同志们的关心吗?你让同志们说说,你对得起谁了?"

当然没人吭声。庆书都开始用目光求人了,但求也没用。庆书慢慢站了起来,又慢慢弯下了腰。那架势,像是准备给大家认错。这时候,不知道谁家的狗突然"汪"地叫了一声,声音很亮,应该是尾巴卷起来叫的。庆书侧了一下脸,似乎被那声狗叫吸引住了。那一会儿,他大概想起了繁花说的"狗还会看门",脸就又涨红了。他的腰很快直了起来,啤酒肚都挺起来了。手也没停,在胯部摸来摸去的,像是要掏枪。都以为他会发作的,哪料到转眼之间,他又一屁股坐了下去,还变成了个嬉皮笑脸。不过那嬉皮之中带着那么一点僵硬,笑脸之上浮着那么一点冷漠。他终于开口了。那声音是从喉咙里挤出来的,虽然很低,却有着恶狠狠的味道。庆书说:"我,我也是有人格的。"哟嗬,想炝蹶子了是不是?繁花"哼"了一下,说:"别扯那些没用的,说吧,你什么时候陪雪娥去打胎,我就要你这一句话。"

庆书又不吭声了。要不是繁奇出来打圆场,还真是无法收场了。村委里面最会说话的,就是繁奇。亚弟流鼻涕是遗传,繁奇的巧舌如簧也是遗传。繁奇他娘没死的时候,就是方圆几十里有名的媒婆,人称"溴水第一嘴"。人家的舌头能翻出花儿,也能长出刺儿。活媒能让她给说死,死媒能让她给说活。据说昭原当政的时候,全村最怕的人就是繁奇他娘,因为她能让全村的媳妇反对他。繁奇他娘把拐杖往地上一捣,还没有开口,昭原就开始结巴了。昭原身上曾经闹出过一个国际玩笑,就跟繁奇他娘有关。有一天昭原正组织村民了解国际形势,繁奇他娘拄着拐杖来了。昭原那天念的报纸,上面说的是"西哈努克亲王八日到京,周总理亲自到机场迎接"。一看到繁奇他娘,昭原连句子都念不成了。慌乱之中,把句子断错了,断成了"西哈努克亲,王八日到京"。村民们笑坏了,笑过之后又有点后怕,突然间又鸦雀无声。开大了,这个国际玩笑开大了。好在这是官庄,孔孟一家人,没有人上告,不然昭原当天就得蹲大狱。轮到庆茂当政了,庆茂赶紧把繁奇拉进了村委。庆茂后来说,繁奇他娘出生在中国,实在是中国的万幸。"老家伙"要是生在了美国,一不小心成了WTO美方的谈判代表,那中国可就惨了。入关?做梦去吧,下个世纪也别想进去。这话虽然大了点,但还是能说明一些问题。

六

　　跟他娘相比,繁奇确实差远了,不是一个"重量级"。尽管如此,在村委里繁奇还是最能说的,不然人家也不会连任多届调解委员。调解委员是干什么的?说白了就是和稀泥,玩嘴皮子的。繁奇有句口头禅,叫"人心都是肉长的"。李皓曾经说过,千万不能小看繁奇的这句口头禅,虽然听上去只是一句大白话,但却很有深意。李皓说,在外交上这就叫"求同存异",是"和平共处五项原则"中最重要的一条。繁花和庆书斗嘴的时候,繁奇一直没有说话。繁奇坐在墙角,捏着一根雪茄烟,像演三级片似的舔来舔去。这会儿繁奇出马了。繁奇把那包雪茄烟从兜里掏出来,说:"祥超媳妇从北京捎回来的,抽着跟红薯叶似的。说是孝敬我的,还说是古巴进口的,毛主席在世的时候抽这个,美国总统也抽这个。"说到这里,繁奇停顿了一下,眼望着房顶,说:"听说二毛抽的也是这个。"人们都笑了。二毛是村里的一个侏儒,也就是本地人所说的半截人。有一次王寨办庙会,有一个戏班子来走穴,其中有一场是猴戏。广告已经贴出去了,演孙悟空的却因为报酬问题,罢演了。戏头儿正急得抓耳挠腮的时候,有人向戏头儿推荐了孔二毛,说正月十五闹元宵的时候,孔二毛曾演过《唐僧取经》,演的就是孙悟空,那真是活脱脱的一个猢狲啊。戏头儿听了大喜,只用了两斤甘蔗,就把二毛请来了。谁能料到,人家二毛不鸣则已,一鸣惊人,一炮就打响了,竟然比原来的那个演员还出彩。戏班的头儿高兴坏了,说这就叫丢了芝麻,抓回来了西瓜。还给二毛起了个艺名,套的是六小龄童,叫"七小龄童"。后来二毛就跟人家走了。再后来,人们就听说二毛发了。有一次,人们还在电影里看到了二毛,二毛演的是夜总会里的侍者。二毛穿着西装,打着领带,戴着贝雷帽,负责给妖精一样的美女们端茶递水点烟。有一次,繁花在溴水开会,有人对她说,在澳门见到二毛了,二毛牛×大了,坐在沙发的扶手上,跷着二郎腿,等着别人给他点烟呢。这会儿,繁奇这么一说,有人就提出建议了,说应该跟二毛联系一下,让他回来一趟。亲不亲,家乡人,再牛×也不能忘了父老乡亲嘛。

繁花说:"二毛的事,以后再说。都静一静,听繁奇讲。"繁奇捏着一根烟,说:"祥超媳妇给我生了个小孙子,我叫人家给我送回来,人家偏不送,说北京的教育质量高。狗屁!北京的教育质量要是真高,皇帝为什么都是外地人?日他娘,我都不愿搭理她了。可人心都是肉长的,这烟大老远捎回来了,我不能不收啊。来,都来尝尝。"他先递给庆书一根,然后又撒了一圈。繁花也接了一根,说是要拿回去让殿军尝尝。繁奇说:"殿军?殿军回来了?殿军什么烟没抽过?"繁花说:"他倒是带回来了几包烟。好像是叫大中华,红皮的。听他说是好烟,我也不知道是真好还是假好。那人喜欢吹。"祥生说:"人家可没吹,那真是好烟。"繁花就说:"这样吧,哪天让殿军请客,大家把烟给他抽了,免得他天天熏我。"大家都说保证完成任务。只有庆书没吭声。繁花就说:"怎么了庆书?你不愿去?"庆书这一下开口了。庆书说:"光抽烟啊?酒呢?"祥生一拍胸脯,说:"酒包在我身上了。"繁花顺势开了句玩笑:"先说好,这酒钱可不能让村里报销。"

　　气氛转眼间就活跃了,但还是不够热烈。大家都挺忙,开一次会不容易,不应该搞得很沉闷。电视上不是天天讲吗,北京又开了个什么会,上海又开了个什么会,不管是北京还是上海,与会人员都要进行"热烈讨论",然后形成决议。那意思很明确,只要是会议,就应该是热烈的。繁花有办法让会议热烈起来。办法是现成的,那就是出张县长的洋相。管计划生育的张县长是个麻子,是溴水县最有名的麻子,所以人们私下叫他麻县长。他的麻不是因为天花,而是因为"大跃进"。"大跃进"那年全民炼钢,作为农村青年中的炼钢积极分子,他每天都战斗在火红的炼钢炉前,轻伤不下火线,一张白净的脸皮终于让迸溅的火星"炼"成了麻子。他是溴水县南辕乡人。据当年的积极分子回忆,当时天气本来就热,再加上烟熏火燎,那麻坑免不了要化脓淌水,就跟杨梅大疮似的。可是领导喜欢啊,上级领导一表扬,大喇叭里一宣传,人家就成了一个"典型",就从农村青年变成了公社革委会成员。不过,因为他是本地人,又没有后台,转干以后就一直待在南辕。几年前,他还是南辕乡的党委书记。后来机会来了,因为计划生育搞得好,他终于提上去了,成了副县长。十个麻子九个俏,麻县长的俏不光体现在嘴上,体现在手势上,还体现在那一脸麻子上。那麻子也是很会表情达意的,高兴的时候麻坑发红,好像鼓起来了,发怒的时候麻坑发黑,也能鼓起来似的。麻县长的一举一动都很有喜剧效果,都快比得上庆书最崇拜的赵本山了。这会儿,繁花一提起麻县长,有人就咧开了嘴。繁花说,有的人大概已经知道了,这次开会麻县长又做了长篇报告,而麻县长举到的那个例子,就跟雪娥的情况差不多。麻县长说,东边的一个村子里,有人带着怀孕的老婆周游列国,生了孩子才回来,说那孩子是在路上捡的。繁花说,说到"周游列国"的时候,麻县长的两只手就像小船荡起了双桨,这样划一下那样划一下。繁奇插了一句,那不是荡起双桨,那是狗刨。大家都笑了。繁花说,麻县长又说了,孩子是那么好捡的吗?县里准备和国外一个认领婴儿的机构取得联系。他们想要咱中国的孩子,说咱中国的孩子聪明,好看。黑头发黑眼睛黄皮肤,红头绳红肚兜虎头鞋,布娃娃似的,好玩得很,长大了又听话。好啊,我们可以把多生的孩子送给他们。"送"这个手势,麻县长做得最好,有点像"文革"时候跳的忠字舞:上身一耸,两只手在胸前翻出了一个花,然后突然朝外一送,还在空中停留片刻,好像是等着有人来接孩子似的。说到这里,繁花说:"要是令文还在这里就好了,令文的忠字舞跳得最好,至少不比麻县长差。"

七

　　这时候,小红来到门口,报告说铁锁睡着了,还打呼噜呢。繁花说,睡着了好,打呼噜?还流口水了吧?太好了,说明他睡得香。雪娥要是没有下落,你喂他一瓶安眠药,他都睡不着。小红把钥匙亮了一下,意思是她已经把门锁住了。有人提议让小红进来比画一下"忠字舞",说年轻人跳舞最好看。小红问什么叫"忠字舞",繁花说:"他们逗你呢,钥匙放到这儿,你快回去吧,回去晚了你妈不放心。"小红走了以后,繁花又接着讲麻县长。说,麻县长一边讲,一边在台上走。那步子走得俏啊,很有点女儿态。一边走,一边把手中的文件卷成了一根棍,那根棍最后落到了一张地图上面。那本来是溟水县的地图,可麻县长一高兴就把它当成了世界地图。麻县长在上面比画来比画去,说,别以为我们会把他们送到美国,送到欧洲。美死你了。世界大得很,除了欧美还有亚非拉。要多考虑非洲和拉丁美洲,重点是非洲。那里地广人稀,弄到那里刚好可以当牲口使。麻县长还模仿了赶牲口的口令,嘚,吁。说以后送来的男孩都叫"嘚",还要有编号的,嘚一、嘚二、嘚三、嘚四。女孩嘛,都叫"吁",吁一、吁二、吁三、吁四。怎么,嫌这名字不好听,想换个名字?不行不行,万万不行,你就是想叫张三李四王麻子都不行。众人大笑,繁花说,麻县长大概是喝了点酒,特别放得开,那真是深入浅出,妙语连珠,谈笑风生啊。社会福利委员李雪石把烟头一踩,说:"我靠,雪娥要是生了,连名字都省得起了。"

繁花让大家静下来。繁花说,麻县长的风格大家都是知道的,团结紧张严肃活泼。玩笑归玩笑,麻县长突然一板脸,一咳嗽,一弹麦克风,转眼间就换了个人。脸色都变了,厉害得很,麻坑都变黑了。繁花说,一看这阵势,下面的人都不敢笑了,都竖起耳朵听麻县长训话。麻县长果然来了个"厉害的"。麻县长说了,计划生育可不仅仅是裤裆里的事,关系到国计民生,也关系到资源枯竭,可持续发展战略,臭氧层,以及地球变暖,等等一系列问题。所以,以后再出现此类情况,村干部一律下台,主要负责人不能再列为村级选举的候选人。麻县长可是说了,不要以为下了台,拍拍屁股就可以走了。没那么简单。当干部不是当和尚,当天和尚撞天钟,不当和尚不念经。不行的!上头有精神的,干部离任后要查账,因为计划生育问题下台的干部更要查账。只要兜底一查,查不死你也要把你查傻。到时候你花了多少,吃了多少,不光要给群众说清楚,更要给组织上说清楚。有人就要问了,说不清楚怎么办?好办,全都给我屙出来。有人又要问了,屙不出来怎么办?好办,捆起来就行了。有人可能会说,我有后台,我是千手佛,你捆了我两只手,我还有九百九十八只手。好吧,那就试试看吧,看看到底是你千手佛厉害,还是无神论者的法律厉害。介绍到这里,繁花着重做了个补充,说那麻县长以前兼过派出所所长的,捆人可是他的强项,一米长的麻绳,人家结结实实地能捆三个。

有人笑,也有人低头沉思,还有人盯着墙上的表格发愣。繁花想,这个会开得好啊,该说的都说了,利害关系也都讲明了。繁花把笔记本一合,说:"联系我们村的实际,目前最主要的问题就是雪娥的肚子。都想一想,雪娥会往哪里跑。咱们这些人啊,可都是一根绳上的蚂蚱,想不团结都不行。各唱各的调,各吹各的号,那是行不通的。庆书刚才就跑调了。"庆书本来在低头沉思,这会儿被繁花一点名,浑身一抖,肩膀都竖起来了。不过,他很快又变成了嬉皮笑脸。心里不服呀,繁花想。不过,繁花愿意从正面解释庆书的嬉皮笑脸。繁花说:"庆书,你别笑。我知道你有点不好意思了,脸都红了嘛。这说明你已经认识到自己的错误了。亡羊补牢,未为迟也。这样吧庆书,你把桌子拉开,再支张床。你睡床,让铁锁睡桌子。庆书,你可是治保委员,总不会让铁锁再跑了吧?祥生呢,你回去给祥民说一下,明天村里要用车。"庆书悠悠地问了一句:"你呢?"繁花脸一板,翘起指头戳了一下庆书的太阳穴,都有点像撒娇了:"德行。你就怕我闲着。我把铁锁的两个丫头领回家,当姑奶奶敬着。这一下你满意了吧?"

当姑奶奶敬着,当然是不可能的。但这句话是必须说的。即便庆书不跳出来,繁花也要把铁锁的那两个丫头领回去的。工作是工作,人情是人情。工作需要的是铁面无私,但是,如果不想让老百姓寒心,那就得多来点人情味。人情味就是蒸馒头用的酵母,那玩意儿虽然不值钱,还酸不拉叽的,但没有那玩意儿,你蒸出来的就是死面馒头。散会以后,繁花说:"我得到铁锁家去一趟,谁带手电筒了?祥生带了吧?别往屁股后面藏了,我都看见了。"繁花是想跟祥生一块走,借这个机会,把老外要来溧水的事给他讲一下。刚才开会的时候,繁花心里已经有了一个小算盘,那就是把祥生和庆书都支出去,不能让他们在村里拉帮结派。庆书好办,派他去找雪娥就行了,找不到雪娥唯他是问。祥生就比较难办了,是个难剃的头。但是,难剃也得剃啊,反正不能把他留下。繁花想,他不是经常吹嘘,他的生意之所以越做越大,就是因为他上头有人吗?好,那就给他一笔经费,让他去争取吧,争取把那个老外引来官庄。他当然不可能把人家引来,因为事情是明摆着的,水中捞月嘛。祥生果然上当了,说:"还是我陪你去吧。别让猪把你给咬了。"对了,还有猪呢。繁花说:"庆书,你给红梅打个电话,让红梅把铁锁的猪给喂了。"

八

祥生打着手电筒跟在后面走,说待会儿他很想找殿军说说话。"小别胜新婚,一寸光阴一寸金,不耽误你们的好事吧?"祥生笑着问。繁花的笔记本朝祥生头上打去:"敢给你姑贫嘴?打不死你。"祥生说:"夜长了,不在乎那一会儿。我就耽误你们几分钟?"繁花的辈分比祥生高,祥生很少跟繁花开这种荤玩笑的。这会儿,见祥生说了一遍又一遍,繁花就想,看来祥生在溴水城学坏了,做生意的人要想学好那真是逆水行舟,想学坏只要随波逐流就行了。繁花说,她还得到铁锁家一趟,把铁锁的两个丫头领回去呢。祥生说,你打个电话,让小红帮你领回去不就得了。繁花说,年轻人睡觉沉,小红这会儿可能已经睡了。真是说曹操,曹操到,有心灵感应的。就在这时候,繁花的手机响了,是小红打来的。小红说,她担心会议结束得晚,就把亚男亚弟领了出来,送到了繁花家。还说,她本想带着亚男亚弟睡的,可那姐妹俩犯倔,跟铁锁一样犯倔,说什么都不愿意,还哭天抹泪的。没办法,她只好把她们送了过去。临了,小红又催繁花早点休息。繁花想起了那头黑猪,正想问,小红说:"铁锁的猪可真是能吃啊,满满一桶还不够它吃。"看,小红连猪都想到了。别说,她还真像个丫鬟。这一点连祥生都看

111

出来了,不过祥生说的不是"丫鬟"。祥生说:"你是包公,小红就是你手下的王朝和马汉。"这话说得好,既拍了繁花的马屁,又表扬了小红忠贞能干。繁花说:"那还说什么呢,走吧,让殿军陪你喝两口。"

祥生打着手电筒,给繁花照着路。繁花说:"有件事,我刚才在会上没讲。在县上开会的时候,书记说,有个老外要来溟水,来考察的,考察的是投资环境还是村级选举,书记也搞不清楚。我问一些人,那些人都说是考察投资环境的。你上头有人,能不能去摸一下底,让他们到官庄看看。"祥生说:"我上头是比较熟,可再熟也没有你熟啊。"繁花说:"还不熟呢,我都听繁荣说了,你跟工商税务部门的人,早就称兄道弟了。"祥生说:"找他们摸摸底,叫他们在下面烧烧底火,那倒不是不行。问题是,把那些老外叫来官庄看什么呢?"繁花说:"亏你还是做生意的。看看纸厂啊。纸厂闲着也是闲着,老外要是能投资,买些治污设备放进去,那机器就嗡嗡嗡地转起来了。"祥生似乎听进去了,半天没说话。繁花就趁热打铁,又来了几句。繁花说:"到时候,咱们肯定得派个人进去,进去干什么?秃子头上的虱子,明摆着的,中方代表!你说说,咱们这个班子里,谁懂经济?谁适合做这个中方代表?还不是你祥生。这事得提前准备。家有隔夜粮,心中不发慌嘛。"祥生似乎心有所动了,长长地吸了一口气,又慢慢地吐了出来,然后又吸了进去,有些气沉丹田的意思,有些要发功的意思。繁花说:"我给你说的可都是知心话。没错,卖凉皮是挣钱,但卖凉皮还能卖成个企业家?再说了,当中方代表也不影响你卖凉皮啊,你可以把凉皮摊位租出去嘛。"祥生说:"好是好,问题是——"繁花捅了他一拳:"怎么跟一个娘儿们似的,有屁就放嘛。说,什么问题。"祥生说:"我跟溟水的那些狗日们,关系还不到那一步啊。不给他们意思意思,他们会替咱说话吗?"繁花说:"该意思的地方你尽管意思。"祥生说:"要是办不成呢?"繁花:"无论办成办不成,咱都得往前拱一拱。有枣没枣,先打一竿子再说嘛。"祥生还是那句话:"事情没有办成,钱却花出去了,怎么办?"繁花懂了,祥生肚子里的那个小九九又开始活动了。他这是在要权呢,要了权就可以乱花钱了,花了钱还让别人无法追究。说到底还是个生意人啊,事情还没开始做呢,就先想好怎么捞钱了。繁花说:"打枣还得弄个竿子呢。你尽管花,实报实销不就行了。"祥生说:"那我就试试?"繁花说:"什么试不试的,这事就交给你了。老戏里是怎么讲的?将在外,君命有所不受。这事办成了,你就是官庄人的大恩人。"

有人赶着两头牛走了过来。牛脖子上挂着铃铛,铃铛的响声把夜衬得很静。繁花知道那是庆社回来了。庆社是个牛贩子,到处收牛,然后卖给溟水的回回们,回回们再宰了卖肉。繁花听庆社说过,牛一见到他,就像老鼠见了猫,撒腿就跑,跑不了就用犄角抵人。但庆社自有办法治它。庆社从口袋里摸出铃铛,朝着那牛摇上几下,牛就变乖了,神得很。繁花问他为什么,庆社说,牛都喜欢戴铃铛,就像女人喜欢戴围巾。祥生不知道那是庆社,问他是谁。繁花说:"还能是谁,庆社呗。"繁花高声问:"庆社,又发财了?"庆社说:"托支书的福,又弄了两头。"庆社走过来,低声说:"卖牛的人是个瞎子,有一头怀着牛犊哩,竟然看不出来。"繁花说:"撞大运了啊。"庆社说:"没办法,他们看不出来嘛。"繁花说:"要不怎么说你是个行家呢?行家一伸手,就知有没有。"庆社说:"菩萨保佑,要是天天都能碰上这种傻×,我就办个养牛场。"繁花说:"只要你能办成,我去给你剪彩。"

铃铛声远了以后,祥生又说他想去看看殿军。"说实话,我主要是想向殿军讨几条经验。"繁花问:"他有什么经验。他就会吹。"祥生说:"吹,那是人家有吹的资本。你叫我吹,我也吹不起来。没那个资本嘛。"接着,祥生突然"咦"了一声:"有个事我想给你说说。也不是什么大事,是我突然想到的。"繁花问什么事。祥生笑了,说:"我差点忘了。这种屁事,谁能想到呢?谁都想不到。"繁花问,到底是什么事。祥生说:"我要不说,你肯定也忘了。这种屁事。"

九

　　繁花没吭声,等着祥生说。祥生用手电照了照天空,说:"日怪了怎么连个星星都没有?"繁花还是没吭声。祥生这才说:"今天回来,我路过巩庄,遇到一个人。你猜我遇到谁了?"繁花说:"巩庄也是上千口人,我怎么知道?莫非遇上彩霞了?"彩霞是祥生当年的相好,因为人家家庭成分不好,祥生的父亲硬是把这对鸳鸯给拆散了。祥生说:"彩霞?她的腰比水桶都粗,跟她还有什么好说的。我遇到他们的支书巩卫红了。"繁花说:"不就是瘦狗嘛。"祥生说:"对,就是瘦狗,他现在胖了,像个胖猪。瘦狗给我提到了一个人。他说了半天,我都没能想起来他说的是谁。这种陈芝麻烂谷子,谁能想起来呢?你也肯定想不到。"繁花想,祥生究竟要说什么呢?这个圈子绕得够大了,有什么事也该亮出来了。祥生停下脚步,用手电照了照四周,又咳嗽了一声,然后低声问道:"村后有一座坟,你还记得不?"要是早问两天,繁花还真是想不起来,可现在就不同了。繁花不光想起了丘陵上那座坟,还想起了坟头上半人高的荒草,那是枯干的蒿草,羊都不吃的。这会儿,夜已经深了,一想到那坟上的蒿草,繁花就打了个冷战。冷战过后,繁花又出了一层冷汗。不过这冷汗已经与死人无关了,而是与上头的政策有关。上头的政策是,"死人要给活人腾地方",各村一律不准有坟。祥生现在突然提起这个,是什么意思?葫芦里到底卖的什么药?繁花说:"什么坟不坟的?你知道我胆小,最怕鬼故事了。"

祥生说:"我就知道你想不起来。我也想不起来了嘛。"繁花又问:"你说明白一点,到底是什么坟,谁的坟?"繁花说这话的时候,突然把手电筒夺了过来,还四周照了照,好像真的怕鬼。祥生说:"巩卫红说,咱村庆刚他娘的坟,现在还没有平掉呢,就在村后。"繁花说:"庆刚?咱村没这个人啊?"祥生说:"都是老皇历了。他几十年前就死了。有人说死到朝鲜了,还有人说死到台湾了。娘那个×,鬼知道他究竟死到哪了。"繁花说:"所以嘛,我没有一丁点印象。你比我大几岁,要有印象,也是你有。"祥生说:"巩卫红说了,想把庆刚他娘从坟里挖出来,先弄去火化,然后埋到巩庄。"繁花想不明白了。这算是哪门子事啊,一个死了几十年的人,可能连骨头都沤糟了,要它干什么呢?繁花问:"瘦狗究竟想干什么呢?"祥生说:"人家一说我才知道,瘦狗是庆刚他娘的侄孙子,庆刚跟瘦狗他爸是姑表兄弟。"繁花来劲了。繁花说:"咱村的人,埋到他们巩庄算是怎么回事嘛。我们可是孔孟之乡。不能让外村人笑话!"但祥生一句话,就把繁花给戗住了。祥生说:"人家要是告了呢?"繁花用手电筒照着祥生的脸,祥生的嘴。祥生也不躲,迎着那光,眯缝着眼,继续说着。繁花觉得那张嘴里喷出来的每一个唾沫星子都像子弹。祥生说:"我也给他说了,坟是什么时候有的?普天之下第一座坟就是孔子的坟。孔子是谁?孔子是我们官庄人的老祖宗。我还没说完呢,瘦狗就把我顶了回来。瘦狗说,不让挖走?好,你们就等着上头来处理吧。瘦狗说了,官庄当初没有落实平坟政策,还有理了不成?瘦狗还给我转文呢,说从一滴水里可以看见太阳,从一个坟头可以看见官庄人是怎么弄虚作假的。你不知道,瘦狗有多气人。气死我了。"

繁花的手电筒一下子灭了。灯光一灭,四周更黑了,就像炉火熄灭后的锅底。谁家的扁担钩碰到了铁桶,咣当一声,吓人一跳。还突然传来两声狗叫,跟炸雷似的,又吓人一跳。狗叫声惊动了旁边的一座门楼,门楼下面的灯一下子亮了。繁花想起来了,那是祥生的兄弟祥民的门楼,祥民烧包得很,那灯是声控的。有人荷锄走了过来,又很快走出了那光影。繁花没看清他是谁,觉得他有点像鬼。繁花心中一惊,赶紧去看那有光亮的地方。那门楼上有一块石匾,上面刻着孔子的一句话,"文革"已经批臭了,现在又香了,叫"克己复礼"。祥民是信教的人,信教和这"克己复礼",好像有点四六不靠的意思。繁花心中很乱,盯着那块石匾看了半天。祥生说:"你拿个主意吧。"繁花说:"就让他挖走?"祥生说:"你说呢?"繁花吸溜了一口气,又问:"瘦狗这样做,图的什么呢?"祥生说:"是啊,他图什么呢?"繁花说:"我还是不明白,这分明是草驴换叫驴嘛。"祥生说:"就是嘛,草驴换叫驴,也就图了个屁。"繁花笑了,说:"还真是图了屁。你想想,又得火化,又得举行仪式,烦都烦死了。"祥生说:"可不是嘛。瘦狗脑子里进屎了。"繁花不想拿这个主意,就把话题引到了别处。她问:"听说祥民要在王寨修个教堂?"祥生说:"烧包呗。没钱就烧成了这样,有钱的话还不定烧成什么样子呢。"繁花说:"听说教堂也很赚钱的,香火钱很可观的。有一点我不明白,干吗修在王寨呢?修在咱们官庄该有多好。官庄也有不少人信教嘛,起码有百十个人吧?"祥生替祥民解释了,说:"赚本村人的钱,不好意思嘛。嗨,不管修在哪,外村人提起来都会说,那是官庄人修的。"

繁花心里突然闪了一下,老外应该是信教的。繁花就说:"祥生啊,见到了老外,你就给他说,说咱们官庄人修了个教堂。他要做礼拜的话,不愁没地方做。"祥生说:"好,算一条理由吧。"繁花说:"你就给他说,咱们这里山好水好,生态环境好。"祥生说:"好,也算一条吧。还有吗?"繁花说:"有,当然有,就说咱们是孔孟之乡,现在不是讲和谐社会吗,咱们这里一直都是和谐社会。什么劳资矛盾,什么工人罢工,不会有的,永远不会有的。他尽管甩起膀子,大干一场。"祥生说:"好,这一条也很重要。资本家最怕什么?怕罢工。"说完这个,祥生又把话题引到了瘦狗身上:"到底同意不同意瘦狗挖坟,你给个准话呀。"繁花说:"那,他们准备什么时候挖?"祥生说:"我也这么问过瘦狗。瘦狗说,等入冬以后吧。冬天人闲嘛。"繁花放松了。繁花想,就是啊,巩庄村也是要选举的嘛,瘦狗那狗日的,眼下哪有这份闲心呢。繁花对祥生说:"那就先不理他。走,跟我回家,让殿军好好陪你喝一壶。"祥生却说:"改天去吧。路过祥民的门口了,我进去看看。我得问问他修教堂的事。老祖宗说的,长兄为父嘛。"

十

　　后半夜下了一场雨。秋风秋雨的，天顿时凉了半截。铁锁的那两个姑娘，当晚就跟豆豆挤在一起。小孩子都贪睡，尤其是妹妹亚弟，送过来的时候还哭鼻子抹泪呢，可扭脸就睡着了。繁花的父亲当天晚上睡在客厅里，母亲带着三个孩子睡。繁花平时就起得早，这天起得更早。她先到母亲的房里看了看。听见她进来，母亲拉亮了灯，然后翻身朝里睡了。老人家是嫌她多事，不高兴了呀。三个孩子睡得正香，就像三只猪娃躺在老母猪旁边。母亲睡在临着窗户的那一侧，雨水溮进来，把床沿都打湿了。繁花用干毛巾将床沿擦了一下，然后蹑手蹑脚退了出来。再次来到院子的时候，繁花先将她和殿军的内衣内裤洗了，挂到屋檐之下，然后又把院子扫了，还往兔笼里丢了几把草。平时，她早上就喜欢在街上走，遇到有人"投诉"，她能解决就当场解决，解决不了的就拿到村委会上解决。这天，因为有雨，街上空落落的。繁花很快就走到了村外。小麦还没有破土，地里还是光溜溜的。有一片菜地，瓜棚豆架还支在那里，黑黑的木头上长了一层苔藓。盯着那片薄薄的绿色，繁花在雨中站了许久。出来的时候，繁花看见田边的沟渠里有一只死鸡。不会是瘟死的吧？繁花用树枝挑着，把它扔到了麦地里，然后就用那根树枝刨了坑,埋住了。

正要从麦地走出来,繁花隐隐听见有人唱歌。歌声是从一棵柿子树那边传过来的。柿子树很大,枝干黑如炭条,叶子红如晚霞。雨水一淋,那叶子变成了暗红,像初凝的血。树下的那个茅屋,原是看瓜人住的。繁花听出来那人嗓子有点沙哑,沙哑中有一种柔情。不会是雪娥。雪娥的嗓子跟哨子似的,不会拐弯的。那会是谁呢?也不会是小红。小红才不会犯这个神经呢。再说了,小红最喜欢唱的是《谁不说俺家乡好》。那么会是庆书吗?庆书在北京当过兵,最喜欢唱《北京颂歌》,亮开嗓门就是"灿烂的朝霞,升起在金色的北京"。但繁花还是往那边走了过去。原来是令佩。令佩用树枝扎着个柿子当话筒,正在唱《北京人在纽约》:

Time and time again
You ask me
问我到底爱不爱你
Time and time again
I ask myself
问自己是否依然爱你

令佩不在北京,更不在纽约,而是刚从牢里放出来,但人家要唱《北京人在纽约》,别人又有什么办法?一盏煤油灯将令佩的光头照得贼亮,像浸过油的葫芦。现在哪里还有这油灯啊?繁花觉得奇怪,心中又突然有些酸楚。她不想惊动他,慢慢退到离茅屋几步远的地方,喊了一声:"好啊,嗓门好啊,谁呀?"

歌声马上停了,剩下了雨声。还有一种声音,是地里渗水时冒出的气泡破了。那声音有些顽皮,像孩子的呢喃。再听,它还有些像呻吟,像长痛不息的哀叹。令佩的脑袋伸了出来,这一下那脑袋又不像葫芦了,像吹起来的猪尿泡了。那张脸养得粉嘟嘟的,像刚出满月的婴儿。看到是繁花,令佩赶紧走了过来,手贴裤缝站在那里。繁花记得他是外八字脚,从他父亲那里遗传来的。外八字脚的人最适合摇耧种地,他父亲生前就是生产队里的耧播高手,和繁花的父亲很能谈得来的。那个耧播高手一定想不到儿子会成为"三只手"。不过,浪子回头金不换,改了就好。这会儿,因为拘束,令佩却站了个里八字。令佩盯着脚尖,不说话。繁花说:"我正要去找你的。怎么,见到我也不打声招呼?"令佩吐出了两个字:"支书。"繁花拍着他的肩说:"按辈分,你得叫我一声姑奶奶。"说着,繁花就进了茅屋。进去之后才发现,里面还有六七个人,当中还有两个女的。灯捻晃动,灯光忽明忽暗,有些像《西游记》里的情形。令佩说:"这是我姑奶奶,她来看望大家了。"有一个人,看模样比繁花还大,罗圈腿,两腿之间可以夹一只篮球。那人油嘴滑舌:"原来是咱姑奶奶啊,一家人嘛。姑奶奶好。"繁花皱了皱鼻子,侧身问令佩在这里干什么。令佩说:"在怀念一个人,我们的师傅。"师傅?莫非教他们偷包儿的老家伙死了?这倒是溴水人民的幸事。繁花就问:"老家伙死了?"令佩说:"老人家要长命百岁的。"繁花这就不懂了。令佩说:"老人家门路很熟,后台很硬,我们几个都是他弄出来的。"繁花在里面站了一会儿,然后把令佩推了出来。她一时不知道从何说起,就问那油灯是怎么回事。令佩的话慢慢多了起来,说家有家法,行有行规。行当不同,仪式也就不同。有些仪式用礼炮,有些仪式用焰火,他们用油灯。繁花倒吸了一口凉气:"你们是不是准备重打鼓另开张?啊?皮肉之苦还没有受够?"令佩说:"支书,你放心,我的情怀已更改。我要金盆洗手了。"繁花又问那两个女孩是怎么回事。令佩一愣:"女孩?哦,你说的是那两个豆花吧。江湖上的朋友。"豆花?这名字起得好。见繁花不太明白,令佩就挠着头皮解释了一下,说他们这一行把女孩叫"豆花"。繁花当胸捅了令佩一拳,说:"什么乱七八糟的。赶快跟你这帮狐朋狗友们散了。哪天我再单独跟你谈,谈谈你的工作问题。我都想好了,要给你一份工作干。你得好好干,给我争口气。"这么说着,繁花脑子里突然闪了一下,就是让令佩帮助照看一下纸厂。纸厂停工以后,经常有人越过院墙从纸厂偷东西。乡派出所的人已经找繁花谈过话了,让繁花在村里盯紧一点。当时繁花不认账,不承认是官庄村人偷的。嘴上这么说,她心里其实是知道的,那确实是官庄村人干的。这会儿,繁花这么一说,令佩连忙问道:"姑奶奶,什么工作?"

十一

繁花说:"想让你先去纸厂上班。"令佩又改叫"支书"了,说:"支书,你别蒙我,我在里面都听说了,纸厂已经停工了。"繁花说:"停是停了,但迟早要开工的。现在老是有人进厂偷东西,逮了几次逮不住。我可不是要揭你的短,这方面可是你的强项。你去替我看看门,我给你发工资。"令佩把手指关节拽得咯吧咯吧响,说:"姑奶奶,你就等着看戏吧,看我怎么收拾他们。"繁花说:"不让你动手,只是让你做个记录。谁偷的,偷什么,什么时候偷的,谁在外面接应,都记下来。但是,你谁也不能说。"繁花瞟了一眼茅屋,"包括你那些豆花。你敢走漏半点风声,看我不把你的舌头割了。"令佩说:"姑奶奶对我真好啊,都比得上我师傅了。"这话虽然难听,但意思到了。繁花说:"好了好了。师傅领进门,修行在个人,你好好干吧,别再给我添乱。"

回到家,她下厨给亚男亚弟煎鸡蛋。繁花想,待会儿她要亲自送她们去上学,顺便交代一下许校长,多照看一下这姐妹俩。鸡蛋出锅以后,妹妹亚弟及时地出现在了门口。她问亚弟,是不是平时就起这么早？亚弟说,她今天不上学了。这孩子闹情绪了？人不大,心事倒是不少。繁花腾出手,弯腰摸着亚弟的脸蛋,又在她的鼻子上轻轻拧了一下,说:"听话,吃完饭就去上学。等你放学了,你妈就该回来了。你妈最疼你了。你妈没有走远,是走亲戚去了。"亚弟说,今天是星期六。哎呀呀,真是忙糊涂了,连星期几都忘了。繁花说:"星期六还不睡个懒觉。"亚弟舔着嘴唇,不吭声。繁花想,还说亚弟呢,自己小时候其实也是这样,越是星期天起得越早,只怕没玩够呢天就黑了。一会儿,姐姐亚男也出来了。平时总是赖床的豆豆,这会儿像个跟屁虫似的,也跟了出来。豆豆平时不吃鸡蛋的,说里面有鸡屎味,这会儿见两个姐姐吃了,她也要争着吃。一看见亚弟吃鸡蛋时的那种馋猫样,繁花就知道了,别看雪娥喂了十几只鸡,其实鸡蛋都舍不得给孩子吃的。亚男到底大了几岁,知道讲究吃相了,一小口一小口地咬着蛋黄。繁花顿时想起铁锁的那句话,就是他每天早上都要吃两个鸡蛋,没有两个,那就必须是双黄蛋。繁花就对亚男说:"待会儿,你去给你爸爸送鸡蛋,你告诉他,这都是双黄蛋。"亚弟说:"我爸爸去哪了?"繁花说:"他升官了,在村委办公呢。"亚男揪了一下妹妹的头发:"小心爸爸打屁屁。"繁花看出了门道,铁锁肯定吓唬过这两个丫头,不准她们胡说。过了一会儿,繁花的母亲梳洗完毕,繁花就让母亲领着姐姐亚男去村委送饭,同时也给庆书捎了一份。她们一走,繁花就问亚弟:"亚弟,你爸爸打过你的屁屁?"亚弟小嘴一噘,还没有哭出声,泪就下来了。繁花说:"他敢,他再打你的屁屁,我就打他的屁屁。打疼他。我还叫你妈打他的屁屁。告诉姑姑,你妈去哪了?"亚弟说:"我爸说了,谁要问,就说去姥姥家了。"童言无忌啊,这一下繁花知道了,雪娥哪里都可能去,就是没有回娘家。

一会儿,小红来了。小红举着一把伞,胳膊下面还夹着一把伞。小红还带来了一只毛线编成的兔子,说是给亚弟玩的。"这姐妹俩要是想要豆豆的兔子,你说给不给?给吧,豆豆要闹人。不给吧,又说不过去。"小红考虑得真是周到。小红把毛线兔子给了亚弟,然后问繁花,还开不开会了?要不要她再挨家通知。繁花告诉她,十点以后再通知他们开会。小红看了看挂在屋檐之下的衣服,嘴里"噢"了一声,又拍了拍自己的脸,说:"你看我多粗心。差点忘了,我给你捎了两条肥皂。"说着就从裤兜里把肥皂掏了出来。小红说:"也不知道好不好用。不好用,你可不要骂我。"繁花接过肥皂,这样摸一下那样摸一下,好像那不是肥皂,而是孩子的脸蛋。那肥皂好不好用不知道,牌子倒是挺好,虽说土气了一点,但挺合农民兄弟的胃口,叫"好光景"。摸着"好光景",繁花脸是笑的,嘴里却是骂:"小红,我要骂你了,你有点不像话了,都快成散财童子了,这样下去怎么行。我得把钱给你,多少钱?"小红说:"你要给我钱,那我可就真的发财了。因为这是人家白送的,人家连个钢镚儿都没要。"繁花"哦"了一声,意思是懂了。繁花笑了,但很快又把那笑收住了,显得很郑重:"小红,是男孩送的吧?男方家里是开工厂的?你可得给我说实话,让我替你高兴高兴。"小红嚼着泡泡糖,大大方方的,脸一仰,说:"什么也瞒不住你。还真的是男孩送的。"繁花低声问:"哪个村的?"小红笑了,拍着繁花的膝盖,说:"阎家寨的。这一下你知道了吧?是我表哥送来的。我表哥是开家具厂的,出去要账,人家不给钱,给了几卡车的肥皂,家里堆得跟小山似的。一辈子?两辈子都用不完。我这是替他消化呢,他还得感谢我呢。你要是觉得好用,尽管去家里面取。"

繁花心里突然亮了一下。何不把这些肥皂弄来,给老百姓发下去呢？那些老百姓,尤其是上了年纪的,你给他发钱他却不一定记得住你的好,你要发给他一块肥皂,尽管狗屁不值,他却会记住你的恩德。繁花就说:"小红,你去给你表哥说一下,这肥皂咱们村里买了,反正又不值几个钱。你让他出个价,比出厂价低一点就行了。"小红说:"你是不是想给大家发福利?"这小红真是个鬼机灵。繁花说:"就算是吧,再说了,多多少少的,你表哥总算可以拿到一笔钱,减少一点损失嘛。"说到这里,繁花顿时想到,小红说不定就是为这事来的,她只是没有明说罢了。

十二

繁花以为小红推让两下,就会代表表哥感谢她的,可她想错了。小红摇着脑袋,脑后的一双长辫都甩到繁花身上了。小红说:"不敢不敢,吓死我了。谁的钱都能挣,尤其是公家的钱,不挣白不挣。可是这不一样啊,这公家不是别人的,是你的,是咱们的。挣了这个钱,我要做噩梦的。不敢,你别吓我。"繁花有点感动了,心里潮乎乎的。这就是境界了。不像祥生,当面锣对面鼓,总想把钱往自己的兜里塞。祥生是一只油耗子,钻在洞里的,而且是成精了的,几只猫都看不住。小红呢,小红是一只鹰,鹞鹰,是身披朝霞在云彩里飞的,不干不净的东西送到了嘴边,都懒得瞟上一眼的。

雨已经停了。豆豆和亚弟在院子里玩儿。平时没有孩子陪豆豆玩儿,所以这会儿豆豆都快玩儿疯了,满院子跑着,身上都是泥。繁花听见亚弟对豆豆说,咱们背儿歌吧。豆豆说,她会背好多儿歌。亚弟就说,有一首儿歌她肯定没听过。豆豆被亚弟唬住了,先是一愣,然后那目光就变成了崇拜。亚弟双手捧着那只毛线兔子,很正经的样子,来了一段:

豆豆接旨

奉天承运皇帝诏曰
擦屁股不准用纸
用纸不能用报纸
用报纸不能看电视
直到憋死为止
钦此

　　亚弟还没有说完的时候,豆豆已经跳了起来。豆豆说:"你才憋死呢。"繁花以前也听豆豆背过这首儿歌。有那么几天,一到吃饭的时候,豆豆就来劲了,一会儿"爷爷接旨",一会儿"奶奶接旨"。人是隔辈亲啊。这不,明明是让他们"憋死",他们却一点不恼。不但不恼,还夸豆豆会演戏,都比得上还珠格格小燕子了。小孩子都是蹬鼻子上脸,有一天竟然演到繁花头上了,竟然跳到桌子上喊"妈妈接旨"。繁花把她拉了出去,虎着脸对她说,再背这些乱七八糟的东西就不要她了。豆豆不理她那一套,又喊了一声"妈妈接旨"。繁花一急,照着她的屁股就是一巴掌。自从挨了那一巴掌,豆豆就不敢再喊了。可是,现在亚弟这么一挑头,豆豆就把那一巴掌给忘了。豆豆现在就一边蹦着一边喊着"亚弟接旨",直到将亚弟"憋死为止"。这些破玩意儿她们到底是从哪里学来的?繁花正这样想着,小红突然捂着嘴笑了起来。繁花以为小红是为那儿歌发笑,就说:"豆豆是好东西学不会,坏东西不学就会。"小红还是捂着嘴笑,后来又捂起了肚子。繁花一愣,问她到底笑什么。小红还是笑,腰都笑弯了。过了一会儿,小红才直起腰,说她想起自己的表哥了。她说她表哥连初中都没有上过,现在竟然学起了英语,不把肥皂叫肥皂了,叫"嫂泼"(soap)。小红说着,又捂着肚子笑了起来。她说,她那大表嫂已经提出抗议了,说自从嫁到了阎家,孝顺老的,侍候小的,还忙着喂猪喂鸡,抽空还帮忙油漆家具,什么时候"泼"过?嗨,原来是为这个发笑啊。繁花拍了一下小红的肩膀,说别笑了,那是他们的村长让学的,村长要让他们出洋相,他们又有什么办法?小红说:"你别开玩笑。他们的村长我也认识,上高中的时候比我高两届,最讨厌学英语了。"

繁花说:"有件事,我还没有顾上给你说呢。开会的时候上头说了,有个美国人可能来溴水考察工作,也算是国际交流吧。上头给每个村长发了本英语书,说是要村长们带头学习。临阵磨枪,不快也光嘛。其实,谁知道他们来不来溴水,就是到了溴水县来不来咱们王寨乡,到了王寨乡来不来咱们官庄?不过,既然是国际交流,我们就得争取一下,争取跟人们交流一下。这事我已经交给祥生去办了,让祥生想方设法,把老外引来官庄。"小红本来坐得好好的,这会儿一下站了起来:"真有这回事?老外要来?"繁花说:"哄你是狗。"小红说:"不是那意思。我听我表哥说了两句,我还以为他蒙我呢。你不知道,我表哥那个人,满嘴跑火车。看来这是真的了。"繁花说:"当然是真的。这事都交给祥生去办了,还能有假不成。"小红的眼睛一下子瞪圆了:"什么,真的交给祥生办了?"繁花说:"是啊,祥生做生意多年,能把扁的说成圆的,圆的说成扁的,搞外交需要这个。我还要另外付给他一笔工资呢。"小红说:"你就不怕肉包子打狗,有去无回?"繁花迷糊了,什么叫肉包子打狗?难道祥生还会跟着人家出国不成?小红悄悄问了一句:"他是不是张口要经费了?"繁花懂了,知道小红在担心祥生把那钱装到自己的腰包。小红是在替村里考虑,按理说繁花应该表扬她,可繁花这会儿宁愿装糊涂。繁花心里说,小红啊小红,我要的就是这个啊,他不往自己兜里装钱,我还着急呢。心里这么想,话却不能这么说。听听繁花是怎么说的:"现在办什么事不花钱?狗走窝还要花钱呢。只要那钱能花到正地方,该花还是要花。"小红说:"就怕肉包子打狗,白花了。"繁花说:"白花也得花。总得争取一下嘛。你说是不是?那老外如果能来一趟官庄,那可就要载入村史了。还不光是载入村史。有一点是肯定的,老外肯定要把她连任村长的事写到考察报告里面,带到美国去。美国是什么地方,联合国总部所在地。到时候官庄就出了大名了,还怕引不来外资?当然,如果人家不来,我们也没有办法。牛不喝水不能强按头嘛。还有,你刚才说什么肉包子打狗?不敢这么说。那不叫肉包子打狗,那叫高薪养廉。"

十三

小红说:"说不定人家真的会来,咱们也得做好准备。"繁花说:"来得及,到时候多挂两幅标语就行了。"小红说:"你说得对。到时候多挂两幅标语,多贴几副对子,各家各户再打扫一下卫生。"繁花问小红还有什么建议。小红说:"我能有什么建议?你说什么我照着办就行了。我听说豆豆她爸上学的时候英语很好?"繁花说:"好什么好。几年不用,再好也都还给老师了。"小红说:"豆豆她爸那么聪明,拾起来很快的。要不,让豆豆她爸帮帮忙,在标语下面再写一行英语,来个英汉对照?"小红想得真周到啊,真是她的左臂右膀啊。繁花说:"殿军就算了,还是让繁奇的儿子祥超来写吧。听说祥超在北京教的就是外语。"小红说:"祥超?祥超回来了?"繁花说:"给他打个电话,他不就回来了嘛。"小红笑着说:"是啊,他要不回来,咱就说繁奇卧床不起了,看他回来不回来。"

豆豆突然哭了起来。原来,豆豆想要那只毛线兔子,亚弟舍不得给,两个孩子就揪到了一起。小红要去把她们拉开,繁花按住了她,远远地喊道:"豆豆,松手。"豆豆松开了手,但很快又拉住了亚弟的衣服。小红说:"亚弟这孩子也真是的,一点也不认生。"繁花说："豆豆给爷爷奶奶惯坏了,从来不会让人。"小红说："要不我把亚弟和亚男领走?反正我也帮不上你别的忙。"小红从口袋里掏出手绢,要给亚弟擦鼻涕。亚弟想躲,小红指着手绢上绣的兔子,说："快看,这上面也有兔子。小兔子,多灵巧,红眼睛,白皮袄,后腿长,前腿短,走起路来蹦又跳。"亚弟就靠到了小红身上,仰着脸让小红给她擦了。这时候,亚男回来了。小红把用过的手绢叠起来,塞到亚男的口袋里,让她多替妹妹擦鼻涕。亚男咬着嘴唇,很生气地盯着妹妹,好像在埋怨妹妹不争气。小红有办法让亚男高兴起来。小红对繁花说："这亚男真是越长越好看了,你看那鼻子、眼睛,特别是那眉毛,秀气很得,雪娥还是很有福气的。"这话其实是说给亚男听的。亚男果然不再生气了。她到底大了几岁,已经知道害羞了,脸上浮着笑,小脸却红得跟樱桃似的。小红突然眼睛一亮,说："有了,有了。"繁花问什么有了,小红说外国人要来的话,她有办法招待了。别说,小红的办法也真够绝的。她说她准备把村里的小孩子组织起来,让孩子们来一个童声合唱。至于唱什么歌,她得好好想想。眼看小红越来越当真,繁花心里直想笑。但是,事已至此,她也只好顺着小红的意思往下走。她就说："好,你办事,我放心。这事就交给你办。"

　　雨还在下。小红把伞"哗"地一撑,对亚男说："好孩子,跟我走。你给妹妹打伞。"繁花陪着小红走了出来,走到繁新家的牛棚旁边的时候,繁花说："小红,令佩回来了,你知道的吧?"小红辫子一甩,说："他没死到里头啊。"繁花说："我看他活得挺好的,好像还吃胖了。"小红撇了撇嘴："你说说,他怎么没死到里头啊。"这会儿,繁新把奶牛赶出来了。奶牛身上一片黑,一片白,黑的像棉桃,白的像棉花。小红毕竟还是个姑娘,正爱干净呢,见奶牛走了过来,就牵着孩子的手,捂着鼻子跑开了。繁花笑了笑,直接去了村委。

铁锁胃口很好,早餐吃得连半点渣都不剩。繁花盯着那盘子看了一眼,正想挖苦铁锁两句,铁锁倒先开口了:"喂,你家的鸡喂了食品添加剂了吧?这鸡蛋难吃不说,主要是有一股鸡屎味。"繁花家里没有养鸡,鸡蛋都是在村里买的,其中就有铁锁家的。繁花没理他,先打开窗户给房间通风透气,然后又把掉到地上的一只枕头捡起来。繁花背对着铁锁,拍着枕头上的土,说:"那你可以不吃嘛,饿死算了。"铁锁说:"你这是软禁。"繁花把枕头扔给庆书,说:"庆书,我们软禁他了吗?"庆书说:"我靠,他倒睡得香,还说梦话呢,说说笑笑,搞得我一宿没有合眼。"繁花转过身来,面对着铁锁,说:"哟,铁锁,梦见生儿子了吧?"光天化日之下,铁锁竟然装起了糊涂:"谁生儿子了?这么说,我刚好赶上喝喜酒了?"繁花的火气噌噌往上蹿,声音突然就抬高了:"装什么蒜!雪娥怀孕了你知道吧?"铁锁说:"不知道。"庆书一下跳了起来:"不知道?你敢说你不知道?"铁锁说:"我也是从你那里知道的嘛。"繁花说:"你自己干的好事,跟庆书有什么关系?"铁锁说:"反正是他告诉我的。反正我不知道。"繁花说:"照你这么说,难道是别人替你下的种?雪娥要是知道你这么乱咬,非把你的嘴撕烂不可。你让人家雪娥以后怎么有脸见人?"铁锁急了,先是双手乱抖,随后竟然扇起脸来:"我,我,我也没说什么呀?"繁花给庆书使了个眼色,让他准备记录。庆书没翻本子,而是从抽屉里取出了一个扑克牌大小的录音机。繁花对铁锁说:"那你现在可以说了。"铁锁说:"让我说什么呀?"繁花说:"雪娥是怎么怀孕的你就不用说了。不说我们也知道。怎么逃避了体检的,你也不用说了,我们查得出来的。你只要说出雪娥藏在哪里就行了。只要你说出来,我亲自去接她。"铁锁说:"我要是知道还能不告诉你?我是真不知道呀。"

　　看来这人是吃了秤砣,铁了心了。繁花想,只可惜我是女的,还是名干部,好歹也是个人民公仆,不然我真敢扇他。繁花坐到了办公桌上,这样一来她就比铁锁还高了,说起话来好像就平添了一份威力。繁花正要训他,突然想起雪娥说的出门见到和尚的事。繁花就问:"铁锁,前段时间你家门口是不是来了一个和尚?"铁锁说:"和尚?什么和尚?你总不会说雪娥跟和尚有一腿吧?"繁花说:"我要是雪娥,非把你的嘴撕烂不可。我是问你,你是不是遇到了一个和尚?"铁锁这才说遇到过。繁花一拍大腿,顺风扯旗来了一段:"你完了。你彻底完了。和尚是什么人?和尚能传宗接代吗?唉,你出门就遇到了和尚,这可不是什么好兆头。"铁锁嘻嘻一笑,说:"你说不是好兆头就不是好兆头了?那我的电视机是怎么摸来的?"

十四

　　繁花一时还真的接不上茬了。庆书也傻了,眼神都变虚了。但繁花毕竟是繁花,怎么能让铁锁给唬住呢。繁花换了个坐姿,靠着墙,还把枕头当作靠垫靠着,那样子就像准备持久战了。繁花尽量把声音放平,说:"那电视机你要是没摸着倒好了,摸着了反而坏事了。你是抓了芝麻丢了西瓜。福无双至,祸不单行嘛。这是什么意思你懂吗?懂了就好。这说的就是你。就你这个样子,还想生个男孩?做梦吧你。"铁锁说:"豆豆也是女孩,你也遇到和尚了?"繁花说:"我没有你运气好,没遇到和尚。所以我想生什么就生什么,想生女孩就生了个豆豆。女孩好啊,女孩长大了孝顺。"铁锁用鼻孔"哼"了一下,不吭声了。繁花说:"该说的我都说了,你再想想吧,想通了就把雪娥交出来。"铁锁呢,像个没事人似的,从地上捡起一个烟头,借庆书的火点着,有滋有味地抽上了。收回火机,庆书把那火机打得啪啪直响,突然来了一句:"哈哈,拉丁美洲。"话说得突然,繁花一时没有反应过来。片刻之后,她才想到庆书是鹦鹉学舌,学的是麻县长。庆书又说:"非洲。"繁花想,庆书这是在提醒我呢,提醒我吓唬吓唬铁锁呢。但是麻县长的话怎么能当真呢?那只能吓唬三岁小孩儿。其实三岁小孩儿也吓唬不住,非洲又不是老虎。繁花正想着下一步该怎么办,铁锁突然扔掉烟头,说:"对,非洲。娘那个×,那娘儿们扔下我们爷儿仨,跑非洲去了。"

真是对牛弹琴了。要真是对着繁新的奶牛弹琴的话,那奶牛说不定还真的会像电视上说的那样下几两奶呢。看来,铁锁连头奶牛都不如。繁花都懒得搭理他了。繁花顺手拿起一张报纸看了起来。看了一会儿,她掏出手机给小红打了个电话。趁电话没有接通,她对庆书说:"待会儿,你在会上提一下,这个月的手机费每人多报五十块钱。我批了就是了。"小红的电话还是没有人接。繁花这才想到,小红可能带着铁锁的两个女儿出去转悠了,也可能是牵着那双姐妹的手,正挨家挨户通知干部们前来开会。她不想再看见铁锁,就从房间走了出来。空气中有股子臊味,还有股子腥味。臊是动物的臊,腥是男女裤裆的腥。臊了好啊,臊是牛欢马叫,是政绩和选票。腥呢?腥就得一分为二了。往好处说是男欢女爱,是子孙繁衍。往坏处说呢,那就是操来操去,把计划生育都操到脑后了。那是掉下去的政绩,是流走的选票,还是麻县长发火时黑成一片的麻子。也不知道怎么搞的,一到下雨天,繁花就会想到房事,就会想到那股子腥味。她对那股子腥味有一种厌恶,但是怪就怪在这里,厌恶当中又有一种迷恋,而有了这迷恋就又有了一种不要脸的快意。他娘的,要不是铁锁这种鸡巴事,这会儿她真的会和殿军蜷在被窝里。豆豆就是在连绵的雨天怀上的。一想到豆豆只能和兔子一起玩儿,她的心就一软,就像一朵漏摘的棉花,还淋着雨,很可怜地挂在枝头。唉,其实刚才说给铁锁的那些话,她自己也是不信的。她只是迫不得已,信口胡说。她其实也想再生个男孩。他娘的,要不是干这个村委主任,必须给别的娘儿们做表率,她还真想一撅屁股再生一个。

　　过了一会儿,开会的人都来了。祥民也来了。祥民把他的夏利车开进了院子,钥匙丢给了繁花。繁花问他,教堂修得怎么样了。祥民说:"阿弥陀佛,万事俱备,只欠东风了。"繁花问,那"东风"倒是什么玩意儿。祥民说:"就差一个会布道的人。按说,我也能糊弄几句,可我是本地人呀。远处的和尚会念经,所以得从外面请。阿门。"繁花听得想笑,顺嘴问了一声,要从哪里请。祥民说:"东边、西边、北边都行,就是不能从南边请。"门道还不少呢。至于为什么不能从南边请,祥民也有自己的解释:"念过经的人都知道,南无阿弥陀佛嘛。"这时候,繁奇过来了。繁奇说,他老伴想吃山药蛋,正宗的山西种的山药蛋。他问祥民什么时候去山西。祥民说,山西他是不敢再去了,那里的小伙子看见他的车就砸,说姑娘都被他抢光了,他的玻璃已经换了好几遍了。繁花说:"千里姻缘一线牵嘛,有什么想不开的。"祥民说:"话可不能这么讲。我要把你卖到了山西,我姑父张殿军怎么办?还不把腿给我打瘸了。"繁花拿着钥匙朝祥民打了过去:"没大没小的,我这就打瘸了你。"祥民立即装作瘸腿的样子,往大门口跑。地上有泥,他没跑几步,就像踩住了西瓜皮似的,一下子滑倒了。人们都笑了,坐到会议室以后那笑声仍在继续。他们就在那笑声中开始讨论雪娥的藏身之所。

　　经过一夜的"休整",庆书现在变得积极了。他放了头一炮。他提到了雪娥的娘家,十五里之外的姚家庄。女人出了事就往娘家跑,天经地义嘛。祥生提到了铁锁的舅家,姚家庄南边的水运村。理由是外甥是舅家的狗,吃了喝了还要叼着走。外甥媳妇肚子大了,当舅的自然不能不管,所以去一趟是免不了的。李雪石说,雪娥的舅家也得去一趟。铁锁的舅是舅,雪娥的舅也是舅,都是舅。李雪石话音没落,人们已经笑成了一团。这里面有典故的。庆茂当支书的时候,李东方的媳妇张石榴追求上进,想入党,找到了庆茂。庆茂这人除了私心大,还有一个毛病,就是老牛吃嫩草好那一口,见到漂亮媳妇就走不动。张石榴的妹妹是否真的像范医生说的跟韩国影星一样漂亮,繁花不知道,但繁花知道张石榴确实很漂亮,有点像港台影星。张石榴以前在溴水最大的超市当过导购小姐,也当过迎宾小姐,到现在还喜欢趿拉着拖鞋在村子里走猫步。庆茂那天刚好喝了酒,舌头都大了。见到了石榴,糊里糊涂地,就把心里话说出来了。庆茂说,你想入我的党,我得先入你的裆。你的裆是裆,我的党也是党,都是党(裆)。说着,还把自己的脑袋摇得跟拨浪鼓似的,说,当哩咯当,当哩咯当。这会儿雪石见人们都笑了,就装得不明白似的,问:"笑什么笑,谁敢说雪娥的舅不是舅?"繁花用钢笔敲了敲笔记本,说:"好,雪娥的舅家也算上。"祥生提到了丘陵地里的那个水泵房。那是农业学大寨的时候修的,从来就没用过。繁花说:"改天,我问问李皓,他常在那里放羊。谁还要发言?"

铁锁一直站在门口,繁花让他贴墙避雨,他却站在雨中,浇了个半湿。嘀,他可真会玩啊。先玩了个三十六计走为上计,这会儿又玩上了苦肉计。你不是想玩吗,我就让你玩个痛快。会议进行到一半的时候,祥生问繁花,要不要叫他进来?繁花说,叫他再淋一会儿吧,淋了好,淋了就清醒了。会议快结束的时候,繁花吐口了,让庆书把他叫了进来。

十五

　　铁锁前脚进门,繁花就扯起桌布,兜脸甩给了他,叫他先把雨水擦干。当着众人的面,繁花问他:"铁锁,我们的工作重心是什么,你知道吧?"铁锁说:"经济建设嘛。"繁花说:"不简单,铁锁不简单,铁锁还是懂政治的。但是!因为你,就因为你,因为雪娥的肚子,我们的工作重心已经转移了。这是什么错误?这是政治错误啊。"听到"政治错误"四个字,铁锁似乎有点慌了。还摸了摸头,好像在估算那"帽子"是否合适。繁花又吼了一声:"再给你一个机会,只要你说出雪娥的下落,这事就当没有发生过。"铁锁说:"你们不是说去非洲了吗?"繁花说:"都看见了吧?他是吃了秤砣了呀。"人们都说是,是铁了心了。繁花说:"找人的费用村里不能再垫了。具体该谁掏,大家都心里有数,羊毛要出在羊身上嘛。"这时候,庆书说:"这个月,手机费肯定要往上蹦了。"繁花说:"那也是工作需要嘛。大家说说该怎么办?祥生你说呢?"祥生说:"你做主吧。"繁花说:"你先拿个意见出来嘛。"祥生的口气有点变了,都有点撂挑子的意思了。祥生说:"我什么事都没意见。"繁花笑了笑,说:"反正我们不能再往里面贴钱了。这样吧,每人先补五十块钱。我想,这五十块钱,也会出在羊身上的。"

麦田里起了一层雾,白雾中落着一群乌鸦。车经过的时候,乌鸦飞了起来,雾也被搅乱了,乍一看,好像乌鸦是身披着轻纱在飞。这会儿,繁花正领着一干人,直奔姚家庄。车是庆书开的,庆书还特意带上了一截武装带,准备捆人呢。繁花当然知道雪娥不会躲在姚家庄,但她还是决定去一趟。姚家庄紧挨着麻县长的老家张店村,它们都属于南辕乡。她的老同学,也就是南辕乡的乡长刘俊杰,和麻县长私交很好。她想,退一步说,最后要是没能找到雪娥,刘俊杰就可以替她给麻县长捎话,说她是尽了力的。这会儿,她掏出手机给刘俊杰打了个电话。她没说她是孔繁花,说了,那小子可能就溜了。刘俊杰牛皮烘烘地"喂喂喂",问她是"哪一位"。繁花用普通话说:"报告一下你目前的位置。"完全是上级的口气。刘俊杰一下子谦恭起来了,繁花能想象到他耸起了双肩,缩起了脖子。刘俊杰报告说,他正要下乡,因为风雨来得骤,他得下去检查一下农田灌溉设施。还说他现在充分认识到,农闲时不修渠,到了排涝、浇地的时候,临时抱佛脚,佛都不理你。俊杰那张嘴啊,可真是能吹啊,一套一套的。繁花忍住笑,说:"好,很好,下午两点钟回到办公室即可。"合上手机,繁花很是乐了一阵。突然,几乎是出其不意的,她肚子里泛上来了一股子酸水。当初,要不是和殿军谈恋爱,成天逃课往校外的青纱帐里钻,她现在肯定比刘俊杰混得好。青纱帐里蚊虫肆虐,可当初我为什么就那么鬼迷心窍呢?唉,这都是命啊。

祥生也在车上。他要车把他捎到王寨,然后他再转车去溴水。祥生穿着西装,打着领带,还真像是办外交的。不过,他忘记刮脸了,胡子拉碴的,就像戴着毛皮面具。繁花和祥生坐在后排。祥生想和她谈谈老外的事,繁花把食指竖在嘴边,意思是以后再谈。她跟祥生开了个玩笑:"听说你把咱村好几个媳妇都弄到城里卖凉皮了。"祥生说:"她们求到我,我也没办法。"繁花说:"那营业证也是你替她们办的?"祥生说:"鸡巴毛,营业证是那么好办的?不送礼,一年都批不下来。用的都是我的营业证。反正摊位连在一起,就算一家人开的吧。我已经把检查人员喂饱了,他们睁只眼闭只眼也就过去了。"坐在前排的雪石说:"我靠,你现在是航空母舰啊。"祥生说:"航空母舰说不上,汪洋中的一条船还差不多。"庆书扭回头,说:"怪不得人家说你后宫三千。"祥生说:"庆书啊庆书,你真是狗嘴里吐不出象牙。"繁花说:"就是,兔子还不吃窝边草呢。祥生,这是好事,解决了农村的剩余劳动力,为村里立了大功。要不要我给繁荣打个招呼,让她在报纸上替你吹一下?"祥生连连摆手,一迭声地说"不敢不敢",不就是卖个凉皮嘛,小本经营,值得吹吗?不值得。繁花想,祥生是聪明人。还真的不敢吹,一吹就露馅了。繁花曾听坐在前排的雪石说过,祥生是鸠占鹊巢。那些摊位原来属于陕西人,祥生雇了几个街头的混混,把人家都赶到城外了。这会儿,雪石说:"祥生,我那闺女今年要是考不上重点高中,就让她跟你干吧。"祥生说:"我可不敢耽误孩子的前程。孩子只要能考上,我赞助一笔学费。"繁花说:"我替殿军做主了,殿军也赞助一笔。"这时候,王寨到了,祥生下了车。祥生一下车,雪石就说:"穿着西装卖凉皮,也是溴水一景啊。"繁花笑笑,没有接话。

冒雨走了半天,车下了柏油路,驶上了一条泥泞小路。车颠得厉害,庆书说开坦克也没有这么颠。雨雾中出现了一片农舍,还有些酒的香气,很有些古诗中杏花村的意思。那就是姚家庄。跟官庄比起来,姚家庄可真算是"古"的,也就是穷。虽然也盖了些两层楼房,但院墙却多是土坯垒成。越穷的地方,酒风越盛。雪石发了声感慨:"还是繁花说得好啊,要注意解决剩余劳动力问题。这问题太重要了,抵得上计划生育了。吃完饭没事干,夹着鸡巴到处窜,窜到东家喝杯酒,再去西家的麻将摊。那还了得?"都笑了,笑声中听到了猜拳行令的声音。

十六

　　那声音是一截土墙后面传过来的。这里的土墙上到处是石灰刷的标语,大都是宣传计划生育的。那标语很有麻县长的风格。比如"横下一条心,挑断两根筋"。那"两根筋"自然是输精管和输卵管。"筋"字下面有一堆垃圾,垃圾旁边是一个树枝围起来的厕所,屎尿都从里面流出来了,树枝上落了一层苍蝇。从那里往前看,又看到一条标语,"上吊不解绳,喝药不夺瓶"。这说的就是见死不救了。难怪南辕乡的计划生育搞得好,人家是屁股夹斧头,破屎(死)上了。那字足有一人高,一条标语写下来,往往要经过院墙、猪圈、牲口棚、麦秸垛,跑到另一堵院墙上面。"这都是先进经验啊,"庆书说,"尚义的毛笔字不是写得好吗,回去就让他写。"有一堵院墙上只写了一个字,"瓶"。"瓶"字后面就是姚雪娥的娘家。

　　姚雪娥的母亲在家里,皂青色的布衫,头上绾了个髻,很利索一个老太太。听说是官庄来的,老太太脸一皱,撩起衣襟擦着手,半天没吭声。大概以为是报丧来的,嘴唇还抖了半天。繁花忙说,路过这里,知道是铁锁的丈母娘家,就来讨碗水喝。老太太放松了,随即捋起袖子要下厨房擀面。繁花连忙拉住她,说一会儿就走。老太太问繁花跟雪娥谁大。繁花说:"我是姐,雪娥是妹子。"老太太下巴一收,说:"雪娥可比你显老。"繁花说:"雪娥是让孩子给连累的,两个孩子跟在屁股后面要吃的要喝的,还要上学,操持那个家不容易啊。"老太太说:"两个孩子怎么了?雪娥弟兄姊妹四个,俺还不是把他们拉扯大了。雪娥最小,三岁了还吃奶呢。奶水都没了,可她就是不松嘴。雪娥是给惯坏了,长大了屁本事没有。"繁花想,看来雪娥从小就会撒泼了。繁花问老太太,雪娥多长时间回一次娘家。老太太说:"嫁出去的闺女泼出去的水,轻易不回来。她还是种稻子的时候回来过。"喝着水,繁花对老太太说:"雪娥的那两个姑娘有出息啊,成绩很好。"老太太说:"好是好,就是没生个带把儿的。"繁花说:"带把儿的有什么好,小时候调皮捣蛋,长大了还得跟你要媳妇儿。"老太太说:"俺也是这么说她的,可她就是不听。生了又是罚款又是扒房,还得娘家往里贴。她三个哥哥都是媳妇儿当家,谁敢给她贴钱。"繁花对雪石说:"老太太脑子多清楚。不像我那婆婆,天生个糊涂蛋,整天就会在背后嘟囔,说我没给她生个带把儿的。"雪石多聪明的人,就跟她肚子里的蛔虫似的,上来就理解了她的意思,低声说了一句:"反正殿军他妈早就死了,你怎么骂她也听不见。"

　　繁花陪老太太说话的时候,庆书到房间里转了一圈。庆书可真能出洋相,连院子里的鸡窝也没有放过。繁花准备起身的时候,老太太突然来了一句:"官庄的井水没毒吧?"这一句毫无来由,听得繁花一愣。繁花问:"井水怎么会有毒呢?"老太太说:"这村井水里就有毒。也真是怪了,每年种完麦子,井水就有毒了。得罪了老龙王了?"雪石还有一口水没咽下,赶紧吐了。从那里出来,繁花说:"老太太真是不能夸,刚夸过她脑子清楚,转眼就又糊涂了。把龙王都扯出来了。"回到写有"瓶"字那堵墙下,繁花交代庆书和雪石,一定再到雪娥的三个兄长家里看看。"你呢?"庆书问。繁花说:"我得去一趟南辕。强龙不压地头蛇啊,说起来,咱们是来人家的地面上逮人了。不跟地头蛇打招呼,怕有麻烦。"

两点半钟的时候,繁花来到了南辕乡政府大院。跟王寨乡不同,政府大院除了门卫,院子里还有人站岗。门卫把繁花领进办公室的时候,"地头蛇"刘俊杰果然在那里等她。当然,准确的说法应该是等"上级领导"。看到刘俊杰那个样子,繁花差点笑出来。刘俊杰拎着帆布雨衣,眉毛上挂着水珠,裤腿一直卷到膝盖,地上有两片泥,真的像是刚刚视察归来。不过那办公桌上倒是紊而不乱,还摆着一面小红旗,大小跟红领巾差不多。繁花听妹夫说过,官员办公桌上的摆设也是有讲究的,分境界的。最高的境界就是"紊而不乱"。"紊"说明工作忙,"不乱"说明思路清楚,胸有成竹。这会儿,看到进来的是繁花,刘俊杰的嘴巴一下子张大了。握手的时候,他还舍不得把雨衣放下。他先给秘书挂了个电话,让他上来一趟,然后对繁花说:"我要接见一个人,先让秘书给你倒杯茶,过一会儿我去找你。"繁花说:"你怎么了?让车撞了?身上哪来那么多泥?"刘俊杰没说他下乡了,而是说不小心滑倒了。他揉着膝盖,咧着嘴,倒吸着冷气,好像真的很疼。事已至此,繁花当然不能说出真相,只能与他一起演戏。她问:"要不要到医院看看?"俊杰说:"男子汉大丈夫,咬咬牙就过去了。你先下去吧。"

繁花跟着秘书下了楼。见那秘书衣服整洁,繁花就问他是不是没跟刘乡长下乡。秘书说:"下乡?刚才刘乡长还在主持会议呢。"繁花赶紧把话题引到了绿化问题上,说:"这院子绿化得好啊,天都冷了,还开着花呢。"秘书说,那些花木都是张(麻)县长以前栽下的,现在专门有人照看,连施的肥都是从山区运来的。繁花不懂了,为什么要用山区的肥料?秘书说,山区的人吃的屙的都没受过污染,屎尿很干净,花木用了不容易生虫。又说,好是好,就是运费太贵了,运过来比可口可乐都贵。这院子后面,还有一片林子。秘书说,到了春天,桃花怒放,樱花遍地,连铁树都会开花。

十七

秘书的态度很热情,热情都有点过了。就看你怎么理解了,反正繁花从中感受到那么一点嘲讽。那秘书说:"既然是刘乡长的老同学,那肯定是贵客了。这样吧,晚上我安排你到林子里住。"他说,那林子里有几个小木屋,外面看着简陋,里面设施却是一应俱全。一般人是不会让住的,只有上面来了人,或是乡长的老朋友来了,才会接待的。这就是不打自招了。毛主席在世的时候说过,党内无派,千奇百怪。繁花想,这秘书肯定是刘俊杰的反对派。繁花连说:"不敢麻烦,不敢麻烦。"秘书很诡秘地笑了笑,说:"男的来了比较麻烦,这个不行,那个也不行。你是个女的,有什么麻烦的?"

繁花不敢接腔了,接下去秘书的嘴里指不定飞出什么幺蛾子呢。繁花换了个话题,问秘书在这里工作多少年了。秘书伸出了三根手指头。繁花还以为是三年,不料人家说的是三届。在院子里站了一会儿,秘书将繁花领进了办公室。办公室的桌子上,铺着一面红绸,上面绣着标语。繁花一看,心里咯噔了一下。那红绸上绣的是标语,分上下两排,上面一排是中文,下面一排是英文。还有一个教师模样的人,此刻正在砚台里磨墨,是写标语用的。那标语有中文,也有英文。繁花还是第一次看到有人用毛笔写英文。繁花问秘书这是怎么回事,是不是美国人要来南辕了?已经定下了吗?秘书笑了笑,将红绸卷到一起,说:"刘乡长交代了,不打无准备之仗。如果来溴水,我们肯定要争取。至于来不来南辕,七分靠天意,三分靠争取。至于来了以后,能不能合作,以后再说。这么说吧,我们的乡长找人算了两次,一次是瞎子算的,一次是大学教授算的。瞎子掐的是刘乡长的八字,教授用的是《周易》。杀鸡杀屁股,一个人一个杀法。你猜怎么着?结果完全一样,都说有贵人相助,他们肯定会来。"繁花问他们是怎么争取的,秘书不说话,而是用手指了指墙。那墙上挂着一幅放大的照片,是麻县长升官之前和乡干部的合影,麻县长面部很矜持,矜持中带着一方诸侯的尊贵,他身后站的那个人就是俊杰。俊杰穿着中山装,口袋里别着钢笔。那时候的刘俊杰还有点羞涩,下巴是勾着的,好像不敢看镜头似的。繁花明白了,秘书说的"贵人"就是麻县长。繁花想,看来,祥生真的是白忙了。不过,这还不能告诉他,让他白忙一阵再说。

  繁花正看着照片,刘俊杰进来了。他亲自来叫繁花了。一转眼,刘俊杰已经装扮一新,西装都换上了。繁花说:"对不起,事先应该给你打个电话的。"刘俊杰问繁花,上次去外地考察玩得怎么样。繁花说:"一路上净听黄段子了。一个比一个骚。"刘俊杰把繁花领出秘书的办公室,说:"告他们,告他们性骚扰。"繁花说:"你去了,也好不到哪里。"刘俊杰说:"我要去,可就不光是口头上了,我还得有实际行动,争取给殿军戴顶绿帽子,让他冬天暖暖和和的。"繁花说:"德行,臭美吧你。"上了楼,刘俊杰说有什么事需要他办,尽管提。繁花说没什么事,只是路过这里,过来看看老同学。刘俊杰手按办公桌,身体往前一探,像鸡那样来回侧着脸,说:"真的没事?过后你可别埋怨我。"繁花说:"真的没事。"刘俊杰把脚放在另一张椅子上,捋着领带,说:"晚上我摆一桌,把南辕的老同学都叫过来。"繁花说:"我女流之辈,不能喝酒。一喝酒,什么事都耽误了。"刘俊杰立即坐正了,用红蓝铅笔点着桌子,说:"你看,还是有事嘛。说吧,只要是归南辕地界的,我保证让你满意。OK?"繁花说:"说了你也办不成。"刘俊杰说:"激将法是不是?是亲戚上学的事吧?告诉你,南辕初中还有两三个内部名额。"繁花这才告诉他,是计划生育的事。刘俊杰说:"哪个亲戚多生了?我靠,你真算难住我了,什么事我都可以给你办,就这种扯淡事,我帮不上忙。要摘乌纱帽的。"

繁花已经憋了好半天了,再憋下去就憋出毛病来了。但她没好意思大笑,笑了两声就止住了。刘俊杰说:"我靠,原来你是吓唬我的。"繁花说:"吓唬你干什么。我说的是真的。我的村子里有人计划外怀孕了,她的娘家在姚家庄。我带了一帮人来这里找她。路过你这方宝地,我就拐过来看看你。"刘俊杰说:"姚家庄?姚家庄可是先进文明村。""文明"两个字俊杰说的是英语。怕繁花不懂,俊杰自己翻译过来了。看来俊杰也吃不准自己说得对不对,说过以后又拉开了抽屉,拿出来一本书。那书虽然包上了封皮,但繁花知道,那肯定是《英语会话300句》。他查单词呢。繁花说:"还文明呢,屎尿遍地流。"俊杰一边翻书一边说:"瞧你说的。没有今日屎尿臭,哪有来年稻米香?说说看,人抓到没有?"繁花说:"抓个屁。你们南辕的女人怎么跑得比兔子都快。"刘俊杰把抽屉一关,说:"兔子可都是趴在地上交配的,我还没听说过边跑边交配的。所以,要批评,首先得批评那只公兔。说吧,那只公兔是不是你的本家,你不好下手。"繁花说:"他姓李,我姓孔,狗屁本家,八竿子都打不着。"刘俊杰说:"那你罚他不就行了？先罚他个半死,再来上一刀剐了他。"

繁花说:"罚？他穷得都快揭不开锅了,怎么罚？他是要钱没有,要命有一条。眼下最关键的是找到那个女的,让她把孩子打掉,再晚就来不及了。肚子已经大了。"刘俊杰说:"我怎么有点听不懂了。不是一个月检查一次吗,肉眼都看出来了,机器还能看不出来？机器坏了？"繁花说:"谁知道呢,反正肚子大了。"

十八

刘俊杰说:"要真是机器坏了,那多生的可就不是一窝两窝了。要真是那样,可就有你们王寨乡的好看了。你们的牛乡长不愧是姓牛的,全溴水吹牛皮第一高手。有句笑话,说的就是你们王寨乡。别的地方是'三个代表',你们呢,却是'三个基本'。哪'三个基本'呢?通知基本靠吼,交通基本靠走,安全基本靠狗。我靠,都穷成这样了,牛乡长还是敢吹,说你们的 GDP 增长了 15%。吹糖人呢?关于计划生育问题,你们牛乡长也没少吹。他可是放话了,说你们乡一定会完成任务的,这一下牛皮算是吹破了。人啊,不定会栽在什么地方呢。"刘俊杰脸上飞出了三朵红云,两朵飞在腮帮,一朵飞在额头。还有些雾气腾腾的,那雾气是从肉里透出来的,那是一种杀气。刘俊杰突然又问:"你跟牛乡长关系怎么样?他是不是经常找你?"繁花说,他找我干什么。刘俊杰说:"他难道不深入群众吗?"繁花说:"我又不代表群众。"刘俊杰说:"要是这样,你就别指望他帮你了。"繁花说:"我本来就没指望他。唉,你要在王寨乡的话,那该有多好。"刘俊杰说:"那倒是,咱们是老同学嘛,一个锅里吃过饭的。但是眼下,你得集思广益,拿出个办法。"

繁花连忙问他有什么办法。刘俊杰摘下眼镜,用桌子上的那面红旗擦了擦镜片。繁花这才注意到,红旗旁边还放着一面小旗,是美国的星条旗,电视上出现过的。擦完眼镜,俊杰说他也没有什么好办法。他最近很忙,要到各村视察工作,还要参加一些必要的"外事活动",所以这些陈芝麻烂谷子一类的事,他没有时间去考虑。不过呢,前段时间在党校学习的时候,"无意中"听到北边"某个乡"的乡长讲过怎么搞计划生育,倒是受了一些"启发"。繁花立即表示愿意学习先进经验。刘俊杰说,只是手段有些损,只能口传心授,不能形成文件。再说了,南辕乡的计划生育已经搞得很好了,没必要再多此一举了,所以他当时并没有太留意,只是听了个大概情况。繁花的胃口被吊得高高的,喉咙都有些响了。刘俊杰说,那人的意思说白了其实很简单,就是想办法让怀孕的人感到恶心。恶心懂吗?不是生理上的恶心,而是心理上的恶心。具体地说,就是让那娘儿们自己都感到这孩子不能要了,一天不打掉,就做一天的噩梦。刘俊杰说,那人说得很邪乎,说到了那个时候,那娘儿们自己都会往医院跑,你拦都拦不住。繁花想,世上竟有这等好事?我怎么一点都不知道?难怪殿军说我"太封闭了"。俊杰吸溜了一口茶,说:"就这些,听明白了吧?"繁花愣了,还没有开讲呢,我有什么明白不明白的。俊杰说:"挺聪明的人,非得我说透啊?"繁花赶紧把自己骂了一通,说在下面待久了,脑子都生锈了。俊杰说:"孕妇最怕什么?生怪胎,双头人什么的。"俊杰双手握拳,拳头竖在耳边,代表另一只头。"你就问她,怀孕的时候有没有感冒。我敢肯定她感冒过。然后你就问她吃了什么药,打了什么针。然后你就一吐舌头,什么也别说,站起来就走。她越是拉住你让你说,你越是不说,急死她狗日的。当中隔一天,你就让村里的医生来问她,问她最近身体怎么样,脸色怎么有点不对劲。医生你总可以买通吧?不就是一个赤脚医生嘛,你要不让他干,在他前进的道路上撒几个玻璃碴,就把他治趴下了。"撒玻璃碴那个动作,俊杰做得最潇洒,像京剧中甩水袖。繁花想,这怎么有点像麻县长了?俊杰又说:"你放心,孕妇可能不信你的话,但医生的话她不能不信。医生让谁死,谁今天脱了鞋明天就不穿了。医生一开口就是科学。明白了吧?"

听倒是听明白了,问题是理论和实际有些四六不靠。村里有些人遇到头痛脑热,那是从来不看的,挺尸一样躺上两天就又下床干活了。雪娥就是这样,去年下田插秧,脚板被铁丝扎了,都快扎透了,她都舍不得上医院。再说了,她跟宪玉是吵过架的。别说宪玉不会去说,就是说了,她也不信。"遇到这种鸟人,又该怎么办呢?"繁花问。"举一反三嘛,只要让她恶心就行,"俊杰都急了,"比如水,水是可以污染的吧?你就说井水污染了,为了让人相信,你可以组织人给井水消毒。这样一来,她不信也得信了。堂堂的官庄村总不至于连消毒水都买不起吧?"繁花突然想起来了,姚家庄那个老太太曾问过她,官庄的井水有没有毒。看来,老太太说的就是这件事。繁花没有说破此事,只是问:"有人是刚结了婚怀孕的,人家不也跟着倒霉了?"俊杰又把北边的"某个乡长"抬了出来:"问得好,当时也有人这样问。你猜那位老兄是怎么回答的?宁可错杀一千,决不放掉一个。"说这话的时候,俊杰用红蓝铅笔在下巴那里比画了一下,很轻盈,很优雅,很酷。俊杰说:"这办法有点狠,我也很反感。但是,有人说了,搞改革嘛,哪有十全十美的。"

唉,找不到雪娥,再好的办法都是白搭,所以繁花还是愁眉不展,身体都塌到椅子里了。刘俊杰叹了口气,说:"那就让她生呗。只要她能证明哪个孩子是心脏病,或者是个傻×,必须再生一个养老送终。"繁花说:"这我知道,以前用过的。"刘俊杰说:"看看,繁花还是很聪明的嘛!人还能让一泡尿憋死?办法总是有的。"繁花说:"实在没办法了,也就只有再用一次了。唉,听你这么一说,我心情好多了。你要是在王寨乡任乡长,我就可以经常请教你了。"刘俊杰摆了摆手,很谦虚的样子,说:"快别这么说,王寨乡能人很多,我可管不住。"刘俊杰说完就站了起来。

十九

　　繁花想,这是要送客了,看来我应该告辞了。刘俊杰没有再挽留她,送她出门的时候,刘俊杰拍着繁花的肩膀,很认真地说:"老同学啊老同学,有些事你其实可以问问铁拐李。我还得经常向他请教呢。异人必有奇志,奇人必有妙想。铁拐李放的可不是羊。他麾下的那群羊都有官衔,局长,处长,县令,太尉。你不知道?你看,深入群众还是做得不够吧?人家那群羊,最不济的一个也叫押司,宋江宋押司。反正啊,古今中外全都齐了。那只头羊就叫总统,总统的女儿叫格格。那天去官庄,我们就把格格给烤了吃了。"

　　刘俊杰派车把繁花送了回来,车是红旗车,一看就是从省里淘汰到县里,再由县里淘汰到南辕乡的。出来的时候,俊杰塞给繁花一瓶五粮液,一瓶波尔多葡萄酒,还有一条万宝路香烟,说是送给殿军的。路过一个集市时,繁花又买了几个凉菜,一只烧鸡,一只熏兔。没有刘俊杰的这番话,她也准备拉李皓喝酒呢,现在她只是要把"请李皓喝酒"改成"拜访李皓"。

　　司机在放音乐,那音乐跟念经似的,很好听,说的是牧羊人的故事。繁花想,这曲子倒很适合李皓。她问司机,这磁带是在哪里买的,司机说,教堂里买的。原来这司机也是信了耶稣的。繁花问:"你怎么想起来信耶稣了?"司机说:"司机嘛,几块钢板夹了一块肉。有人信菩萨,有人信耶稣,求个安全罢了。"繁花这才注意到,车里挂着一只小十字架。繁花想,何不买些小十字架、磁带送给村里的那些信教的人呢?再说了,自己去拜上一拜,也没有什么坏处。司机说,往前走不远,到了北辕乡,就可以看到教堂了。北辕也有教堂?这倒奇怪了,她经常路过,怎么从没见过。繁花就让司机把车开过去。北辕乡是个小乡,但北辕村却是个大村。司机绕着北辕村开了好一会儿,在村西的一个破房子跟前停了下来。这地方繁花也是来过的,它原来是个小学。后来教室的山墙塌了,砸死了几个学生,学校就换地方了,搬到了村南。繁花原以为它已经拆掉了,哪知道眼睛一眨老母鸡变鸭,它竟然变成了一个乡村教堂。那倒掉的山墙已经垒起来了,是用半截砖垒的。屋脊上固定了一根木头,木头的上端削得很尖,那就权当电视里经常出现的教堂的尖顶了。门口很热闹,有羊肉烩面馆,剃头铺,狗不理包子铺。有一辆架子车上放满了磁带和盗版书,架子车上方用塑料布搭了个篷子,是用来遮雨的。繁花就在那里买到了磁带和小十字架,顶十斤鸡蛋的价钱。把东西装好,繁花和司机一起进了教堂。里面有好多人在唱赞美诗,所以空气中有一股子口臭。有一个女人,从背后看也是大屁股,也是剪发头,很像姚雪娥。繁花心里一惊,忍不住过去看了一下,原来是个老太太。

重新回到车上,繁花把一盘磁带塞给司机,让司机放一下。"就听刚才的那个,里面有放羊什么的。"司机把磁带放了进去,最先出来的那支曲子叫《马槽》:

　　远远在马槽里,无枕也无床,小小的主耶稣,睡觉很安康。

繁花想,这盘带子就送给李新桥。李新桥虽然没信耶稣,可他养了马。接下来是一首《冬青树和常春藤》:

冬青树和常春藤,都生长在密林中。东方红日渐生起,鹿群欢畅齐奔腾。

好,很好,看来也得给繁京送上一盒了。繁京是村民组长,兼村里的绿化小组组长。正想着,牧羊人出来了:

一轮明月,数点寒星
映照羊身色如银
数位牧人,和蔼可亲
围坐草地叙寒温
奇光灿烂,歌声绵绵
牧人俯伏愕且惊
云中天使,报告同声
神子已降伯利恒

铁拐李平时就有些神神道道的,听到这歌声,肯定会高兴。繁花想,李皓啊李皓,我给你带了吃的,带了喝的,又给你买了一盒磁带,物质文明和精神文明都齐了,够意思了吧?

瘦狗来了。繁花正要到李皓家里去,听见有人敲门。打开门,用手电筒一照,原来是个小伙子,光头,繁花还以为是令佩呢。小伙子一只手当雨伞,一只手敲门。门开了以后,小伙子没有进来,而是向后跑去。繁花这才看见路上停了一辆车。小伙子打开车门,一个胖子从车里挤了出来,用手挡着繁花手电筒的光,说:"我嘛,巩庄的,巩卫红嘛。"

　　繁花和巩卫红平素并无来往。繁花对他没有好感,觉得他档次不够。有一年春节前公安局去巩庄村抓赌,被群众围住了,脱不开身。公安人员把瘦狗叫到一边,让他去做群众的工作。瘦狗不做还好,一做反而弄坏了。瘦狗走到外面对群众说:"老少爷们儿,人家也忙了一年了呀。人家年三十打了只兔子,你们还不让人家带走,说得过去吗?吃进去了,还能再让人家吐出来?大人不计小人过,放人家走吧。"然后他又给公安们做了思想工作,还是那套话,但意思反了:"同志们,老少爷们儿也忙了一年了呀,刚玩儿上就被你们逮住了。年三十打了只兔子,有它没它,你们都照样过年。行行好,把赌资还给他们算了。大人不计小人过嘛。"你看他的嘴皮子多么能翻。不过,公安人员不理他那一套,吃进去的东西当然不能再吐出来。眼看围观的人越聚越多,公安人员都掏家伙了,也就是枪。公安人员把枪往桌子上一放,说,他们在官庄村也抓过,但从来没有围堵,就是有人围堵,只要村长说句话,人就散了,哪里用得上掏家伙。

二十

　　这些事,繁花都是后来听说的。繁花听说,有个公安上去刮了一下瘦狗的鼻子,说他竟然还不如一个女流之辈,把老爷们儿的脸都丢尽了,羞不羞?啊?瘦狗接下来有一句话,后来传到了繁花的耳朵里。瘦狗说:"咱不能跟孔繁花比,人家是武则天,放个屁都是圣旨。"这话说的,比屁都臭。再仔细一品,不,不光是放屁的问题,还有吃醋的问题,瘦狗吃醋了。只有没本事的人才会吃别人的醋。自从听说了这件事,繁花就更加瞧不起他了。

　　不用问,瘦狗肯定是来谈那座坟的。但瘦狗不提,她更不会提。她把瘦狗领进厢房,说:"巩支书胖了呀。"瘦狗拍拍肚皮,说:"孔支书见笑了。虚胖。"繁花问瘦狗喝不喝水,瘦狗不说喝,也不说不喝,而是说谢谢。繁花只好给他倒了一杯水。瘦狗喝着水,开始谈天气:"这雨下的,跟猫尿似的,一阵一阵的。"堂屋的电视里正放着新闻,说的是台湾的地震。瘦狗支着耳朵听着,然后说:"台湾,唉,台湾。"繁花说:"好像地震了。"这时候,新闻里又说起了美国和伊拉克,瘦狗就又说了一句:"唉,台湾,美国,伊拉克,形势不好啊。你说呢,孔支书?"繁花说:"反正不消停。"瘦狗说:"看来美国又快到投票选举的时候了。总统一看没有胜算,就要往国外发射导弹。反正是,这边一投票,那边就热闹。"繁花想,这小子说什么呢,怎么扯到导弹去了。但瘦狗却意犹未尽。瘦狗又继续说道:"中东导弹一响,国内支持率就上涨。你说日怪不日怪?"繁花想,日怪不日怪都跟你没有关系,你这才是闲吃萝卜淡操心呢。随后,瘦狗又突然提起了"中美三个联合公报",说:"孔支书,'三个联合公报'可是有年头了呀。听说'海峡两岸的中国人'这个说法,是基辛格提出来的?"嚄,基辛格都出来了。繁花有点想笑,这怎么跟两国首脑会谈似的,要先从台湾问题谈起?繁花对历史不熟悉,不知道是不是基辛格提出来的,就说:"听说是。不过没有看到文件,不敢下结论。"瘦狗仰脖喝了一口水,咕咚一声,同时瞪圆了眼睛。繁花这才注意到,瘦狗眼睛很大的,用溴水话来说,就是牛蛋眼。考虑到他小名叫瘦狗,繁花心里就想,应该说那是一对狗蛋眼。这会儿,狗蛋眼说:"肯定是,基辛格那家伙,肚里有货啊。"这时候,殿军过来了。殿军掀开厢房的门帘,探进来脑袋,问:"还去不去了?"他说的是去李皓家的事,刚才说好的,两个人要一起去。繁花还没开口,瘦狗先把话接了过去:"我跟孔支书谈点事。"繁花只好把瘦狗介绍给殿军。殿军说:"我知道,不就是瘦——"那个"狗"字还没说出来,瘦狗就握住了殿军的手:"对,那是我的乳名。劳动人民的子弟嘛,叫什么不是叫。你是张先生吧?我知道,久仰了。工程师,大工程师。"繁花说:"他出差路过溴水,回家看一眼就走。"殿军说:"溴水这些年发展很快呀。"繁花担心他瞎吹,就对殿军说:"你先忙你的。"繁花的口气很尊重的,好像殿军真的很忙。瘦狗接下来又问繁花:"忙不忙?"繁花说:"当一天和尚撞一天钟呗。你呢?"瘦狗说:"谁不是呢?不过,我最近确实比较忙,跟狗咬尾巴似的,忙得团团转。以后更忙,忙着当孝子呢。"

　　繁花没接话,想,我倒要看看你这狗嘴里能吐出些什么。瘦狗叹了一口气,伸出了三根指头,说,他们有个本家,三年时间连着生了三个孩子,三个啊,可都是死胎。病急乱投医,但医生也说不出个子丑寅卯。后来就找了个高人,那高人是陕西人,瞎子,灵得很。那瞎子听完,不算了,给多少钱也不算了。说,要想让他算,必须送给他几样东西。瘦狗问:"孔支书,你猜都是什么东西?"繁花说:"我猜不出来,我又不是瞎子。"瘦狗说,他要的东西多了。说着,就学着瞎子的样子,唱开了:

　　　　一两星星二两月
　　　　三两秋风四两云
　　　　五两蒸汽六两烟哪
　　　　八两大雾九两琴音
　　　　晒干的雪花啊
　　　　你再给俺称半斤

　　繁花听进去了,说:"他可真会要。菩萨听了,也要犯难的。"瘦狗说,可不是嘛,后来好说歹说,终于把人家说动了。钱,最后也总算塞给人家了,五百块钱,够买一头毛驴了。那瞎子翻着眼,掐着指头,嘴里扑噜扑噜,过了好半天,突然问,老巩家是不是有个姑奶奶,已经断子绝孙了? 瘦狗说,那瞎子这么一问,把人都问傻了,谁都想不起来有这么一个姑奶奶。那瞎子指了一下方向,说是在西北方向,近得很,离巩庄村只有二三里地。瞎子说,那姑奶奶待在荒天野地,孤魂野鬼的,喊天天不应,喊地地不灵,就想找个人拉呱拉呱。找谁呢? 老姑奶奶心善啊,本来想要个大人陪着拉呱,可大人们都是拖家带口的,都不易啊,干脆找个小孩吧,刚生出来的那种,感情还没有培养起来的那种。她就拄着拐杖,踮着小脚,开始串门了。就这样,一而再,再而三,这个索命鬼就把三个小孩带走了。瘦狗的声音一会儿高,一会儿低,一会儿用粗嗓,一会儿用气声。当他讲到老姑奶奶踮着小脚串门的时候,他用手指头点着桌面,嗒嗒嗒,嗒嗒嗒,活灵活现的,繁花听得脊梁骨有些凉飕飕的。瘦狗又说,瞎子刚说完,本家的一个老婶子,就一拍屁股喊了起来,说确实有这么个姑奶奶,确实是断子绝孙了,她就是官庄村孔庆刚他娘啊。繁花本来想接一句,说自己不知道这么一回事。可她刚要开口,瘦狗突然做了篮球裁判常用的暂停手势。与此同时,繁花看见有两粒泪珠在瘦狗的眼眶里打转。瘦狗咬着嘴唇,使了很大的劲,忍着,似乎要把那泪水重新憋回去,但临了还是滚落了下来。繁花想,犯得着吗?为了一个死了几十年的人。

二十一

瘦狗说,那个老婶子一听,弯腰拾起一根玉米秆,照着他的脑袋就是一下。还骂呢,骂他混账东西,骂他只顾当官,只顾挣钱,连祖宗都不要了。官当得再大有什么用,钱挣得再多有什么用?不把庆刚娘安顿好,上对不起祖宗,下对不起儿孙,死去吧,你自己去陪老姑奶奶拉呱吧。瘦狗说:"孔支书,你看看,照那老婶子的说法,我得去舍己救人了,小命就保不住了。"瘦狗一脸苦相,繁花连忙安慰他。瘦狗说,人家说得有鼻子有眼的,不由你不信。按说咱是共产党员,唯物主义者,不该相信这种歪门邪道,可是不怕一万,就怕万一。万一再闹出个什么事,我可怎么向群众交代啊,啊?

繁花想起来了,祥生曾说过,如果不让瘦狗挖坟,瘦狗就会上告,说官庄村当年弄虚作假,"死人要给活人腾地方"的政策,并没有认真贯彻执行。一想起这个,繁花就有些恼火。繁花最讨厌打小报告了,"文革"遗风嘛。繁花不愿给人留下口实,就说:"我倒是想起来了,村里是有这么一个人,不过,她具体埋在哪里,我可就说不上来了。坟头早就平了嘛。难道巩庄村没有平坟?顶风作案,可是要处分的。"瘦狗说:"平了,都平了。哄你是狗。"繁花说:"对呀!你平了,我也平了。你说怎么找?"瘦狗说:"只要你点个头,怎么找是我的事,不劳孔支书多费心。"繁花说:"说得轻巧,好好一片地,让你这里挖一锹,那里挖一锹,刨红薯哪?"瘦狗说:"孔支书,你尽管放心,我保证给你弄平,平得跟镜子似的。要是不弄平,我就不姓巩。"繁花故意吊他的胃口,说:"还有,树呀草呀什么的,可都是公共财产。你一拍屁股走了,我怎么向群众交代?我非被群众的唾沫淹死不可。我可不是武则天,说什么就是什么。"瘦狗笑了,说:"三大纪律八项注意嘛,损坏东西要赔偿。少赔一个,男盗女娼。"这话说的,谁是盗谁是娼啊,满嘴喷粪嘛。接下来瘦狗说,另外还有一点小意思,请孔支书一定笑纳。瘦狗说着,自己笑了,笑得很深沉,很诡秘。瘦狗把胳肢窝下面的包放到了桌面上,斜着眼朝门口看了看,然后拉开了拉链。繁花想,嘀,莫非是来给我塞钱的?瘦狗拿出来一个精致的盒子,上面裹着红绸。原来不是钱,繁花心里稍微有点失望。不是钱又是什么呢?月饼?那盒子在瘦狗的膝盖上滑了一下,盖子掀了一下,透过那条小缝,繁花看到里面一闪一闪的。繁花说:"什么宝贝啊?不过,不管是什么宝贝,你怎么带来的,还怎么带走。"瘦狗说:"也算不上宝贝。小玩意儿,一个小玩意儿。孔支书廉洁,谁不知道?赵本山说得好,地球人都知道。"瘦狗把盒子打开了,说:"这可不是我送的,是那死孩子他妈送的。人家可是说了,你要是不收,她干脆撞墙死了算了。"那是一盒纪念币,香港回归的纪念币,整整齐齐地码在一个个空格里面,一枚硬币面值一块,总共五十块钱,还不够豆豆买一个洋娃娃呢。繁花用胳膊挡了一下,说:"你就是把天上的星星摘下来送给我,我也不会收。"瘦狗双手捧着那盒子,问:"看不上?看不上我可装起来了。孔支书啊孔支书,你的心肠太硬了。你就不能可怜可怜人家?"繁花说:"这样吧,明天开个会,听听别人的意见。你跟庆书不是很熟吗,后天我让庆书给你回个话。"

按说瘦狗该走了,但瘦狗却没有要走的意思。瘦狗把那盒子往桌子上一放,说:"你说什么?让庆书通知我?就是我那个战友吗?"繁花说:"是啊,庆书说过,你们是一条战壕里爬出来的。"瘦狗说:"别提他。我都替他丢人。"繁花"咦"了一声:"丢人,丢你什么人了?"瘦狗揉揉鼻子,揉揉下巴,很难开口的样子。不过,他还是把话说出来了:"人不可貌相啊。"繁花不明白了,什么叫不可貌相?繁花问他到底怎么回事,瘦狗还是那句话,人不可貌相。繁花慢慢品出来了,他的意思是,庆书看上去是个粗人,其实是有想法的。繁花就说:"不会吧,庆书还是个老实人。"瘦狗用鼻孔笑了,慢悠悠地来了一句:"老实?咬人的狗不叫唤,叫唤的狗不咬人。"还是话中有话。繁花就又补充了一句:"庆书吧,小心眼是有一些,但本质上他还是个老实人。"瘦狗的鼻孔又哼上了:"哼,当年在新兵连,都是他替我们倒尿。手指头都浸到尿盆里面了。说是学雷锋,谁信呢?他一撅屁股,我们就知道他要拉什么屎。给我们倒尿,是为了有朝一日能替首长倒尿,最后再让别人替他倒尿。"繁花笑了:"学雷锋就是学雷锋,不要挖苦人家。"瘦狗摇了摇头,脸上似笑非笑的,有些不以为然的意思,也有些笑话繁花的意思。然后,瘦狗突然一挥手,来了一句电视里常说的名言:"孔支书啊,了解过去是为了更好地认识未来。"这个瘦狗,到底要放什么屁呢?繁花想,庆书是什么人,我还不知道?还用你来告诉我?但是瘦狗接下来的一句话,让繁花大吃了一惊:"孔支书,庆书说了,现在他已经有五成把握了。剩下的那五成,他最起码还可以争取一到两成。因为他有绝招。"现在轮到繁花用鼻孔发声了。繁花"哼"了一声,说:"是吗?那就让他当村长好了,我正好休息休息。"瘦狗说:"非得我说透啊？按说我不该多嘴,互不干涉内政嘛。可是,我最讨厌在下面搞小动作的人。癞蛤蟆也想坐龙床啊。要是不把这股歪风刹住,让它传染开来,哪个村子都不得安宁。"

二十二

繁花说:"谁想当谁当,不过是个村官,又不是坐什么金銮殿。"瘦狗说:"大小也是个殿嘛。你就不想知道人家唱的是哪一出吗?"繁花说:"不就是个庆书嘛。"瘦狗又提到了"撅屁股",说:"你是不是以为,他一撅屁股,你就知道他要干什么?我敢保证,这次你就不知道。你想啊,人家什么时候撅屁股你都不知道,你又怎么能知道人家拉什么屎呢。等你知道了,已经晚了。问题很简单,因为人家已经拉完了,肥料已经上地了,樱桃已经长成了。给我倒杯水,倒满。"

听着倒很新鲜。繁花笑着给他倒上了水,想,我倒要听听你还能讲出什么新鲜事。瘦狗喝了两口水,咂咂嘴,卖了个乖:"孔支书,你要是不想听,我现在一拍屁股就走。"繁花说:"喝水嘛,喝完再走嘛。"瘦狗把杯子往桌上一放,说:"知道我为什么给你说这些吗?"繁花说:"你不是说了,担心歪风传到巩庄。"瘦狗扳着小拇指,像考学生似的,说:"这是一,二呢?"繁花随手拿起一把瓷勺,用瓷勺的把儿在地上写了个"二"字,说:"你说呢。"瘦狗立即低下头,跟认罪似的,说,这二呢,说起来还跟他有关。他千不该万不该啊,不该把死孩子的事说给庆书听。说者无意,听者有心啊。他给庆书一说,庆书就向他透露,官庄村其实也有几例,也是生下来就死了。庆书就说了,莫非这跟庆刚他娘也有关系?庆刚他娘当年是上吊死的,有冤屈啊。还有,所有的坟都平了,就庆刚娘的坟没平,有问题啊。说到这里,瘦狗又对繁花说:"其实,刚才我不好意思戳穿你,我不光知道庆刚娘的坟没有平掉,还知道上面长了一棵枯树。都是庆书告诉我的。"然后瘦狗又摇摇头,说,佩服啊佩服,不是佩服别的,而是佩服庆书的心细,当年他佩服庆书尿盆端得好,眼下他佩服庆书脑子转得好。庆书连死人在地底下怎样互相串门的事都想到了。瘦狗说,庆书当天就去找了那个瞎子,让那个瞎子算了一卦。"当时我在场,你们村卖凉皮的祥生也在场,"瘦狗说,"庆书把情况说了说,那个瞎子又是扑噜了好半天,眼皮翻得跟下过蛋的鸡屁眼似的,说当然有关系了。哪个小鬼敢到她那里串门啊,别人都没有坟头了,就她有坟头,坟头上还有一棵树,还是棵死树,等着吊死人呢,谁敢去?谁愿意死两回啊?啊?所以说,就剩下她一个孤魂野鬼了。她想找个人拉呱也找不到,没办法,就只好打活人的主意。巩庄村是她娘家,官庄村是她婆家,不找婆家就找娘家,不找娘家就找婆家。她反正就在这两个村子逛,逛到谁家是谁家。她在暗处,你看也看不见,拦也拦不住。拿她没辙啊。"

说到这里,瘦狗伸着脑袋往门口看了一下,还捂了一下嘴,好像庆刚娘就拄着拐杖站在外头,能听到似的。繁花手里的瓷勺一下子掉到地上了,摔成了两截。瘦狗弯腰把瓷勺捡起来,说:"庆书说了,选举前要把瞎子领到官庄,让瞎子给村里面的人好好算算。庆书还说了,有什么话尽管说,不要藏着掖着。孔支书,你想想,是谁忘掉了平坟?到时候,你就是全身都长满了嘴,也说不清了。谁家死了孩子,不管跟庆刚娘有没有关系,老百姓都会把责任往你身上推。谁都有几个本家,本家又有本家,就跟狗连蛋似的,一家串一家。我的大妹子啊,老百姓的口水都把你给淹死了。没办法啊,国民素质就这么高,一时半会儿也提高不了啊。骂又骂不得,恼又不能恼,责任呢,推又推不掉,唉,我的大妹子啊,连我都替你发愁啊。"

繁花像赶苍蝇似的,挥着手说,挖,挖走,快挖走,赶紧挖走。瘦狗倒不急了,说还是等天好了再挖,下雨天深一脚浅一脚的,鸡巴毛,到处都是泥。临出门的时候,瘦狗顺便问了一句,姚雪娥找到没有? 繁花说,这事你也知道? 顺风耳,千里眼啊。瘦狗说,天下没有不透风的墙嘛。不过,大妹子尽管放心,我不会乱说的。只要我在巩庄村看到她,我肯定把她押来。一个臭娘儿们,破坏安定团结,扰乱村级选举,犯上作乱,欠揍啊。

繁花亲自打伞把瘦狗送上了车。已经关上车门了,瘦狗又把车窗玻璃摇下来,跟繁花握了握手。瘦狗的手肉乎乎的,但很有劲,到底是当过兵的。因为司机在场,两人什么也没说,有些惺惺相惜的意思,也有些此时无声胜有声的意思。车开走以后,繁花又在原地站了很久。回过头来,繁花看到一个黑影,吓得差点叫起来。那黑影咳嗽了一声,繁花才知道是父亲站在那里。父亲说:"我全听见了。"繁花说:"听见什么了? 你不是耳背吗?"父亲又说:"庆书这狗日的,阴着呢,跟他爹一样。他爹当年就是吃里扒外,给铁锁他爷当长工,解放了又说人家是地主,想着法子斗人家,硬把人家斗死了。吃里扒外,祖传啊。"回到屋里,繁花这才看见父亲手里竟然拿着助听器。父亲又说:"半路上跳出来个程咬金,来者不善啊。看来得开个家庭会议了。"一听说要开家庭会议,繁花就笑了。以前家里倒是常开家庭会议。父亲是会议的组织者,也是会议的主持人,他的发言往往就是最后的决议。上次家庭会议,还是在繁花决定竞选村长的时候开的。当时的决议有两条,简称"两个再":"再难剃的头也得剃,再难啃的骨头也得啃。"从决议上看,当时就把困难考虑得很充分。

二十三

当时全家人都行动起来了。繁荣负责上头的宣传工作,也就是化名在报纸上发表文章,表扬繁花工作做得好,主要表现在能够以身作则,"只生一个"。作为一名农村妇女,尤其是招了女婿的农村妇女,能做到这一步的,在整个溴水,都是"大姑娘上轿头一遭"啊。村里谁的名字变成过铅字?没有,从来没有,繁花是第一个。繁荣的丈夫负责联系贷款修路,并把溴水农机站的播种机弄到了官庄,负责给缺少劳动力的家庭种麦。老父亲也出马了。按他的说法,他啃的是最难啃的骨头,因为他负责的是揭庆茂的短,打人不打脸,揭人不揭短嘛。这火候也是最难掌握的,火候不到,起不到效果;火候过了,又容易结下世仇。老爷子采用的办法是表扬庆茂,说庆茂一干就是很多年,没有功劳也有苦劳,苦劳大于功劳。虽说纸厂的工作也没有做好,乡亲们有些怨言,但庆茂毕竟也卖力了。之所以没搞好,是因为庆茂是个大好人,害怕得罪上头。庆茂从纸厂拿到什么好处没有?有人说有,有人说没有,我相信没有。就是有,估计也是仨核桃俩枣,值得揪住不放吗?不值得嘛。姜还是老的辣啊,老爷子的话句句在理,又句句藏刀啊。这会儿,老爷子又提出召开家庭会议,莫非又要重复那"两个再"?

繁花说,黑天半夜的,繁荣又不在家,开什么会？老爷子说,可以打电话嘛,电话会议。繁花问殿军呢,老爷子说:"去李皓家串门了,提着酒,还说你让他去的。"老爷子又说:"改天我要亲自会会那个瞎子。这难剃的头还是我来剃吧。有钱能使鬼推磨,更不要说一个瞎子了。你别听那瞎子胡扯,什么'三两秋风四两云'的,咱村的宪法你知道吧？早年也学过算卦,一开口也是这个,都是师傅教的,无非是想让你多掏几个钱。"老爷子说的宪法,也是个瞎子。小时候他出天花,一脸的痘,痘抓破了,毒水流进眼里,瞎了。宪法除了会算卦,还会拉二胡,"文革"时就在毛泽东思想宣传队里拉二胡。后来他离家出走了,有人说在北京地铁站门口见过他,还是拉二胡,算卦。繁花已经好多年没见过他了,也不知道他是死是活。老爷子说:"瘦狗不是给那瞎子五百块吗,咱给五百五十块。娘那个×,就当是喂狗了。"繁花想笑,老爷子够小气的,只多给了五十块。繁花又想,老爷子又来劲了,但这次用不着他上阵了,她一个人就把庆书的头给剃了。繁花说:"你就歇着吧,不用你费心了。"老爷子突然一跺脚,说:"有了。"声音很大,把豆豆都吓得坐到了地上。繁花问他有什么了,他说:"见到了瞎子,我就先让他算算,庆刚娘是怎么死的。他要是算不出来,我就告诉他是给斗死的。随后我再让他算算,是给谁斗死的。他要是还算不出来,我就告诉他,那不是别人,那是庆书他爹,是庆书他爹把人家逼死的。"繁花把他按到了座位上,说:"你以前不是说,是庆茂他爹带的头吗？"老爷子说:"我说过吗？没有嘛。我明明记得是庆书他爹嘛。庆书他爷就是斗人专业户嘛。门里出身,自会三分,庆书他爹斗起人来也是个好手。不信你去问问庆茂。庆茂肯定会说,是庆书他爹。靠他娘,就这么定了。谁敢说是庆茂他爹,我跟谁急。"

李皓住在村西头,院墙内外堆的都是草料。还没有走到李皓家,繁花就听见了羊叫。羊叫的声音很动听,有一种柔情,有一种童趣,就像孩子闹着要吃奶似的。进了院子,繁花听见殿军正在向李皓谈骆驼。殿军说,瘦死的骆驼比马大,马比牛大,牛比羊大,养一头骆驼抵得上你养一群羊。"你要不养,我可就养了。到时候你可别眼红。"殿军说,"我连工程师都不愿干了,就想找人合伙养骆驼——"这个殿军,这次回来跟往常有点不一样啊。哪根神经搭错了,怎么开口闭口都是骆驼?繁花在外面咳嗽了一声,殿军就住口了。繁花进来的时候,殿军把话题扯到了别处。他指着李皓墙上贴的画报,问繁花认不认识上面的人。画报上的女孩说不上漂亮,但很肉感。胸脯绷得那真叫个紧呀,上面的扣子都绷掉了。那乳房就像一对兔子,随时都要跳出来似的。殿军说:"这部电影很好看的,应该弄到村里放放,活跃活跃村里的文化生活。"李皓说:"你看过她演的电影?"殿军说:"靠,你太小看我了吧?铁达尼克号嘛,这女孩就是演露丝的那个。"

李皓很深沉地一笑,说:"你可看仔细喽。"殿军像壁虎那样贴着墙,鼻尖都抵着人家的脸了:"还是露丝,英文的意思是玫瑰。得过奥斯卡奖的。"李皓说:"铁达尼克号?那当然值得研究,人类的大灾难嘛。可她不是。"殿军说:"打赌?输了,这瓶五粮液你就全喝了,我喝溴水大曲。"李皓说:"你输定了,她不是露丝。我对好莱坞不感兴趣。她是莱、温、斯、基。想起来了吧,就是把克林顿的裤门拉开的那个。这个娘儿们有意思,有点意思。都快比得上把吴王夫差拉下马的西施了。"繁花懒得听他们拌嘴。她先把磁带取出来,说:"送给你一个小玩意儿,你肯定喜欢。"李皓接过来看了,说:"宗教音乐?好,我要好好学习学习。"繁花说:"里面有放羊的曲子,我听了很亲切,想,这不是为李皓唱的吗?你肯定喜欢。"说着她把凉菜摆上,把烧鸡和熏兔撕开了。李皓说:"宗教这玩意儿,一般人弄不懂。得静下心来,慢慢弄。"繁花对李皓说:"你这里就是清静。哪像我家里,老人吵,孩子闹。"李皓说:"各有各的好。这熏兔塞牙,我去弄几根牙签。"

二十四

　　考虑他身体不便,繁花拿着手电筒跟着出去了。在门廊下,李皓拿起扫帚,折着上面的竹枝。羊粪蛋从上面掉下来,像六味地黄丸似的,滚了一地。繁花说:"你可真能将就。没个女的替你操持,行吗?不行嘛。我真是不放心。"李皓说:"羊粪不脏。羊最干净了,西方人还把羊当宠物呢。要不,人家怎么会给羊唱歌呢。"

　　繁花也能喝点酒。这会儿跟李皓碰过杯,繁花就说:"又要选举了,这次你可一定要出马啊。羊就先别放了。我想让你把村提留啊,公积金啊,管理费啊,公益金啊,都管起来,统统管起来。班子里我缺一个知音啊。日后村里还要成立民主理财小组,到时候也由你牵头。"李皓剔着牙,说:"祥生呢?"繁花"嗨"了一声,说:"祥生?祥生在城里忙他的生意,他把钱看得比命都重要。我看他已经想撂挑子了。"李皓说:"何以见得?"繁花笑了,一摊手,说:"开会他都很少参加,你知道上头把这种人叫什么?叫走读干部。这还是在会上说的,会下批评得更难听。批评他们是二八月狗走窝,是走窝干部。"李皓把牙签上的东西一吹,继续剔牙。繁花故意问道:"你的意思,他还有什么想法?"李皓说:"人心啊。"繁花已经拿起了鸡爪,听他这么一说,又把鸡爪放下了:"你的意思是,祥生想干村长?"李皓真是金口玉言,多说一个字都不肯。李皓说:"你说呢?"繁花又拿起了鸡爪,这次是为了用它敲盘子。繁花敲着盘子,说:"德行,你放开说嘛。跟羊待久了,不会说人话了?"李皓终于多说了几个字,不过他说的是羊,而不是人:"跟羊在一起,我说一天话都不累。羊多好啊,羊多良善啊,你说什么它听什么。"殿军说:"李皓,你真成仙了。喝。"繁花说:"祥生不像有什么想法啊?"李皓端起一杯酒,吱溜一声喝了,说:"待会儿祥生就来找我了。"繁花想,哦?祥生从城里回来了?怎么没来向我汇报?李皓说:"别担心,羊会给我报信的。有一只羊,外号叫情报局长,很通人性的,能听出祥生的脚步声。祥生一来,它就会叫。它跟别的羊不一样,除了咩咩叫唤,还要用犄角抵门,嗒嗒嗒,嗒嗒嗒,就跟发报机一样。"繁花说:"祥生的生意不行了? 不会呀,听说还在招人打下手呢。"李皓说:"他招的都是本村人,小恩小惠嘛。他是招兵买马,以图决战。"李皓的声音很低,很冷,是月光下冷兵器的那种"冷",泛着青光。繁花打了一个激灵:"招兵买马? 决战?"李皓说:"说说看,他招的都是哪些人?"繁花说:"不就是一帮娘儿们吗,三虎媳妇,宪强媳妇,庆西媳妇,铁蛋媳妇,反正是一帮娘儿们。"李皓说:"你扳着指头数数,这些人哪个跟你是一条心? 还不都是被你处理过的。有的被你逼着打了胎,有的是偷树被你罚了款。庆西媳妇不过是偷了几穗嫩玉米,你就在会上把人家骂了一次。"繁花说:"这话说的,我又没点她的名。"李皓说:"你说那人是水蛇腰,谁不知道庆西媳妇生不出来孩子,到现在还是个水蛇腰。这帮女人身后都站着一个男人,男人身后都站着一家子人。不就是投票吗? 到时蘸着唾沫一数,谁票多谁上台。"

繁花打了一个激灵。那头皮好像还带着静电,有些唰唰作响。

这时候,羊突然叫了起来。繁花马上想到,如果祥生来了,她就跟李皓谈谈丘陵上的水泵房,那也是雪娥可能的藏身之处,她在村委会上提到过的。接下来,她还要问问老外的事有没有眉目。李皓说,不是情报局长叫的,是麦当娜叫的。麦当娜在羊群中嗓门最大,最风骚,睡觉都撅着屁股,相当于电视台文艺处处长。这个麦小姐,现在肯定在勾引头羊呢。殿军说:"我靠,你这是联合国啊。"李皓说:"联合国?我这里面还有嫦娥呢。"殿军说:"有意思,太有意思了。"男人在一起就这样,三句话不离女人。繁花的兴趣不在这儿,繁花"咦"了一声,问:"祥生怎么还没有来?"好像盼着祥生来似的。李皓说:"过一会儿就来,这会儿肯定和尚义拉呱呢。"繁花说:"他跟尚义有什么好拉呱的?"李皓身子往后一仰,说:"咱们是老同学,我才跟你说这些。尚义的笔筒里插有令箭的。哪个是三好学生,哪个是奖学金获得者,哪个是优秀学生干部,都得由他的嘴皮子说了算。优秀学生干部考学是要加分的,那一分值多少钱?少则三千,多则一万。哪个家长不看重这个?豆豆还没有上学,所以你脑子里没有这根筋。"李皓又说,"你是属龙的吧?祥生是属虎的,这就叫龙虎斗。"殿军在一边喝闷酒,转眼间就喝多了。这会儿听李皓谈到"龙虎斗",殿军还以为他是在谈吃的。他问李皓是不是吃过这道广东名菜。李皓满肚子才学,这道菜却没有听说过。殿军拿着筷子比画着,说龙是蛇,虎是猫,放在一起炖了,就叫"龙虎斗"。繁花让他闭嘴,还伸手打了他一下,把筷子都给他打掉了。繁花又问李皓:"小红呢?"李皓的回答终于让繁花满意了一次:"小红是只金凤凰,你们是龙飞凤舞,龙凤呈祥,就跟戏台上雕的画一样。她是你天生的接班人。"繁花听了很高兴,但还是故意问李皓,小红为什么是"天生的"。李皓的"结论"让繁花很满意,但"推论过程"却让繁花有些不舒服。李皓说:"咱们村委是女人当家,这一点全溴水有名。女人当家好啊,一来物以稀为贵,二来现在讲究女士优先。有什么好处,肯定会落到女人头上。一帮男人和一个女人争,争个什么劲啊?王寨村比咱们村还富,还是乡党委乡政府所在地。靠山吃山,靠水吃水,靠着党委吃党委。但是,你是县人大代表,王寨村的村长却狗屁不是。所以,眼下是女人吃香,快到女权社会了嘛。"

二十五

繁花小心翼翼地问了一句："什么社会？女权社会？党章上没有这一条啊。"李皓就说，这东西很复杂的，一句话两句话说不清楚的。大致意思是，虽然以前已经说好了，女人只要半边天，可现在女人又变卦了，半边天可不行，得多给一点。但是呢，给多少是个够，女人自己也说不清楚，反正能多要一点就多要一点。繁花说："你把我搞糊涂了。你不是变着法子骂我吧？"李皓说："骂你？再借一个胆，我也不敢。我只是想说，现在女人吃香，好办事。以后让小红当你的接班人，肯定是最合适的。"繁花想，这还用你说？我心里透亮。她就对李皓说："好了好了，不说小红了。雪石呢？"李皓说："雪石是'悬崖百丈冰'，衬的就是你这'花枝俏'。可以不理他。""繁奇呢？""既然他说人心都是肉长的，那他的心肯定也是肉长的。这个人心肠软，成不了大事。""那庆茂叔呢？"李皓"啧"了一声，很不屑的样子："人家自己都讲了，老马识途。现在驴肉比牛肉贵，牛肉比马肉贵，他就等着死后当驴肉卖了。有的人死了，他还活着。有的人活着，他已经死了。庆茂已经死了。当然不是真死。到他真死的时候，你要排排场场地给他开个追悼会。"

殿军去屋里躺了一会儿。这边正说着话，殿军在那边突然咋呼了一句:"我靠,行啊你。"李皓以为殿军是在夸他,谦虚了一下,说:"放羊的喝多了,胡扯呢。"殿军拿着一本书跑了出来,书皮已经揉得皱巴巴的,就像没有洗净的尿布。"你真的研究起来女权主义了?"李皓说:"这书是俊杰的女朋友的,上次吃烤羊羔的时候,她丢到这里了。我是当闲书看的。"李皓把书收了过来,压到了屁股下面。殿军说:"女朋友?俊杰离了?"李皓说:"狗屁,那是个二奶。"殿军说:"我靠,俊杰混得不错啊,二奶都混上了。"繁花觉得这话怎么有点别扭。繁花说:"眼红了不是?瞧你那个德行。"繁花问李皓:"祥生怎么还没有来?"李皓说:"这会儿又去开会了。"繁花一惊,问开什么会。李皓又变成了金口玉言,说:"碰头会。"繁花不吭声了。繁花不吭声是为了造成冷场。她算是吃透李皓了。你越是求他,他越是把自己当人。可是你要两分钟不吭声,他就忍不住了。李皓果然忍不住了。李皓先咳嗽了一声,然后说:"庆书向你提出过给他压担子的事吧?"繁花没吭声。一想到庆书,繁花就像吃了个苍蝇。李皓显然不知道繁花吃了苍蝇,说:"庆书看什么书你知道吗?"繁花往地上吐了一口痰,说:"他还能看什么好书?"李皓说:"他看的书,都是从我这里借的。"繁花这才说:"喜欢看书是好事嘛。"李皓就说:"他借的全是关于林彪的书,井冈山平型关,辽沈战役庐山会议,从正面经验到反面教训,从红旗到底能打多久,到怎么混上国家主席。他整天研究的就是这个。庆书一撅屁股,我就知道他要拉什么屎。林彪想当国家主席,庆书想当村委主任。"繁花说:"暂时好像还轮不着他。要照你刚才说的,我就是不干了还有小红呢,还有祥生呢。"李皓把鸡头咬开,用那根自制的牙签挑着里面的脑髓,又不说话了。那脑髓本来是白的,煮熟了却变得很暗,像羊粪蛋。李皓的目光也变得很暗。

李皓说:"祥生掌舵,庆书划船。一个干支书,一个当村长。"

喝多了,李皓看来喝多了,酒量不行啊。胡说八道嘛,溴水县所有的村子,支书和村长都是同一个人担任的。几年前,有些村子倒是分开的,但是支书和村长往往是狗咬狗,两嘴毛,闹得不可开交。后来就改了,改成一肩挑了。事情是明摆着的,祥生要么是支书村长一肩挑,要么还干他的文教卫生委员。这个话题可以告一个段落了。因为担心祥生突然出现,繁花就把话题扯到了雪娥身上。她问李皓,丘陵上的那个水泵房到底能不能藏人?她说,这几天她都顾不上选举的事了,整天就围着雪娥的肚子打转转。李皓说:"台风眼儿是最宁静的。"繁花说:"你的意思是——"李皓说:"灯下黑。"灯下黑?繁花一时醒不过闷来。李皓说:"什么地方离眼睛最近?"繁花说:"眼睫毛。"李皓说:"还鸡巴毛呢。眼睫毛不能算,因为它是眼睛的一部分。鼻子!鼻子离眼睛最近。可是你能看见自己的鼻子吗?除非你是大象。"说着,李皓突然站了起来,在头发上擦了擦手,又在裤子上擦了擦手,然后拉开了门。进来了一阵雨声,还有树枝的断裂声,咔嚓咔嚓的。羊也叫起来,像产房中婴儿的啼哭。庆林的狼也在叫,号叫,还有些呜呜咽咽的,就像寡妇哭坟似的。李皓把食指竖在嘴边,"嘘"了一声,说:"祥生来了。"

一个人撞开院门,跑了进来。嗬,串门就是串门,急个什么劲啊?繁花想,就凭这,还想当一把手呢?拉倒吧你。那人跑到屋门跟前,却突然停住了。接着,那人开始有节奏地敲门。繁花坐着没动,是李皓开的门。原来不是祥生,是尚义。尚义肯定没想到繁花会在这里,张着嘴半天没有说话,一股酒气跑了出来。繁花明白了,他是来叫李皓喝酒的。如果没有猜错,那是祥生派他来叫的。

还是繁花先开的口。繁花故意不提此事,而是说:"尚义老师,走访学生家长的吧?你走错门了,这是李皓家。"尚义咽了口唾沫,就反应过来了,说:"没走错,我是来借书的。"

二十六

　　按尚义的说法,借书是为了更好地完成繁花交给他的任务,也就是出题。啧啧啧,功臣啊,黑天半夜了还顾不上睡觉,还在为村里的工作奔波,不是功臣又是什么?繁花拉住他的手,亲自搬过椅子,让他在身边坐下。"资料不够,"尚义说,"我来借个资料。"繁花对殿军说:"还不给尚义老师敬酒?"殿军倒上酒,说:"我最敬重文化人了。"尚义显然已经喝多,看见酒,第一反应是往后躲。不过人家第二反应很快,双手接住,说:"喝一杯就喝一杯。不过我的胃病犯了,不敢多喝。"说着,尚义就把酒杯放下了,在身上摸来摸去的,说已经出了几道题了,不妨先审查一下。尚义从西装口袋里,掏出了两张纸,双手捧给了繁花。繁花接住了,但没有看。她让尚义先坐,说自己得上一趟厕所。"借你的伞用一下。"她对尚义说。拿到了伞,她就不担心尚义跑了。
　　刚蹲下,她就拨通了小红的手机。她想让小红去祥生家里看一下,祥生是不是正在大摆筵席。其实也不需要小红走进院子,在院子外面听一下就行了。雨点落在伞上,砰砰直响。繁花心里也砰砰直响,想,这算什么事啊,怎么跟做贼似的。小红要么是睡着了,要么是把手机调到了振动上,没听见。反正没接。繁花想,年轻人就是睡劲大啊。她脸上有些发烧,想,没接也好,接住了还不好意思开口呢。回到屋里,她又拿起了尚义的那张纸,说:"那我就先学习学习?"尚义说:"不当之处,领导多指正。"尚义端起了酒杯,呷了一口,又放下了。李皓当然知道,尚义是来干什么的,当然知道尚义急着要走,但他也宁愿跟着繁花一起装糊涂。李皓说:"繁花,我这资料可都是掏钱买的。尚义来借可以,因为好钢用到了刀刃上。别人来借,那可不行。"繁花说:"市场经济了嘛,你可以收费嘛。"李皓说:"乡里乡亲的,那不是打我的脸嘛。算了算了,就当我为村里的文化建设尽义务了。"尚义手里还端着那半杯酒,这会儿他要跟殿军碰杯:"有朋自远方来,不亦乐乎。干。"喝了酒,尚义张着嘴,吐着舌头,好像被辣着了:"多天不喝了,呛嗓子。"此地无银三百两啊,繁花想。接下来,尚义一本正经地问李皓:"你这里有没有介绍无性繁殖的书?"李皓没听明白:"无性繁殖?什么意思?"尚义说:"就像母鸡一样,没有公鸡照样下蛋。"繁花说:"这也是一道题?"尚义搓着手,说:"我是考虑到,男女双方都被结扎了,可是孩子死了,要是还想再生一个,怎么办?"繁花说:"结扎一个就行了,干吗结扎两个?"尚义说:"祥宁就是个例子。祥宁结扎了,祥宁老婆也结扎了。"

他说的祥宁是村西头搞屠宰的。祥宁老婆身体不好,不想动刀子,只好把祥宁结扎了。可是没多久,祥宁老婆就死了。也真是日怪了,只过了半年,祥宁的两个儿子到王寨赶集,回来的路上被一辆拉煤的东风牌大卡车给轧死了。祥宁娶了一个寡妇,娶回来才知道原来是结扎过的。村里人说,这是杀生太多,阎王爷把他家人叫去偿命了。繁花对尚义说:"一万个里面只有这一个。你是共产党员吧?共产党员要考虑的是大多数人的利益。祥宁的问题以后再说。"尚义说:"我也是这么想的,可是小红提醒我,要给祥宁一个奔头,让他知道天无绝人之路,我就想到了这个。"繁花想,小红真是心细,连祥宁的问题都考虑到了。繁花一边看题一边想,改天我也去看看祥宁。无性繁殖那是纸上谈兵,让祥宁过继个儿子,倒是个办法。繁花连话都想好了,等见到了祥宁,她就对他说:"我只有一个豆豆,要是有两个,就过继给你一个。孩子嘛,那就跟狗一样,谁养活大了就跟谁亲。"

繁花一看尚义出的题,就笑了。第一道题是选择题,"为什么农村育龄夫妇可以生二胎,城市里却不可以?"下面列了四个答案备选:

  A. 农民吃饭要种地,城里却吃现成的
  B. 种地种得有力气,多生一个不伤体
  C. 政府农民心贴心,生一送一讲实际
  D. 乡下养儿花费少,城乡相比是2∶1

连"买一送一"都出来了,处理废品呢? 不过,倒是挺上口,好记。但哪一个是正确答案呢? 繁花也迷糊了。繁花说:"尚义老师真是出口成章啊。不过,我看这哪一个都正确。"尚义说:"精益求精嘛,肯定有一个是最正确的。"繁花笑了,说:"好是好,只是个别说法经不起推敲。城里人生孩子就伤身体了? 政府和城里人就不心贴心了?"尚义说:"主要是想替农民出口气。农民可以生两个,他们能生两个吗? 不能嘛。农民可以选村长,他们能选市长吗? 不能嘛。"繁花说:"不是出口气,而是突出农民的自豪感。"尚义说:"对,自豪感,新世纪农民的自豪感。"

第二道题说到了选举,是关于《中华人民共和国村民委员会组织法》的。繁花在乡村干部培训班上学过《组织法》,村级选举依靠的就是这个嘛。这是一道填空题:"《中华人民共和国村民委员会组织法》究竟哪年颁布的?"繁花也记不准了。尚义说:"这道题,连题带答案,其实是个'三句半'。"繁花说:"嗬,三句半?哪三句半?"尚义就拿腔拿调来了一遍:"《中华人民共和国村民委员会组织法》究竟是哪年颁布的?"

二十七

"一九九八,"尚义说:"瞧,顺嘴一念,答案就出来了。"李皓说:"我靠,上回考了个'1818',这回是'1998'。你跟'8'搞上了。这也好,'8'就是'发'嘛,图个吉利。"繁花说:"不简单,尚义老师不简单。"尚义突然谦虚起来了,说:"哪里哪里,你们修的是长城,我呢,只是顺手递块砖。"说完,尚义抬腕看了看表,说他该走了。回去晚了,裴贞要担心的。繁花说:"待会儿我送你回去。"尚义吓得连连摆手:"不敢劳你大驾,不敢。"繁花说:"那就让殿军送你。"尚义说:"张先生?更不敢了。校长说了,张先生是市场经济的弄潮儿,我可不敢劳张先生大驾。"刚才,繁花生怕殿军喝高了,这会儿繁花却提醒殿军应该陪尚义多喝几杯。殿军端起酒杯,说:"尚义老师,你对养骆驼是怎么看的?"又来了,殿军哪根筋搭错了,竟然跟骆驼干上了。尚义说:"我就是个教书匠,两眼一抹黑。说不上来。我只知道,同样是市场经济,同样是摸着石头过河,你连鞋子都没湿,有人却淹死了。"殿军一屁股坐下,自己把酒干了,说:"要不是骆驼,我也死了,是骆驼把我从沙漠中驮出来的。"繁花一愣,想,殿军脑子有问题了呀。人家说的是水,你却接了个沙漠;人家说的鞋子,你却接了个骆驼。殿军是不是受什么刺激了?繁花一时有些心慌。她看着殿军,殿军咂着嘴,手在头上挠来挠去的。繁花突然想起了他头上的那个疤。那个疤肯定有说法的,莫非殿军有什么事瞒着我?

殿军挠着头,摇摇晃晃站了起来,推门出去了。人家不说撒尿,说的是"放水"。因为舌头大了,听上去好像是"防匪"。门一开,一股风吹了进来,把桌子上细小的骨头吹了起来,把李皓特制的牙签也吹了起来。过了一会儿,殿军又摇摇晃晃地走了进来,进来就抓筷子夹菜。桌上的菜已经吃光了,他什么也没夹着,但他还是把筷子塞到了嘴里。接着,他又拎起了酒壶。繁花想,算了,不敢再喝了。尚义没醉,殿军倒要醉了。殿军要撒起酒疯来,村人可就有好戏看了。繁花想,还是赶快把殿军弄回家,问问他到底发生了什么事。繁花把殿军的酒壶夺了过来,说:"尚义老师,不敢让裴贞等急了。今天到此为止,咱们改天再聚,我请客,好酒好菜好烟。你先走吧。"出乎繁花意料,尚义突然来了一句英文,"Lady first,"他说,"Lady first,女士优先,你先走。"

第三部分

一

当天回到家里,殿军就睡得跟死猪一般,半夜吐了一次,吐完又睡成了死猪。天快亮的时候,繁花终于睡着了,可是刚睡着,腿肚上就挨了一脚。殿军四仰八叉躺在那里,一条腿在不停地抖动,像是触电了,也像是抽筋了。还说梦话呢。繁花听到里面提到了"竞选",提到了"修路",还以为他在梦中准备演讲词呢,正有点感动,殿军突然提到了"骆驼"。骆驼跟竞选有什么关系呢?繁花百思不得其解。这时候,殿军突然哭了起来。哭声很压抑,呼噜呼噜的,好像有口痰憋在嗓子眼。繁花不耐烦了,将他一把揪了起来。殿军眼还没睁开,就开始筛糠了,耸着肩,不停地求饶,求"同志们"放了他,还说"船走水路,驼走旱路"什么的。繁花给他一耳光:"睁开你的狗眼。我是你老婆。"殿军这才松了一口气,把肩膀放平,眼也睁开了。繁花虎着脸,非要他说清楚,骆驼到底是怎么回事。殿军一开始还嘴硬,说骆驼就是骆驼嘛,单峰驼,双峰驼。繁花虎着脸,故意逗他:"不会是哪个娘儿们,叫什么骆驼吧?"殿军吓坏了,一下子站了起来,说:"我可没有对不起你,骆驼就是骆驼嘛。"给过了棒子,就该给他一根胡萝卜了。刚才扇了人家一耳光,现在就该给他来点温柔了。繁花把他拉到身边,像哄孩子似的,对着他的脸又是揉又是亲,叫他说实话。后来,眼看躲不过去了,殿军终于招了。

殿军说,他已经四个月没有领到工资了。"工人们都抄家伙了,把厂长揍了。"繁花继续揉着他的脸,问:"你抄家伙没有?"殿军说:"我要是抄家伙的话,还能回来见你?抄家伙的都逮起来了。"繁花这才稍微放宽了心,重新躺下:"殿军,记住,凡是和上面对着干的,都没有好下场。不管有理没理,秋后一算账,你都得吃不完兜着走。"话虽这么说,繁花还是气不打一处来:"狗日的厂长,为什么不给工人发工资?挣了那么多钱,往棺材里带呢?这种人就是找死,挨打活该。"殿军说:"他把钱都捐出去了。"繁花问:"捐哪了?总不会是捐给非洲了吧?"殿军说:"市里修路他捐,希望工程他捐。大熊猫没竹子吃了,他也捐,从日本空运竹子。他连小老婆都捐出去了。舍不得孩子套不住狼,舍不得老婆套不住流氓。他把小老婆都捐给厅长了。"繁花听得一肚子气,都鼓起来了,跟蛤蟆似的。殿军说:"那狗日的,做梦都想当政协委员。只要功夫深,铁棒磨成针。我靠他妈,靠他祖奶奶,他还真的搞成了。"繁花说:"狗日的不简单,他是取之于民,用之于权啊。"

殿军说:"那天他又上了电视,怀里抱着鲜花,手里举着证书,小脸红得跟猴屁股似的。工人们看完电视,气就上来了。茅坑里掉了块石头,激起公愤(粪)了呀。天快黑的时候,狗日的牛皮烘烘回来了,开着他的宝马,车头上别着花,跟花圈似的。刚进工厂的门,他就被截住了。他又让工人们去找会计。有人喊了一声,说会计死了。狗日的就问,什么时候死的?工人们就说,他全家都死了,都是吃饱了撑死的。有个工人喝了酒,借酒壮胆喊了一声,你也是吃饱了撑的,我看你也要撑死了。狗日的恼了,开着车就朝那个人撞了过去。连着撞翻了几个人。一个人被撞飞了,落下来的时候,把轿车的玻璃砸碎了。后面的人没看清,还以为前面的人已经动手了,就抄了家伙,把狗日的打了一顿,宝马轿车也砸鸡巴烂了。"繁花说:"砸得好,该砸,砸死他狗日的才好呢——你没砸吧?"殿军说:"当然砸了,砸了一砖头。"繁花拧着了殿军的耳朵:"好啊你,你就不怕逮住你。你要是有个三长两短,我跟豆豆怎么办?你也太胆大了,给你二两颜色,你就要开染房了。"殿军揉着繁花的乳房,把繁花的乳头弄硬了,硬得跟朝天椒似的。要在平时,繁花肯定要爬到殿军身上去了,自己不爬上去,就得让殿军爬上来。但这会儿,繁花却把他的手扔到了一边:"说清楚,你头上的疤,是不是让人家打的?"殿军说:"狗屁,一砖头砸过去,我就窜了。想逮住老子?没门。"

繁花把殿军的一只手压到了身子下面,又抓着他的另一只手,说:"下面该说到骆驼了吧?你张口闭口都是骆驼,到底是怎么回事?"殿军说:"我有个朋友,也是搞技术的,是宁夏人。他也砸了一砖头。他胆小,胆比芝麻都小,越想越怕,连夜就要逃回老家。我本来想让他跟我回溟水躲躲,他说还是回老家吧。他说他以前养过骆驼,以后还是养骆驼算了。他能养骆驼,我为什么不能养?我就跟他去了一趟宁夏,参观了一下骆驼。骆驼浑身是宝,只有一个毛病,臊,臊得熏人。"繁花说:"骆驼不骆驼,我不想跟你说那么多。但有一句话,你一定要记住。从今天开始,你不准再说鞋厂的事了。我丢不起那个人。"殿军说:"丢什么人?我还砸了一砖头呢。"繁花说:"两砖头也不行。"殿军说:"我没敢告诉你,我其实砸了三砖头。"繁花说:"我没工夫陪你玩嘴皮子。我可把丑话说前头,你要再敢说鞋厂的事,我跟你没完。"有句话,繁花到了嘴边,还是咽了回去。她之所以带着殿军在村里东游西逛,就是想让别人知道,殿军赚大钱了,多得花不完了,所以她肯定是个清官,不会贪污村里一分钱。别人要是知道殿军其实是个穷光蛋,她就完蛋了。她就是比包青天还清廉,别人也会怀疑她是个贪官。

二

　　天已经亮了。平常这个时候,繁花早就起来了,可这一天,因为一夜没睡,繁花就在床上多躺了一会儿。豆豆跑了过来,捏着她的鼻子,硬把她捏醒了。原来豆豆是要妈妈看她头上的小辫,那小辫高高地翘着,上面拴着一只红色的蝴蝶结。"谁给你的?奶奶给的?"豆豆摇摇头。"爸爸给的?"豆豆还是摇摇头。豆豆指着窗户外面,然后跑开了。以前,村里经常有人会塞给豆豆一些吃的,一些玩的。繁花就教育豆豆,别人再给你东西,你就说:"谢谢,我不要,我家里有。"这会儿,繁花撩开窗帘,看见了小红。哦,原来是小红给的。不然,繁花非打豆豆的屁股不可。小红这会儿正陪着两位老人在说话。两位老人被小红逗得笑弯了腰,豆豆呢,抓着小红的衣服,又蹦又跳的。繁花披着衣服走了出来,问:"笑什么呢?"老爷子说:"让小红给你讲,笑死人了。"小红说:"可不是吗,比《西游记》还好笑。"繁花说:"到底怎么了?"小红说:"二毛回来了,还领了个女朋友。"繁花顿时就乐了:"二毛?女朋友?"小红说,是啊,一开始她也感到奇怪,因为有人说他在北京的夜总会,有人说他在澳门的赌场,还有人说二毛既在北京也在澳门,因为人家经常在天上飞来飞去,从北京飞到澳门,再从澳门飞到北京。不知道从什么时候起,小红学会幽默了。小红说:"那就相当于朝住花果山,暮宿水帘洞。"繁花说:"不过年不过节的,怎么这会儿回来了?"小红说:"我也纳闷呢。"繁花说:"还有女朋友?你见到那女的了?也是个半截人?"小红说:"好笑就好笑在这里,那女的个头跟我差不多,头发染得跟猴毛似的。两个人在街上走,就像一只母猴领着一只小公猴。"说着,小红又笑了起来。繁花说:"不是回来结婚的吧?你赶紧查一下,半截人能不能结婚?"小红说:"是回来演出的,听人说他就在溴水,好多人都看见了。"

小红来这里,当然不是报告二毛的消息。她先提到了祥生,说刚才在路上碰到祥生了,祥生说稍微有一点眉目了,听说那个老外其实是个中国人,解放前夹着尾巴逃到了美国,现在老了,竖着尾巴回来了,有点荣归故里的意思。繁花一边梳头,一边说:"好,让祥生再打听打听。"小红突然问:"你是不是打我的电话了?"繁花想起来了,昨天蹲在李皓家的厕所里,她给小红打过一个电话。幸亏小红当时没接,不然,她还不知道如何开口呢。这会儿,她"哦"了一声,说:"我打庆书的电话,庆书一直关机,只好打了你的电话。庆书的工作进展怎么样了?"小红说:"听说还在四处寻找雪娥。雪娥也真是,丢下孩子一跑就是这么多天,真够狠心的。后妈也没这么狠的。"繁花已经不能听见雪娥的名字了,听见就恼:"她连牲口都不如,牲口还知道护犊子呢。"有人突然接了一句:"难道雪娥的心就不是肉长的?"繁花还以为繁奇来了,回头一看,原来是雪石。

雪石也是来通报消息的。他说,有人看见雪娥了。繁花正在梳头,手一抖,梳齿把头发拽了一绺。繁花顾不上疼,问:"谁看见了?"雪石还是那句话:"有人看见了。"雪石就是不说是谁。这个人就是这样,永远不会得罪人。繁花说:"这里又没有别人,你就直说嘛。"雪石吭哧了一会儿,说:"昨天晚上,铁锁出去了。你们大概没有发现,铁锁这两天,吃得香,睡得香,脸上起疙瘩了。"雪石的眼神突然变得很诡秘。繁花正等着下文呢,他却不讲了,笑了起来,笑得同样很诡秘。繁花说:"那是营养上去了嘛。"雪石说:"反正起疙瘩了。"还是半句话。繁花说:"我听懂了,起疙瘩了,后来呢?"雪石看了看小红,背过身子,低声说:"后来嘛,那疙瘩就下去了。"繁花这才明白过来。嗬,他原来讲的是铁锁过了性生活了。小红似乎也明白过来了,脸一下子红了,脸扭到了一边。但是雪石很快又补充了一句:"我可什么也没说。那疙瘩长在脸上,谁都能看见的。"繁花问:"你知道铁锁昨天去哪了吗?"雪石说:"我问他,去哪散心啊?人家说,到溴水转转。真话假话,我可就不知道了。"

　　繁花做出很生气的样子,问:"庆书知道吗?"雪石用鼻孔哼一下:"哼,庆书?"接着雪石用舌尖舔了舔牙,好像庆书是菜中的沙子,让他感到了牙碜。繁花喜欢他的这种"牙碜",很喜欢。雪石又说:"我又不是他肚子里的蛔虫,我怎么知道他知道不知道?"那口气很复杂,很微妙。看上去他说的是蛔虫,其实他说的是立场。不仔细听,你就体会不到它的妙处:那其实是对庆书的一种批评,批评他没有组织观念,对工作不负责任;另一种意思呢,那就是要向繁花表示,他不愿意和庆书同流合污。政策决定方向,屁股决定立场,他的意思其实是说,他的屁股坐在繁花这一边,处处在替繁花分忧。繁花看看小红,又看看雪石,很满意地笑了笑,说:"好,不提他了。大清早的,提他干什么? 牙碜!"

小红说错了,二毛其实已经回来了。看来,一双耳朵一双眼,还是有听不到的地方,有看不到的地方啊。繁花还是听祥宁媳妇说的。快到中午的时候,繁花到祥宁家买肉。名义上是买肉,其实是要对祥宁表示一下关心。千万不能小看了祥宁,好多人都巴结着他呢。那刀子,朝这边稍稍一弯,那就瘦肉多肥肉少,朝那边稍稍一弯,那就瘦肉少肥肉多了。祥宁的肉铺还是个信息发布站,交流站。人们一边等着割肉买骨头,一边议论家事天下事。所以,祥宁的消息是最广的,相当于繁荣说过的网站了。繁花想,怪不得祥生盯上了祥宁。祥生很有眼光啊。

三

祥宁出去了,只有新娶的那个寡妇在家里。繁花看见她穿着高统雨靴,戴着皮手套,正在院子里洗猪肠子。那猪肠曲里拐弯的,白花花的,泡了满满一池子。洗肠子离不开碱,祥宁媳妇这会儿就在往池子里放碱。她的屁股那么大,就像筛沙子的筝。屁股这么大,乳房一定小不了,不生孩子真是亏了。"生意来了。"繁花喊了一声。祥宁媳妇扭回头,看见是繁花,撩了撩刘海,有些害羞地叫了一声姑。繁花的年龄跟她差不多,听见她叫姑,还有点不适应。但人家既然叫了,繁花也不能不有所表示。繁花说得很讲究:"按辈分你叫我姑,可按挣钱的本事,我得叫你一声姑。我来给你送钱了。"祥宁媳妇说:"姑就是姑,走到哪都是姑。"繁花笑了,说:"我来买肉了。"生意上门了,按说祥宁媳妇应该高兴的,可她却突然皱起了眉头。她一皱眉,繁花就看出来了,她有苦相,眉眼之间有一种哀怨。繁花说:"怎么了?不想卖给我?"祥宁媳妇说:"光剩下水了。"繁花说:"生意这么好?咱村的生活确实提高了。"繁花想,这一点应该告诉殿军,让殿军写进去。大鱼大肉,不容易啊。繁花说:"太好了,全村人一天能吃下一头猪,我高兴还来不及呢。小康嘛。"繁花正高兴着呢,祥宁媳妇却突然跺了一下脚,又在乳房的位置比画了一下,说:"哪里呀,都让那个半截人扛走了。"半截人?难道是二毛?二毛回来了?繁花问:"是不是二毛?"祥宁媳妇说:"好像是吧。令佩也来了,祥宁跟他们很熟,替他们扛过去了。"接下来祥宁媳妇做了掏包的手势,低声问了一句:"听街坊们说,令佩是干这个的?"繁花说:"年轻人嘛,走了点弯路,改了就好。"

　　说是要买肉,可是没有肉就不买了吗?不,有什么就买什么吧。繁花就问都有什么下水。祥宁媳妇说,就剩下大肠小肠和猪肝了。本来还有一副猪腰子,但晚来了一步,让庆林提走了。祥宁媳妇其实很开朗的,说,庆林说了,狼跟人一样,吃什么补什么。祥宁媳妇说着就笑了起来。繁花说:"那就猪肝吧。我们老爷子喜欢吃猪肝。"祥宁媳妇说:"猪肝好,猪肝最好了。补肝,还补眼睛。"过秤的时候,祥宁媳妇让秤杆挑得高高的。繁花想,这是给了我面子啊,以前可是有人反映,要不是她手快,那秤砣就要滑到外面去了。祥宁媳妇把肝取下来,用塑料袋一包,说:"拿走吃吧,千万别说钱不钱的。"繁花掏着钱,下巴一收,说:"你要这样,下次我可就不来了。说,多少钱?"祥宁媳妇说:"你看,你看,我怎么能收姑的钱。这样吧,一斤六两,就算一斤半吧。"繁花说:"是多少就算多少嘛。不出村就能买到肉,我还得感谢你呢。"祥宁媳妇收了钱,似乎不好意思往兜里装,而是放到了池子旁边,用秤砣压住了。繁花说:"钱也挣够了,下一步有什么想法?"祥宁媳妇说:"我没想法。我能有什么想法?"繁花说:"祥宁呢?男人考虑问题,可跟咱女人不一样。咱女人肚里该有一本账啊。"祥宁媳妇眼圈突然红了,撩起衣襟擦了擦眼角,说:"还是姑心疼我。"

　　繁花说:"我当然心疼你。我再心疼你都是小事。你得学会自己心疼自己。"祥宁媳妇突然眼睛一亮,说:"听说,听说汉州医院的大夫很有本事,那啥啥管子掐断了还能再接上?"繁花说:"你听谁说的?宪玉?"祥宁媳妇说:"祥生说的。"繁花说:"他懂什么?我问过宪玉,宪玉也吃不准。宪玉吃不准的事,祥生怎么吃得准呢?生孩子又不是卖凉皮。这样吧,等忙过了这一阵,我陪你走一趟。"繁花心里把祥生骂了一顿。倒不是要骂他话多,也不是要骂他到处拉选票,而是骂他没正经。祥生啊祥生,祥宁是你本家老弟,那种床上的事,你在弟媳妇面前怎么能说出口呢?繁花笑着问了一句:"祥生亲口给你说的?"祥宁媳妇说:"可不是嘛,说得活灵活现的。"繁花笑了,说:"祥生啊祥生。"祥宁媳妇眼睛瞪大了,不知道繁花要说什么。繁花说:"你别看祥生是个老爷们儿,其实娘儿们的事人家知道得最多。嗑瓜子嗑出来个臭虫,什么仁儿(人)都有啊。"繁花是用开玩笑的口气说的,既出了一口气,又没留下什么话柄。然后,繁花把脸上的笑意收住,说:"要有两手准备,两手都要硬。一手是去医院,这二手呢——"繁花停顿了一下,带有某种征求意见的意思。祥宁媳妇显然对"二手"很感兴趣,脸都凑过来了。繁花这才说:"你娘家侄子也可以考虑嘛。"祥宁媳妇说:"亲骨头,谁舍得?"繁花说:"怎么了,侄子跟着姑,还能亏待他不成?"祥宁媳妇说:"姑的心意我领了。不过,我不想开这个口。"繁花说:"那还是去医院吧。该花钱的时候,千万别省。"这话怎么跟没说一样,繁花想。繁花把猪肝放下,拉着祥宁媳妇的手,向堂屋门口走去。两把椅子,繁花先坐了一个,然后叫祥宁媳妇也坐一个。坐下以后,繁花的手还是没有松开。繁花说:"有句话,我一直想跟你说。"祥宁媳妇说:"姑尽管说。"繁花说:"那我可就说了?我要说错了,你就当没听见。从你这个耳朵进去,从你那个耳朵出去,啊?"祥宁媳妇说:"姑尽管说。"

繁花说:"医院要是能把管子接上,那当然好。要是接不上呢?那你们也别声张,就说接上了。那东西在你肚子里装着呢,接上接不上,谁看见了?所以,别声张。然后呢,你们就出去躲一段时间。时间不长,也就是四五个月。出去领养一个孩子。抱回来了,你说是你生的,谁知道?孩子嘛,跟着谁长,长大就像谁。谁看了都会说,没错,这就是祥宁的种。"

四

祥宁媳妇听进去了,嘴都张开了。这时候一只狗翻墙进来了,叼着一根肠子就跑。狗是花狗,繁花认出来那是令文家的狗。祥宁媳妇也看见了那只狗,却毫无反应。肠子很长,拖在后面,狗怎么也甩不掉。转来转去,肠子就把狗给缠住了,看上去那肠子好像是从狗肚里扯出来的。繁花突然想到,前几天李天秀家的黄狗丢了,莫非就是这样给缠住了,让祥宁给杀了?那只花狗这会儿急了,哼哼唧唧的。祥宁媳妇终于有反应了,先是笑,然后是骂。"谁家的野狗?"祥宁媳妇说,但她并没有起身。后来狗自己挣脱了,丢下肠子翻墙跑掉了。

"这行得通吗?我看行不通。再说了,让我们躲到哪里呢?"祥宁媳妇说。是啊,让他们到什么地方躲一躲呢?繁花一时想不起来。殿军要是还去深圳的话,事情就好办了,在鞋厂租一间房就解决了,问题是殿军已经不去了。繁花说:"容我慢慢想,想个好地方。广告是怎么说的?船到桥头自然直,有路就有丰田车。别急。这事也不要给别人说。天知地知,你知我知,就行了。"祥宁媳妇舔着嘴唇,来回舔着,目光有些发直,一看就是在思考。又舔了一会儿,祥宁媳妇突然目光一闪,说:"嗨,信命吧。有这个命,就生。没有这个命呢,那就两个人过。"

走出了祥宁的家,繁花摇摇头,笑了。祥宁媳妇鬼着呢,繁花想,你玩的什么把戏,我还能看不出来?繁花当然知道,祥宁媳妇其实已经想好了,要照着她说的去做了,也就是领养孩子了,但却不想让任何一个人知道,包括给出这个主意的人。繁花拎着猪肝往家走,走着走着,突然想起来了,应该去看看二毛。但二毛会在哪里呢?村里早就没有他的家了。那年重新规划宅基地的时候,他父母留下的那间土房刚好在路上,就扒掉了。繁花想,等见到了二毛,得跟他好好解释一下。反正他有的是钱,再给他划一片宅基地,他想盖什么盖什么。现在的宅基地,院子都很大。建花果山,挖水帘洞,当然还不够,但十个二毛住进去,还是绰绰有余的。

繁花猜对了,二毛果然住在令佩家里。令佩住的还是他掏包掏来的那个楼,楼前有一株老槐树,死了一些枝枝权权,又长出来一些枝枝权权。平时,那枝枝权权上挂的都是五颜六色的塑料袋,风一吹哗啦啦响。这会儿,树上卧了几只猴,树下卧了一只狗。那当然不是真猴,而是几个光屁股孩子。猴子永远是孩子的最爱,演猴子的二毛当然也是孩子的最爱。为了能看清二毛,孩子们就先来了个猴上树。繁花数了数,一共是七个光屁股。她本想训斥他们一通,让他们滚下来,但又担心他们受了惊吓,真的从上面滚下来,砸着了狗让狗给咬了。她就没吭声,径直朝门口走了去。还有几个孩子趴在门口,隔着门缝往里看。繁花把他们的脑袋移开,也隔着门缝往里面看了看。一股肉香从门缝里飘了出来。繁花看到二毛斜躺在一张椅子上,正在说话。令佩,还有令佩的那帮狐朋狗友,都围坐在那张椅子旁边。小红说的那个女孩也在场,干什么呢?正给二毛掏耳朵呢。小红说得没错,那女孩果然染了一头红头发,像鸡冠那么红,像猴屁股那么红。祥宁也在,祥宁正在煮肉。院子里支了一口大锅,令佩作为东道主,既要听二毛讲话,又要帮祥宁煮肉,来回跑着。繁花听见二毛突然提高了嗓门,有点像公鸭叫似的,说:"规矩,关键是规矩。没有规矩不成方圆。"至于什么规矩,繁花没听明白。二毛又说:"还有外语。我的狗都能听懂外语。我的狗小名叫屁屁,大名叫皮特,p,e,t,e,r,从香港带回来的。纯种京巴,白的,没有一根杂毛,很酷。有一根杂毛,我就不是七小龄童。"繁花心里直想笑。猪八戒照镜子,他还真把自己当人了。繁花叩响了门环。

是令佩开的门。"姑,你怎么来了?"令佩说。繁花说:"我走到这儿了,过来看看。哟,你这里人不少嘛。"繁花看了一眼那个红头发姑娘,又说:"哟,还有豆花。"令佩赶紧摆摆手,意思是不敢胡说。繁花最后才把目光投向二毛:"这不是——"二毛坐了起来,像个肉蒲团似的蹲在椅子上。繁花又说:"二毛?七小龄童?我没有看花眼吧?"旁边立即有人说道:"是真的,真是七小龄童。"繁花"哦"了一声,伸出了手:"你看你,怎么不提前打个招呼?"二毛先捋了捋下巴上的胡子,然后伸出了手。他的胳膊比切面刀的刀把长不了多少,繁花必须往前多走半步,才能够探住他的手。握过手,二毛从椅子上蹦了下来,然后做出了一个"请"的手势,示意繁花到屋里谈。繁花让二毛先走,二毛说:"支书先请。"繁花想,看来二毛虽然漂泊在外,但还是知道村子里已经改朝换代了。繁花进门的时候,扭回头跟祥宁打了声招呼:"祥宁,要么一起进来说话?"祥宁连忙摆手,说:"不敢,不敢。"又指了指院子里的那口大锅,意思是他还得忙着煮肉呢。繁花没有跟令佩他们打招呼,令佩他们还算懂事,没有再进来。

坐下以后,繁花想问二毛这些年都在什么地方混,不过话到嘴边,那"混"字就变成了"发展"。这个词是从电视里学来的,港台明星说的就是"发展"。二毛说:"以前人们说,哪里有压迫,哪里就有反抗。现在变了,现在是哪里有钱赚,七小龄童就往哪里站。"繁花说:"家乡人民可是时刻都关心着你。你演的电影,全村人都看到了,三个字,呱呱叫。"二毛一摆手,说:"小意思。友情客串罢了。"繁花一时还真不知道如何接话,只好望着二毛。那眼神里有关心的意思,也有惊喜的意思。然后繁花才说:"既然回来了,就多住几天。家乡变化挺大的,百闻不如一见嘛,可以到处走一走,看一看。"二毛来了句英文,说:"OK,争取吧。"

五

繁花指了指门外,问:"肉都煮上了,令佩很够意思啊。令佩这人很讲义气。"二毛说:"他们想跟着我去香港啊,澳门啊,发展发展。"繁花心里一惊,想,这帮人屁本事没有,就会偷,要是到了香港、澳门,那港澳同胞可要遭殃了。"你同意了?"繁花问。二毛把头摇得跟拨浪鼓似的,说:"No,No,No,我还没点头呢。再观察观察吧。"繁花说:"好,那就多观察观察。"这时候,那红头发女孩进来了,给二毛端了一杯水。正要走开,二毛像变魔术似的,嘴上飞快地叼了一根烟。女孩一时没能看见,就惹得二毛发火了。二毛使劲拍着椅子,"啪"的一声。女孩立即掏出了火机,替二毛点上了。好家伙,有钱就是爷啊。然后二毛挥挥手,让红头发女孩滚了。繁花小心地问了一句:"这是——"二毛说:"我的 fans,就算女朋友吧。"繁花把 fans(崇拜者)听成了"饭时"。在溟水话里,"饭时"特指吃早饭的时间。繁花想,看来他是过惯夜生活了,时间都搞迷糊了。繁花又说:"回来一趟不容易。既然回来了,就把婚事办了算了。"二毛说:"忙啊,太忙。"繁花说:"忙也得结婚啊。有人伺候你,我也就放心了。"二毛搔了搔耳朵,说:"刘德华没结婚,张国荣也没结。刘德华有一句话很酷,叫风物长宜放眼量。"

繁花差点笑出来,这不是毛主席的诗吗,怎么成了刘德华语录了?繁花想,二毛未免太张狂了,以后会栽跟头的。栽了跟头,本村人看的是他的笑话,外村人看的却是官庄人的笑话。不行,我得敲打敲打他。当然,这敲打必须有分寸,不能伤害他。繁花就说:"二毛,你知足吧。我看这姑娘高高大大的,跟了你,算你有福了。"二毛说:"你是想说我个子小吧?个子小又怎么了?小归小,关键看技巧。"完了,繁花想,这小子迟早要栽跟头的。繁花就说:"要么,你先忙?有什么事,你打我的电话。"繁花起身的时候,二毛从椅子上跳了下来,说:"村里托我办的事,我会考虑的,会尽量安排时间的。"繁花又迷糊了,我什么时候托你办过事?繁花说:"你说的是——"二毛说:"祥生都给我说了,说是你说的。这事我会放在心上的。"繁花只好倚着门框站着,又和他谈了一会儿。原来,祥生给他说,选举前村里要搞一次演出,希望他能帮忙。二毛说:"过几天我就把队伍拉来了。我的队伍什么都能演,除了猴戏,还有模特表演。"二毛指了指院子里那个红头发姑娘,"有一个模特,比她漂亮多了。咱村不是有个张石榴吗?张石榴够漂亮了吧?到时候跟我的模特一比,她都要找个地缝钻进去了。"繁花说:"是个天仙吧?我倒要好好看看。"

繁花来到了院子里。令佩正在啃一根骨头,满嘴都是油。繁花想,这家伙不在纸厂门口待着,又跟这些狐朋狗友混在了一起,迟早还得栽跟头。繁花说:"就那么好吃?"令佩很聪明,当然懂得她的意思,赶紧解释:"我这就去,吃饱就去。"令佩的一个朋友,拉着一个"豆花"的手,凑了过来,说:"吃饱了才好工作嘛,磨刀不误砍柴工嘛。"流里流气,游手好闲,这都是些什么人啊!

208

天气预报有雨,可是早上起来,却是碧空万里。墙根的草经水一泡,由枯黄变成了苍黄。竟然还冒出来了一些新芽,那新芽是嫩黄色的,细得像豆芽似的。街头横着一些被风吹断的树枝。繁花把一根挡道的树枝挪到路边,然后往学校走。她想去查查祥生的账。李皓的话不能全信,也不能不信。祥生不是想支书村长一肩挑吗?不要以为有人选你,就没人能够拦住你了。拦路虎还是有的,那就是账单。麻县长说得好,你吃进了多少,就得屙出来多少。繁花想,让不让你屙那是下一步的事,我首先得搞清楚你吃了多少。远远地,她突然看见了小红。小红领着亚男和亚弟。那对小姐妹很时髦,都穿着牛仔服。繁花撵上去,扯扯亚男的袖子,问小红:"你买的?"小红说:"哪来得及,是我上中学时候穿的,刚改出来的。"繁花拽了拽亚弟的领子,说:"是啊,买的哪有这么合身的。"小红说:"合不合身也就这样了。我也就这么大的本事。"繁花说:"你去跟庆书说一下,让他跑一趟水运村。水运村隔河一分为二,南水运,北水运。铁锁的舅家在北水运。"

看到校门口贴的那些标语,繁花才想起来可能是乡教办来听课了。她本想拐回去的,但许校长眼尖,很远就看到了她,非要把她拉进去。乡教办的人还没到,繁花跟别的老师说话的时候,许校长站到水泥板搭成的乒乓球台上,开始了训话。训上两句,吹一下哨子,问学生们明白了没有。学生们一齐喊:"明——白!"许校长又吹了一下哨子,说:"升旗!奏乐!"国歌响起来了,红旗也冉冉升起了。孩子们面对国旗,右手举过头顶,手臂弯得像一张弓。红旗升到顶端的时候,许校长又吹了一下哨子,让学生们把手放下来,立定站好。许校长说:"同学们欢迎孔支书给大家训话。"繁花没料到许校长来这一手。好在她是见过世面的,在县太爷面前都发过言的,所以并不慌乱。俗话说,到什么山上唱什么歌,这会儿她先喊了一声"稍息",然后鼓励大家为官庄的明天,为溴水美好的明天,为中国灿烂的明天,认真学习,吸收人类文明的一切优秀成果,力争成为新世纪的弄潮儿。掌声齐刷刷地响起来,又像刀切一般齐刷刷地结束了。许校长又吹了一下哨子,说:"解散!"大概事先交代过的,只有一个班的学生没动,就是乡教办要听课的那个班,亚男就在这个班里。

六

　　许校长脸一板,说:"谁没有洗脸,请举手。"没有人举手。繁花顿时想起了在县人大"举手"的事。当时主持人也是这样弄的。每到举手的时候,主持人就用麦克风喊道,谁反对谁举手。但从来没有人举手,举了手大概就相当于孩子承认"没有洗脸",所以任何时候都是全票通过。这会儿,许校长又换了个说法:"谁洗脸了,请举手。"孩子们全部举了手。繁花正有些纳闷,旁边的一个老师对繁花说:"你看出来了吧,手举得高的就是洗了脸的,那五六个举得低的就是没洗脸的。毕竟是个孩子,还没有学会理直气壮地说谎,说谎也说不圆的。"这当然也逃不过许校长的法眼,许校长说:"上个星期我是怎么交代你们的,每个人都要洗脸,为什么有的洗了,有的却没有洗?"许校长走到队列当中,突然加大语气,问:"为什么?"许校长还弯下腰,抽查一个手举得高的。那是祥民的孩子奥运,就站在亚男前面。奥运仰着下巴,手还举在那里,而且越举越高,脚尖都跽起来了。许校长并不看他的手,许校长微微颔首,目光其实是落在奥运腋窝的位置。许校长说:"个人卫生可不光是个人的事,还是集体的事。两者之间有辩证关系的。奥运同学就很好地搞好了这二者的关系。"奥运肯定不知道什么叫"辩证关系",小脸上顿时笼罩了一层雾。接下来,许校长又检查了一个手举得低的,也就是没有洗过脸,没有搞好那"辩证关系"的。那是二愣的儿子摸鱼。摸鱼的手虽然还举着,但已经是越来越低,都低到耳垂的位置了。那头也是勾着的,脸也不敢抬。许校长说:"摸鱼同学,别人的脸是脸,你的脸就不是脸?都是脸啊。"繁花差点笑出来,知道这典故的老师也都笑了。许校长又说:"摸鱼同学,你是存心要给学校脸上抹黑啊?"摸鱼同学说:"明天,我一定洗。"许校长弯起食指在摸鱼头上敲了一下:"明天?明天还来得及吗?啊?"许校长抬腕看了看表,说:"好了,以点带面,今天不多批评了。现在,没有洗过脸的同学,马上去井边洗。"这一下,可不止五六个,大约有七八个同学都跑到井边去了。繁花听见尚义补充了一句:"脖子也要洗。"尚义穿着西装,打着领带,如果不是因为农活连累导致面皮粗糙,都有点像电视里的大学者了。大概是有点不习惯,他不停地捋着领带。繁花问他准备好了没有。他说,准备什么,早就滚瓜烂熟了。还拍了拍肚子,意思是都在肚子里装着呢。

上课铃响过以后,尚义上课去了,繁花由许校长陪同在校园里散步。繁花问,今天检查,明天竞赛的,学校的开支肯定要涨了吧?许校长立即掏出来几张发票,说是"祥生同志"已经签过字了,等支书签过字,就可以去"祥生同志"那里领钱了。那是买玻璃、配板凳、买彩色粉笔的发票。好,太好了,一块玻璃竟然二十块钱,上次村委办公室的玻璃烂了两块,连买带安才十块钱呀。是防弹玻璃还是照 X 光的玻璃?板凳更是贵得离谱,不过是一只方凳而已,竟然比带靠背的椅子还贵。这是买凳子还是买龙椅?"是你亲自买的还是祥生买的?"繁花问。许校长说,是祥生"亲自"买的,还说昨天晚上又检查了一遍,发现还差两个凳子,尚义先把他们家的方凳搬来了。尚义说了,就当是支持学校建设的。繁花说:"尚义的心意我们领了,过这两天还要退还给人家。"许校长又说:"尚义的夫人裴贞同志还送来了一束鲜花。"繁花说:"好,很好,裴贞不愧是教师出身。"繁花把发票叠好,装进口袋,然后说:"还有什么地方需要花钱,都说出来,咱们一并解决算了。"许校长脸上挂着笑,下巴一点一点的,就像锄地似的。后来,繁花发现校园的围墙上有个洞,就笑着问许校长:"这是给狗留的?"许校长笑了,说:"前段时间茅坑的粪便溢出来了,有些男生就从这里钻出去解手。"繁花立即想起了姚家庄的那个厕所,厕所墙上黑压压的一层苍蝇,差点吐出来。"现在还往外溢吗?"繁花问。许校长又笑了:"那就要看老天爷的脸色了。下雨就溢,不下雨就不溢。"繁花说:"昨天可是刚下过雨啊。"许校长说:"昨天的雨下得不大不小,所以是将溢而未溢,刚好一碗水端平。"繁花说:"你制定个方案,马上交给我,我签过字以后转给祥生。趁祥生这几天没有外出,让他马上去办。"繁花心里想,修个厕所可是要花不少钱的,祥生啊祥生,我倒要看看你能往腰包里装多少。这时候,学校的体育老师骑着车子跑了过来。他骑得太快了,都有些上气不接下气了。他对许校长说:"进村了,鬼子进村了。"原来他是被许校长派去放哨的。

许校长吹了一声哨子,老师们就走了出来,列队站在了校门两侧。一个女教师还捧着一束鲜花,那自然是裴贞送来的鲜花了。过了一会儿,乡教办的人来了。他们坐的也是红旗轿车,比南辕乡的那一辆还要破旧,像是从上甘岭上开下来的。听了许校长的介绍,繁花才知道来的是乡教办主任,而不是还在"韬光养晦"的副主任。繁花立即想到,中午这顿饭想躲也躲不过去了。趁许校长和乡教办主任寒暄的时候,繁花给小红挂了个电话,让她到公路上拦一辆出租车,开到学校门口等候。然后,她又给公路西边的一个野味店打了个电话,让他们提前准备。

那堂课繁花也陪着听了。繁花发现尚义讲的是《掩耳盗铃》。尚义说:"今天这堂新课,很有意义的,可以让同学们树立起正确的人生观、价值观。"尚义让同学们先默念一遍课文,把那些"拦路虎"也就是生字都挑出来。然后,尚义又让奥运同学站起来,将课文高声朗读一遍。奥运太激动了,起头就高了,后来越念越高,都像知了叫了。

七

尚义只好打断了他,说:"奥运同学第一段念得很好,再叫个同学念第二段。叫个女同学吧。亚男同学,你来念第二段。"亚男念得又太低,越来越低,都像蚊子叫了。孩子们紧张啊。繁花看见坐在后排的孩子耳根都红了。但尚义有办法让孩子们放松。尚义一开讲,孩子们就身临偷盗现场,忘了有人在后面听课了。别说,人家尚义的讲述还真是绘声绘色,尤其是那偷盗过程,都有些原汁原味的意思了。尚义的动作也做得好,下腰,劈叉,用粉笔表演侧翻,真是惟妙惟肖。繁花想,职业高手令佩看见了,也要自叹弗如的。

那个下腰的动作,繁花很面熟,后来才想到这其实是裴贞的常见动作。裴贞说,下了腰,毛衣的前摆刚好褪到肚脐那里,那就说明毛衣的长短正好合适。不过,裴贞下腰的时候,脸上有些媚,还像跳肚皮舞似的,小腰一扭一扭的,特别把自己当回事。尚义不是。尚义不管做什么动作,脸上都保持着庄重,是那种"太阳底下最光荣的职业"的庄重。不过,正是因为有了这庄重,那偷盗就好像显得很正义,很勇敢,有点孤胆英雄的意思。繁花估计,捣蛋的男生肯定会羡慕那个盗贼,也想一试身手。其实个别同学当场就有反应了,腿在桌子下面抖来抖去的。通讲完毕,尚义才开始划分层次,总结段落大意。然后,尚义又让同学们总结主题思想。一个男孩说:"明明知道错了,还要那样搞,太笨蛋了。"尚义说:"讲得好,但是,'笨蛋'这个词不准确,有点像骂人。'搞'这个词也不准确,有点不严肃。应该换个说法。"一个同学说:"明明知道错了,还要那样做,是愚蠢的。"尚义高兴了,一高兴英文都出来了:"Yes, very good! 说得太好了,应该不应该鼓掌?"同学们一齐鼓了掌。尚义就把那个同学的话写到黑板上,让大家不光要抄下来,还要牢牢"记在心坎上"。然后,尚义开始提问,学了这篇课文,大家还受到了哪些教育。有的同学说,树立了正确的人生观、价值观。有的说,一定要做一个聪明的孩子,把才华献给祖国。尚义又把摸鱼同学叫了起来。摸鱼同学说:"盗铃的时候不能捂耳朵。"同学们都笑了,连听课的老师都笑了。这是一台戏啊,摸鱼就是鼻尖上涂了白粉的那个,少不了的,专门出丑的。当然,对摸鱼来说,这不是演戏,就是演戏人家也是本色出演。繁花虽然也笑了,但仔细一想,摸鱼说的也不能算错。但尚义却认为摸鱼错了。尚义说:"摸鱼同学,请你再往深处想一下,比如人生观?"摸鱼说:"不能盗铃,盗铃不是好学生。"繁花觉得摸鱼说的很有道理,但是尚义这一关显然没能通过,或者说"教学大纲"这一关没能通过。尚义又开始了启发:"摸鱼同学,那他为什么不是好学生呢?是不是因为他没有树立——"

摸鱼终于给了尚义一个标准答案:"因为他没有树立正确的人生观。"一朵桃花飞到了尚义的脸上,尚义捋着领带,说:"同学们,摸鱼同学回答得正确不正确?"同学们的喊声还是像刀切一般整齐:"正——确!"尚义又问:"摸鱼同学有没有拉大家的后腿?"

有的说拉了,有的说没拉。尚义把自己的领带当成"后腿",用手拉了一下,又快速松开了。尚义说:"我认为没拉。或者说,看着像拉了,其实没有拉。摸鱼同学虽然脑子笨一点,但是经过老师和同学们的帮助,已经迎头赶上了。这也给了大家一个机会,什么机会呢?就是帮助同学的机会,让大家学会了怎么助人为乐。大家说,应该不应该给摸鱼同学鼓鼓掌?"尚义时间掌握得真准啊,半分钟都没有浪费。掌声落处,下课铃声响了。

说起来乡教办的人还是很敬业的,听完课,顾不上休息,就开了个评估会。繁花也应邀列席了。他们对尚义的课评价很高,是"知识性、思想性、趣味性的完美结合"。繁花说:"为了感谢领导同志对官庄村的支持,也为了有更多的机会向你们讨教,我给领导同志安排了一顿便饭。放心,我不会让大家犯错误的,简单得很。你们就别反对了,反对也没用了,因为已经安排下了。这样吧,你们先开会,我再去落实一下。"出了会议室,繁花看见尚义正围着乒乓球台,像毛驴拉磨一般一圈圈地走。看到繁花,尚义就说:"摸鱼真是个榆木脑袋,事情差点让他给搞坏了,我真想扇他几耳光。"繁花说:"何必呢,五根指头还不一般齐呢。"尚义说:"那倒是。好在他还可以充当反面教材。"繁花笑了,说:"尚义,为了你,我今天可是破费了。中午安排他们吃野味。你现在陪我去看一下。中午,你陪他们吃饭。"尚义说:"合适吗?"繁花说:"嗨,瞧你说的。只要我当一天村委主任,我说合适就合适,就这么定了。"

坐了出租车,他们驶上了高速公路。在车上,繁花问尚义,计划生育题出完了没有?尚义说,基本上完了,个别地方还得再斟酌一下。又说,计划生育是基本国策,不能马虎的,为了出好题,他不光向李皓借书,还往新华书店跑了好几趟,买了一大堆资料。繁花说:"改天你把发票给我,我全给你报了。"尚义又说:"马克思的生日,我看还是再考一次吧。马列主义嘛,什么时候都不过时的。"繁花笑了,说:"你说了算。"快到收费站的时候,他们又下了高速公路,沿着一条土路向西,开了一里多地,看到了一片林子。再穿过林子,就看到了一片水域。林子和水域之间,有一个木头搭的小房子,简陋得都快赶上牛棚了。两位厨师正在水边宰杀斑鸠、麻雀,从冰箱里取出来的蝉蛹正在解冻。一只野鸡已经开膛破肚,尾巴上的翎子已经用玻璃纸包好了,斑斓耀眼,那是要送给主宾的。妹妹繁荣的书房里就有这样的翎子,上次繁花就是跟着妹妹、妹夫来的。当时那房间里点着煤油灯,用妹夫的话来说,求的是个"意境"。这里的野味都是另起了名字的,麻雀叫麦鸡,斑鸠叫亚鸽,野鸡却叫家雀。

八

在林子里,繁花问尚义:"现在你轻松了吧?我可不是哪壶不开提哪壶,当时你要把那孩子生下来,累也把你累死了。还想搞事业?你想搞事业,事业也不让你搞呢。"尚义叹了口气,说:"曹雪芹说得好,女孩是水啊。日他娘的,我命中缺水。"繁花说:"缺什么就喜欢什么。你大概听裴贞说了,雪娥又怀孕了。她想生个男孩。可是你想生什么就能生什么吗?"尚义立即有点慌了,那慌主要体现在手上,那双手拽着领带,往下狠拽,脸都勒红了。一会儿又把领带松开了,后来干脆解下来了。尚义说:"支书开玩笑呢,裴贞怎么会知道这个?她不知道,我敢打赌她不知道。"繁花说:"那你知道此事吧?"尚义咽了口唾沫,说:"我好像知道一点。"好像知道?这话有点怪。繁花就问:"那你是从哪里知道的?"尚义眼望着树梢,说:"一时想不起来了。"繁花说:"听祥生说的吧?祥生这个人什么都好,就是嘴巴不负责任。"尚义说:"好像是听他说的吧,我记不清了。这两天忙着应付听课,别的都没往脑子里去。"繁花说:"功夫不负有心人,你讲得真好。孩子们当你的学生,真是有福了。许校长也说,你比公办教师讲得好。刚才我有个想法,还没有顾上给许校长说,那就是从明年一月份开始,不管你能不能转正,公办教师领多少工资你也领多少。同工同酬嘛。咱搞得比他们好,没比他们多拿工资,已经是做出牺牲了。"尚义一听,又捂住了耳朵。当然这次不是为了表演盗铃,而是要表示不敢相信。繁花说:"事成之前,你谁也别讲,祥生也不能讲。"尚义说:"请放心,我不会搬起石头砸自己脚的。"

　　要紧的话讲完了,繁花本想坐着出租车回村,但是突然觉得就这样走掉,似乎有些突兀了,好像就是来卖乖似的。她就又提起了雪娥和铁锁:"你有空的时候,不妨跟铁锁聊聊,叫他别犯傻了,赶快把雪娥的肚子收拾了。你是文化人,又是计划生育模范,他听你的。"尚义说:"我又不是医生,他怎么会听我的。你应该找宪玉。"繁花说:"雪娥不是跟宪玉媳妇吵过架吗?她还以为人家是黄鼠狼给鸡拜年呢。"说到了鸡,繁花突然想起了野鸡尾巴上的毛。她就对尚义说:"看见那个花翎了吗?对,就是玻璃纸包的那个。旧戏中武将头上都要插那玩意儿的。待会儿你把它送给乡教办主任。那可是吉祥物,顶戴花翎的意思嘛。"

　　乡上来电话,让各村"一把手"到乡上开会。看来牛乡长又要过嘴瘾了。牛乡长不愧姓牛,他跟牛一样喜欢反刍,区别只在于牛反刍的是草料,牛乡长反刍的却是县领导的报告。当然,牛乡长在反刍的时候,还会加进去一些东西。都是些什么东西呢?繁花不用多想,就能蒙个八九不离十:无非告诉大家,要把县领导的指示精神与王寨乡的具体实际结合起来,走一条有王寨乡特色的道路。那"特色"主要体现在数字上,体现在比例上,这个比例通常是百分之二十。如果县领导强调的是退耕还林,各村必须实现一百亩,牛乡长的要求就变成了一百二十亩,要多百分之二十。如果县领导强调的是各村经济作物要占农作物的百分之三十,牛乡长就会把这个比例提高到百分之五十。当然也有闹笑话的时候,去年就闹了一次。当时县领导为了减轻农民负担,说,本来村提留应该下降百分之十,变成百分之二十五的,现在改了,改成百分之三十了,只下降了百分之五。牛乡长回来一"结合王寨乡的实际",就把那个数字变成了百分之五十,不降反升了。县长把他训了个狗血喷头,说,老牛啊老牛,你真是头上长角了,胆子也太大了。全县都像你这么干,我们这些人吃什么,喝什么?吃东北风吗,喝西北风吗?啊?全县要都像你这么干,农民们尝到了甜头,还会出去打工吗?啊?牛乡长后来私下说,县长讲话,那百分比一会儿升上去了,一会儿又降下来了。"裤裆放屁,兵分两路",他只听见了一路,另一路没听清,才闹出了事故。那段时间,牛乡长每天眼都是红的,也不知道是给气的,还是给委屈的,反正那样子很吓人,就跟要抵人似的。繁花想,这次牛乡长要反刍什么东西呢?眼看就要选举了,他强调的肯定是选举期间的安全问题,也就是不要出乱子。跟上届相比,打架斗殴事件一定要下降百分之二十。

庆书又开车找人去了,所以繁花去王寨只能打的,或坐私人承包的小公共汽车。同时在路边等车的还有几个官庄人。他们问繁花要去哪里,繁花说去王寨开会。接着,繁花就把牛乡长骂了一通:"烦都烦死了。牛乡长吃饱了撑的,总是没事找事。"通常情况下,村里面最恨的就是乡干部,乡干部在他们眼里没一个好东西,靠他娘的,就知道向村里要这个要那个。干群之间总是隔辈亲:农民不相信乡干部却相信县领导;乡干部不相信县领导却相信市领导;县里的干部呢,自然也不相信市领导,他们相信的是省领导。菩萨的经都是好经,只是被方丈给念坏了。这不,繁花话音刚落,有人就接了一句:"牛乡长也是秋后的蚂蚱,县长早晚会收拾他的。"繁花说:"就是,他蹦跶不了几天了。"

牛乡长当然不是秋后的蚂蚱。秋后的蚂蚱是胡乱蹦跶,牛乡长不是,牛乡长蹦得好极了。繁花走进乡政府大院的时候,牛乡长正在和秘书打羽毛球,跳起来接住了一个高球,说了声"我靠",将羽毛球扣了过去。牛乡长是一身白啊,白毛衣、白裤子、白球鞋。本来还应该有白头发的,但人家把头发染黑了。旁边的人都在鼓掌,被牛乡长"扣死"的秘书说,"老板"的球风有些奥运冠军李玲蔚的意思。

九

秘书永远是眼观六路,耳听八方的。他看见了繁花,眼睛亮了一下,但并没有打招呼。不过人家处理得很好:把球直接发出了边界,那球像长了眼睛似的,落到了繁花跟前。然后,人家才像刚看见了繁花,说:"哦,你来了,老板一直在等你呢。"繁花这时候才发现,外村的"一把手"并没有来,来的只有她一个人。被称作"老板"的牛乡长丢下球拍,接过打字员姑娘递过来的毛巾擦了擦脸、擦了擦脖子,用手指顶着毛巾擦了擦耳孔,又梳了梳头。弄完了这一套程序以后,牛乡长朝繁花招了招手,示意她跟他走。繁花跟着牛乡长进了办公室。打字员姑娘又送来了一杯水,牛乡长喝了一口,但并没有咽下去,而是仰起脖子漱起了嘴,呼噜呼噜的。不知道是不是要节约用水,人家并没有把水吐掉,而是咕咚一声咽了。咽了以后,回头看了一下繁花,那目光很犀利,有些像审贼。然后人家又喝了一口水,又漱起了嘴,这次人家没有再咽,而是吐了。又擦了擦嘴,牛乡长终于说话了:"孔村长,不请你坐,你就要一直站下去吗?"繁花想,气氛不对呀。繁花想缓和一下气氛,就用开玩笑的口气说:"乡长大人还没坐呢,我怎么敢坐。不敢嘛。"

"都还好吧?"牛乡长坐下来,问道。问得很笼统,繁花一时不知道从何说起,就打了个哈哈,说:"还行吧。"牛乡长却认真了起来,说:"具体一点,是某一方面行,某一方面不行,还是各个方面都行。"繁花说:"十根指头还不一般齐呢,肯定还有些地方工作没有做好。"牛乡长翻开了一本书,好像是《英语会话300句》,但刚翻开又合上了,说:"还是要具体一点嘛。究竟哪方面工作没有做好?"繁花为难了。繁花想,我什么都收拾好了,就纸厂那个烂摊子还没有收拾好。但这一点又不能说,说出来就等于骂牛乡长不是东西了。唉,这是一个马蜂窝啊,不能随便捅的。牛乡长开始催了,说:"说啊,有问题并不可怕,可怕的是发现不了问题。既然疖子里有了脓,那就要把它挤出来。"繁花想,这狗日的阴不阴阳不阳的,到底是什么意思?不行,与其让他牵着鼻子走,还不如主动出手,牵着他的牛鼻子。繁花说:"牛乡长,你去官庄微服私访了吧?发现了什么问题,你尽管指出来。我们村委一定会把你的指示落到实处。"牛乡长的手本来是放在桌上的,是半握着的,这会儿突然升了起来,伸开,变成了手掌。他的桌子上也挂着一面国旗,当他的手掌升到国旗下沿的时候,又降了下去,然后又升了起来。繁花想,这不是练气功吧?正想着,牛乡长开口了。牛乡长说:"孔村长啊孔村长,有些事情是不允许按下葫芦起来瓢的。"什么瓢不瓢的,你跟姑奶奶打的是什么哑谜啊。繁花说:"只要你指出来,我肯定改。"

　　繁花没想到,牛乡长说的竟然是计划生育问题。他的耳朵比狗耳朵都尖,竟然连姚雪娥的名字都知道了。牛乡长问,是不是有个叫姚雪娥的挺着肚子逃跑了?还没等繁花解释,牛乡长就拍起了桌子:"计划外怀孕,你们的胆子也太大了吧?"瞒是瞒不住了,繁花只好承认姚雪娥的肚子确实大了,但是——。牛乡长不等她把话说完,就"呼"的一声站了起来:"但什么但?但个屁嘛。肚子!肚子!你怎么连个肚子都管不住呢?"繁花说:"我也是刚知道嘛。现在下手还不晚嘛。拿掉就是了嘛。"牛乡长说:"说得轻巧。好事不出门,坏事传千里呀。现在地球人都知道了。"牛乡长拍着自己的脸,拍得"啪啪"响,说:"我这张脸都要被你们丢尽了。"繁花想,那是李铁锁干的,又不是你干的,丢你什么脸了?但繁花很快就琢磨出味道来了:一定是有人把这事捅到了县里,县里查下来了。可是谁有这种通天本事呢?牛乡长随后的一句话,使繁花有点明白过来了。牛乡长说:"其实,哪个乡都不干净。我王寨乡不干净,他南辕乡也干净不到哪里去。可是不干净归不干净,弄床锦被一盖,什么都没有了。你倒好,搞得全世界都知道了。"靠他娘的,原来是刘俊杰把这事捅出去的?俊杰啊俊杰,你小子可把我给害苦了。

除了树雄心立壮志,繁花没有别的办法了。繁花只能对牛乡长说,雪娥的肚子问题包在她身上了,她会用最短的时间解决的。"至于怎么解决,你看我的。"繁花说。牛乡长听完,打电话叫打字员姑娘进来,给繁花倒了一杯水。等打字员姑娘出去了,牛乡长摇了摇头,笑了起来。那笑显得很没来由,繁花心里跳了一下。牛乡长还改了口,不叫"孔村长"了,改叫"繁花"了。牛乡长说:"繁花,我只对自己人发火,别人想看我发火还看不成呢。你别往心里去。"牛乡长还差点把自己的姓给改了。如果世上有"驴"姓,那牛乡长就要改姓"驴"了:"我虽然姓牛,可我却有个驴脾气,一是急,二是犟。发现自己工作没做好,我就急。别人说我工作没做好,我就犟,咽不下这口气嘛。"然后牛乡长又提到了繁荣:"我经常看繁荣的文章,老辣得很,哪像个漂亮丫头写的?都有点鲁迅的意思了。"牛乡长还说出了"心里话":"说句心里话,我是怕你不懂规矩,在外面闯祸。在官场混,那是隔着布袋买猫啊。公猫母猫,黑猫白猫,花猫黄猫,狸猫波斯猫,你看不清的。所以要小心,不要多嘴。"这就等于明说了,告诉繁花不要再跟刘俊杰接触了。说完"隔着布袋买猫",牛乡长突然把繁花表扬了一通:"你今天就表现得很好。我不说出来找你什么事,你就一直装糊涂。装得好啊。有时候,就需要装聋作哑。别以为我生气了,没有,我高兴着呢。看到你有了进步,我能不高兴吗?高兴!就像某一年春节晚会里面唱的,今儿真呀真高兴。"说最后一句"今儿真呀真高兴"的时候,牛乡长改成了普通话,但有些转音,那个"真"字既有点像"贼",又有点像"怎"。

十

繁花咽了口唾沫,忍住了笑。牛乡长接下来问繁花,工作中有什么困难,尽管提出来,组织上帮助解决。又问,这次选举有什么把握。繁花说:"选上就再干一届,选不上拉倒。"牛乡长又把繁花表扬了一通:"一颗红心两种准备,好。不过,我知道你会连任的。是骡子是马拉出来一遛就知道了。官庄村交给别人,我还不放心呢。一千多张嘴呢。"繁花说:"嗨,反正我已经做好了准备。要是落选了,我就去深圳。我爱人在那边做生意,正需要一个帮手呢。"牛乡长这一下拉长了脸:"说什么呢?不许胡说。前几天我看《东方时空》,里面有一句话讲得真好,说的是一个人富不叫富,全村人富了才叫富。我当时就想,这说的不是繁花吗?我就不相信,你会忍心扔下全村人不管,自己发财去。"说的比唱的都好听,繁花想,他是看出来我肯定会连任,才说出这一番话的。繁花又想,等我连任了,我首先就拿纸厂开刀,我倒要看看你这把保护伞怎么办。

回到村子里的时候,街上已经贴了一些标语,选举的气息说来就来了。有一幅标语,斜贴在繁新家牛棚的栏杆上:"人民村官人民选,真牛!"再往前走两步,就到了令辉家。令辉在村里是个剃头匠,门口一年四季挂着个木牌子,上面原来写的是"太平洋理发店",后来改成了"大西洋美发店"。繁花曾问他为什么改,他说太平洋有点土,还是大西洋更洋气一些。大西洋怎么就比太平洋洋气了呢?繁花搞不明白。令辉的门口还有一副对子,用刀刻成的,刀槽很深,叫"进门来乌头学士,出店去白面书生"。每过一段时间,令辉就用红墨水把那刀槽描上一描。这对子写得好,令辉说是他自己想出来的,想得血压都升高了。可是这会儿,那副对子让红纸盖住了,换了一副对子:

上台去战战兢兢,下台来轻轻松松。

初看上去,有些别扭,有些文理不通,可再一琢磨,好啊!话是大白话,内容却很雅,说的是做官的境界嘛。令辉这个人不简单,肚子里有墨水啊。繁花想,应该把庆书拽过来,让他好好琢磨琢磨。这时候,令辉刚好出来泼水,繁花说:"令辉,你这副对子写得好啊。这次血压没升高吧?"令辉看看繁花,又扭头看了看那副对子,"扑哧"一声笑了,说这是写给孩子们看的,大人把孩子扭到"大西洋",孩子们总是哭着喊着不愿剃头,他要告诉孩子们别害怕,等剃过了头,头发楂就不扎耳朵了,轻轻松松的,舒服得很。"没别的意思,真没别的意思。"令辉说。他不说还好,一说反而显得"有意思"了。繁花笑了笑,离开了。走了两步,繁花又回过头,朝着令辉拱手作了个揖,祝他生意兴隆。

走着走着,繁花就感到不对劲了。街上很安静,连个人影都没有,连声狗叫也听不到。路过庆林家的时候,繁花看见庆林的院门上也落了个锁。村里死人了？繁花想。每逢村里死了人，人们都要围过去的。名义上是对死者家属表示慰问，其实是要看热闹。主要是看孝子们怎么哭，谁是真哭，谁是假哭，谁哭得最凶，谁哭得最动听。到了晚上，还要请来吹鼓手。孝子们要先给吹鼓手磕头，头还没磕完，吹鼓手就吹响了尖子号，敲响了皮鼓和大油梆。尖子号很凄厉，把人的心肺都要穿透了。大油梆很激越，把人的心肺都要震碎了。然后吹鼓手就会分成两拨，拉开架势来一番竞赛。你吹一曲《声声慢》，我就吹一曲《声声怨》，一慢一怨之间，是孝子们的哭声和看客们的叹息。你吹一个《红杏出墙》，我就来一个《飞雪满天》，红杏刚伸出墙头就遇到飞雪，哪有不凋零之理呢？于是孝子们又哭，看客们又叹。你又吹一个《天女散花》，我又对上一个《落英缤纷》，天女散的花也要变成泥变成土的，何况是一个凡人？看客们就会劝那些孝子，别哭了，啊？人死不能复生，哭也哭不活了。最后，吹鼓手们会再来一曲《龙凤呈祥》，好像死人已经升了天，男的变成了龙，女的变成了凤，反正是一派祥和之景。这会儿，繁花隐隐约约听到了哭声。那哭声是飘着的，摸不准具体方位。繁花在心里把村里的老年人排了个座，一时还真的想不起来谁死了。繁花又往前走了几步，好像觉得那哭声是在自己的身后。繁花往后倒了几步，慢慢听清了。嗬，那声音竟然是从庆林家传出来的。这就奇怪了。繁花慢慢走到庆林家的门口，隔着门缝往里看。院子里没有人，有几根骨头扔在地上，骨头很干净，像玉一样发光，显然是狼舔过的。繁花心里一惊，莫非那狼咬死了什么人？再看那骨头的时候，繁花就觉得那骨头不像是猪骨头，也不像牛骨头，而像——？繁花不敢往下想了，还连连后退了几步。又转念一想，不，不可能。狼的肚子再大，也吃不下去一个人啊？就是吃了，也不可能舔得那么干净啊。繁花这才拍响了门环。

　　庆林媳妇从屋里出来了,几乎跑过来了。她眼里还有泪,但脸上已经带上笑了。"回来了,回来了。"她边跑边说,还叫了两声"灰灰"。繁花懂了,她以为是庆林带着灰灰回来了。一看不是庆林,也没有灰灰,她又哭了起来。"哭什么哭!"繁花说。庆林媳妇扒着门缝再看,认出是繁花,她哭得更厉害了,还说要支书替她做主。繁花问她到底怎么回事,她东指一下,西指一下,又跺了两次脚,不开口了。再问她,她干脆蹲到了地上,捂着脸哭了起来。繁花又吼了一声:"不许哭!站起来!"庆林媳妇撩起衣襟擦了擦眼泪,站了起来。她颠三倒四说了一大堆,繁花终于听懂了。原来,庆林把灰灰牵出去了,牵出去打架了。至于去哪打架了,她又是东指一下,西指一下,还指了指天。村里这么安静,莫非全村人都去打架了?一股凉气顺着脊梁骨往上走,走到后脑勺的时候又拐了回来,顺着两条腿往下走。接着,繁花就感到两条腿在不停地晃荡。

十一

她先往纸厂的方向跑。远远地,她看见纸厂门口并没有人,但她的腿还是带着她,往那个地方跑。到了以后,她又摸了摸门口的那个狮子,狮子嘴里有一块圆石,那是孩子们平时最喜欢摸的,已经摸得像算盘子一样光溜。她摸着它,还感觉到它凉飕飕的。狮子的爪缝里落了一片树叶,是槐树叶,她捏起来看了看,又原样放好了。随后,她才想起来应该回到家里去。全村人都去打架,父亲也不可能去。当然殿军肯定会去。殿军已经在深圳挨过一次打了,吃一堑长一智,就是去了,也不可能冲到最前面。她就往家里跑,自从当上了村长,她还没有在村子里跑过呢。她总是压着步子走,走得很沉稳。以前上小学的时候,她天天这样跑。上高中以后,她就很少跑了。要跑也是上操的时候跑。她就是在跑操的时候,感觉到自己的乳房鼓了起来的。一点点地鼓,一点点地胀,像躲在秧子里面的甜瓜。跑着跑着,衣服就把乳头磨硬了,像藏在带刺的枝条上的酸枣。后来有一天,在学校后面的林子里,殿军把那酸枣噙到了嘴里。但是这会儿,她再跑起来的时候,就感觉那乳房不像甜瓜了,而是像秋后的葫芦了,两个葫芦晃过来晃过去,把葫芦架子都要晃倒了。没错,跑到家门口的时候,她真的要散架了。

还好,门是虚掩着的,上面没挂锁。那门是被她扑开的。家里没有一个人,一只兔子挺胸立了起来,两只前爪耷拉在胸前,红红的眼睛好奇地看着她,好像不认识她这个人。

后来,她听见了一阵阵吵闹声,有点像幼儿园孩子们的喧闹。这回她听清了,那声音来自学校的方向。她赶紧朝学校跑。过了学校,还没到丘陵,繁花就看到了李皓的羊群。羊叫声中有一种惊恐,有一种不安。还有一种声音,掺在那羊叫声中。那声音是从丘陵上传过来的。繁花听到有人提到了庆刚的名字。这一下子,繁花终于想到了,哎呀呀,一定是和巩庄人打起来了。

繁花赶到的时候,巩庄人已经撤了。天色已经昏暗,但繁花还是看到每个人的脸上都带着喜色,是那种打了胜仗的喜色。繁花看到每个人的手都没有空着,男的扛的是锄头、铁锨,女的拿的是擀面杖、炒菜用的铁铲。最先看到繁花的是豆豆。豆豆手里也有武器,那是一根柳条。豆豆挥舞着那根柳条,又蹦又跳地跑了过来。她扑到繁花怀里,缠着繁花抱她。繁花已经没有力气抱她了,让她自己站好。豆豆"哇"的一声哭了出来。豆豆一哭,好多人就看见了繁花。"你总算来了。"这话是令辉说的。这个屠夫,没脑子的家伙,什么叫"总算来了"?难道我是故意躲开了?繁花问他:"你上了没有?"令辉挠着头皮,说:"我要上去,早就把他们大卸八块了。"嗬,说来说去,原来他是在旁边观战的。令辉的堂兄令文说:"哟嗬,来检阅胜利成果了?"这话其实是最难听的,有些从山上下来摘桃子的意思。繁花说:"你没挂彩吧?"令文说:"就他们那个熊样,还想近我的身?搞死他。"还是等于没打。繁花说:"没挂彩就好。"这时候庆书过来了。庆书手里拿的还是武装带,咋咋呼呼的,说:"兵不血刃,大获全胜。"繁花真想问一句,你不是去找雪娥了吗,怎么会出现在这里。但繁花没问。繁花反而把庆书表扬了一通:"哪里需要庆书,庆书就会出现在哪里。"庆书说:"关键是打击了瘦狗的嚣张气焰。"听他提到了瘦狗,繁花马上想到了庆林的狼。"庆林呢,狼呢?"繁花问。庆书说:"狼也立功了。"那只狼其实就在繁花身边,关在一个铁笼子里。它哪里见过这个阵势?这会儿把脑袋藏在尾巴下面,筛糠似的抖个不停,那铁笼子被搞得哗啦乱响。掉了毛的凤凰不如鸡,吓破了胆的大灰狼连条狗都不如啊。那狼不停地发出呜噜噜的声音,都有点像哮喘病了。庆书说:"它立功了,它真的立功了。"庆林替狼谦虚了,说应该的,应该的。还说,他的狼听不得表扬,一听表扬就脸红,就用尾巴挡住了脸。繁花问庆书:"你说它立功了,它是怎么立的?"庆书说,瘦狗带来的人马当中有一条狗,很凶的,可它一闻到狼的味道,就吓得屁滚尿流,掉头就跑。

到底是怎么打起来的,繁花忍着没问。繁花低声问庆书,还有哪些村干部在场。庆书说,能来的都来了。繁花问:"祥生呢?"庆书说:"就祥生没来。祥生不是在办外交吗?"繁花想,好,很好,他要在这里就糟了。他要是跟庆书一样,咋咋呼呼的,村里的人说不定就把他当成英雄了。就在这时候,有人突然哭了起来,是男人的哭声,断断续续的。繁花听出来了,是小红她爹在哭。繁花赶紧跑了过去。在庆刚娘的坟边,躺着一个人,蹲着一个人。躺着的是小红,蹲着的自然是小红她爹。小红浑身是土,像虾米那样蜷伏着。繁花喊她,她没有反应。再喊,她的身子伸展了一下,然后又蜷缩了起来。繁花去拉她的手,想扶她起来,但却被人推开了。繁花认出来了,那是小红她爹。小红她爹突然揪住了繁花的衣领,喊了起来:"赔我闺女,你赔我闺女。她都是为了你啊。"殿军挤了过来,还没开口说话,小红她爹就又揪住了殿军:"你咋不跳呢?你是大老爷们儿啊,你咋不跳下去呢?"繁花明白了,原来小红跳到墓坑里去了。天快黑了,那墓坑里黑洞洞的,繁花也看不见它的深浅。繁花"哎哟"了一声,想,别把腰摔坏了。这时候小红开口说话了,声音很低,繁花没听清楚。繁花趴下去,想问她要说什么,小红她爹又把繁花扯到了一边,自己趴了下去。接着小红她爹又抓住了繁花的衣领:"我闺女都弄成这样了,还想着你呢,还想着全村人呢。"繁花赶紧问他,小红到底说了什么。小红她爹说:"她说了,别难为你。她还问了,还有谁伤着了。"说完,小红她爹又哭了起来,捶胸顿足,仰天长啸,但一只手还抓着繁花。繁花去掰他的手,但怎么也掰不开。繁花就一边掰手一边喊:"传医生,快传医生,宪玉——"

十二

宪玉已经走了。宪玉老婆翠仙算是半个医生,被人拉了过来。翠仙上去摸了摸小红的额头,又摸了摸小红的鼻孔。再去翻小红的眼皮的时候,小红把她的手挡了过去,翠仙的手就落到了小红的嘴上。"血,都流血了呀。"翠仙举着自己的手,突然叫了起来。一辆架子车推了过来。繁花抱着小红,坐到了车上。但小红她爹却把繁花拽了下来,自己坐上去了。繁花也看见了小红嘴角的血。车离开人群以后,小红她爹又让车停了下来。"不敢劳驾工程师。"小红她爹说。繁花这才看到,原来是殿军拉的车。殿军拉也不是,不拉也不是,只好原地站着。这时候令文过来了,令文几乎是把车从殿军手里夺过来的。

繁花也跟着去了诊所。奇怪的是,宪玉却找不着了,宪玉老婆翠仙也不知道宪玉到哪里去了。"快去王寨医院。"繁花说。这时候,小红已经可以说话了。小红看着繁花,笑了一下,笑得很勉强,都变成苦笑了。繁花赶紧上去握住了小红的手。小红说:"我死不了的。"繁花的泪一下子就流出来了。小红又说:"我这个丫鬟没给你丢人吧?"声音很低,但繁花还是听见了。繁花膝盖一软,差点跪下来。小红对她爹说:"你给支书认个错。不怨支书的。"

有好长时间了,繁花一听见别人喊她支书,就觉得话里有话,心里就要冒火。可这会儿,她觉得"支书"是最好听的称呼了,比"繁花""村长""主任""姑奶奶"都要好听,都比得上天上的仙乐了。

还好,小红只是扭了腰,后脑勺上磕破了一块皮,并没有伤筋动骨。按说第二天小红就可以出院了,但繁花做主了,不允许她出院,说是再观察观察。村里好多人都要来医院探望,繁花问小红见还是不见。小红说:"我听你的。"村里人再来的时候,繁花就故意把小红的病说得很重,说医生说了,病人不能多说话,需要静养。小红躺在屋里听见了,过了一会儿就对繁花说:"可不敢再那么说了。真的不敢。"繁花说:"这有什么敢不敢的,我就是要让他们知道,在咱们这个班子里,女的就是比男的强。遇到事情,女的都是奋不顾身,男的呢,一个个都是缩头乌龟。"小红家里的一些亲戚也来看了,每到这个时候,小红就交代,病要说得轻一点,千万不敢说重了,传出去不好的。这么说着,小红突然用被头捂住了脸。繁花一下子明白了,小红这是害羞了。她是担心她的病给越传越重,要是再传出个什么后遗症,以后就不好找对象了。繁花想,莫非小红还想嫁到外村去?等她出院了,我得再给她上上课。

这天,宪玉也来医院看小红了。他是医生,所以繁花允许他见小红。但小红她爹却不让他见。老爷子指着宪玉说:"你去哪了,小红差点给耽误了,你知道不?"繁花连忙把宪玉拉到了一边,对宪玉说,老头子受刺激了,别跟他一般见识。宪玉只是笑,不说话。繁花突然"咦"了一声,问:"就是呀,你去哪了?平时总见你在村子晃,用到你的时候却找不见你了。"宪玉把手掌竖在嘴边,悄悄说道:"我去溴水医院了。"繁花问:"怎么,村里还有人受了伤?"宪玉又竖起了手掌,说:"瘦狗也伤了。"繁花说:"没听说他伤啊?他伤到哪了?"宪玉说:"这我就不知道了,反正伤了。我被他们抓了壮丁,坐着瘦狗的车来到了王寨。可到了王寨,他们说要去还是去溴水吧。我这就跟他们去了溴水。你放心,他死不了。过两天就出院了。"繁花想,到时候瘦狗要是拿出一大笔医药费,要求官庄村给他报销,那可怎么办?但繁花转念一想,心就放平了。好啊,你不仁,那就别怪我不义,小红的医药费还等着你给报销呢。走着瞧吧,你哪天不出院,我也不会让小红出院。

祥生也回来看小红了。祥生脸色灰暗,像挨了几鞋底似的。只是在见到小红的时候,咧嘴笑了一下。繁花陪他出来,问他事情办得怎么样了,他说看样子是要黄了。问他到底怎么回事,他半天不吭声,一口接一口抽烟,还随地吐了口痰,被路过的医生警告了一下。人家刚离开,他就又吐了口痰,还故意吐得很响。繁花觉得他有些不对劲,就问他是不是出了什么事?祥生把烟头扔到花圃里面,恶狠狠地说:"有人提前下了大功夫了。"他说得太笼统了,繁花就问他是谁提前下了功夫,下了哪些功夫,祥生说:"猫有猫道,狗有狗道,各有各的道。男人站着,女人蹲着,各有各的招。一言难尽啊。"说完,祥生笑了,是冷笑,繁花身上都要起鸡皮疙瘩了。祥生又叼上了一根烟,但抽了两口就扔了。"鸡巴毛,回溴水卖凉皮去。"祥生说。繁花说:"刚回来就走?有些工作还需要研究呢,等研究完再走吧。"祥生说:"还研究个屁。都弄到这一步了,还研究个屁。我还是卖凉皮去吧。"繁花生气了,说:"这倒好,小红病了,你要走了,庆书呢,连自己的屁股都擦不干净,你说说,这工作还怎么展开?"繁花想,你倒轻巧,一拍屁股就想走?我还没给你算账呢。学校那笔账只是经济账,可以先放到一边,就说说瘦狗这笔账吧,这可是一笔政治账,要影响安定团结的。最早可是你向我建议,叫瘦狗把庆刚娘的坟迁走,现在呢？人命都差点闹出来。四周都是人,繁花不想和他在这里争执,就说:"要走可以,明天再走。"祥生同意了。这时候村里又来人了,繁花正要走开,祥生又开口了。繁花没有料到祥生会主动提起瘦狗。祥生说:"我去溴水医院了。靠他娘,要不是他身边有人,我就把他掐死了。"说完,祥生还做出了一个有力的扼掐动作。祥生的动作和神情都表明,他是真想掐死瘦狗。

十三

　　这天,他们是坐庆书的车一起回去的。庆书去了临水村,据他说雪娥姨奶奶的侄子家就在临水。他是顺路拐到医院看望小红的。雪石也去了临水。雪石到底上了年纪,经不起折腾,没说两句话就睡着了。他用衣服蒙着脸,还打呼噜呢。庆书还在回味那天的事,说既然动武了,伤病就是难免的。美国够强大了吧,可哪一次营救人质,都要伤几个人。繁花最听不得他每天美国美国的,说:"说点正经的,那天到底是怎么打起来的。"庆书有节奏地拍着方向盘,美滋滋地陷入了回忆,说那天他正要出车,就听见有人喊,"巩庄人来偷树了——""巩庄人来偷树了——"他赶紧从车上跳下来,这时候已经看见有人朝村后跑去了。他呢,作为村里的治保委员,当然不能袖手旁观,抄起家伙就往那边赶。祥生问:"是谁先喊起来的?"庆书说:"没听清,反正有人喊。"祥生说:"靠你妈,谁喊的你都听不出来?"祥生似乎很生气,"靠你妈"三个字说得字正腔圆,不像是一般的口头语,听上去很有实质性内容的。庆书也愣了一下,不由自主地踩了一下刹车,车子猛地一颠。祥生打破砂锅问到底,又问:"到底是谁?"庆书说:"真没听清。好像是上了年纪的,大概是爱管闲事的。"祥生问雪石:"老叔,那人是不是庆茂?"但连问了两遍,雪石都是呼噜照打,没有一点反应。庆书这会儿补充了一句:"大喇叭里的声音我倒听清楚了。"繁花"哦"了一声,原来大喇叭里也广播了。庆书说:"小红在大喇叭里说,丘陵上出事了,丘陵上出事了。她没说偷树,只说出事了,出事了。"繁花想,小红还是年轻啊,遇事太冲动。唉,这事也怪我,我要事先给小红透个口风,告诉她这是我同意了的事,小红也就不会这么冲动了。但是事到如今,说什么都晚了。

祥生又骂开了。这次他骂的是"靠他妈那个×"。他骂得太用力了,口水都溅到了繁花的手上。车里气氛顿时又紧张起来了。繁花是有定力的人,遇到这种情形,她就瞟着窗外,坐得稳稳当当的,很有点外出视察的意思。庆书却受不了这种紧张。他怯生生地说:"听听音乐?"虽然没人搭理他,但他还是放了音乐,是《西游记》里的歌:

> 你挑着担我牵着马
> 迎来日出送走晚霞
> 踏平坎坷成大道
> 斗罢艰险又出发
> 又出发

一听见这歌,繁花就想到了二毛。可繁花还没开口,庆书自己就提起来了。他问祥生:"听说是你让二毛回来的?"祥生没接话,庆书又问:"是不是让二毛回来演出的?唉,什么人不能请,偏偏请个二毛。"繁花听到祥生的出气声越来越粗了,随时都可能爆发了。庆书吹了个口哨,接着又问:"演出定在什么时候啊,选举前呢,还是选举后?啊?"祥生还没接话。庆书就又说:"各有各的

好。选举前演出,那是要迎来日出。选举后呢,那已经是踏平坎坷了。"祥生还是没吭声。庆书不再问了,又放了一段音乐:

你知不知道
你知不知道
我等到花儿也谢了
你知不知道
你知不知道
我等到花儿也谢了

庆书说:"祥生,叔给你放的这一段,好听不好听?"嗬,庆书都敢在祥生面前充长辈了。繁花想,瘦狗没有说错,庆书是粗中有细啊。他这是要故意惹恼祥生啊。再说了,什么叫"等到花儿也谢了"?话中有话啊。他们两个原本是一条船上的,现在看来,他们要闹翻了,庆书要来揭祥生的老底了。祥生终于开口了:"我是你叔!"庆书立即接了一句:"你这就不讲理了。这辈分已经排了两千多年了,叔就是叔,侄就是侄,怎么能颠倒呢?我就是你叔,到了美国我也是你叔。"庆书说。祥生更不讲理了,说:"我是你爷。"咣当一声,车子停了下来。庆书的动作很麻利,跳下车子,拉开车门,就揪住了祥生的衣领:"没大没小的,你再说一遍?"哟嗬,太阳从西边出来了,庆书竟然敢对祥生动粗了。祥生显然也没想到,惊奇得眼珠子都要掉出来了。但祥生到底是祥生,很镇定。祥生咳嗽了一声,说:"松手。"庆书不但不松手,反而又摇了祥生两下。祥生"嘿"的一声笑了,说:"请松手。"庆书说:"靠你妈,我松什么松。"庆书脏话刚出口,祥生一下子矮了半截,只有肩膀竖了起来。祥生的口气也变了,有些像虫子叫了:"我数到三,你松手。"繁花想笑,但忍住了。繁花说:"玩笑怎么能当真呢?庆书,你回到车上去。"祥生已经开始数数了,数得很认真,声音拖得很长,数法也很特别,因为他每数一下还要做些说明:"一。还不松手?那我可要数二了。二。松不松?不松我可就要数三了。我可真数了?我数到三,你可别后悔。我从头再数一遍,给你个面子。一——,二——。松不松?二后头可就是三了。"这时候,庆书把手松开了。他先把祥生往车里一推,然后才松开手。这时候,雪石"醒"了过来。雪石伸了个懒腰,打了个哈欠,咂巴咂巴嘴,说:"我做了一个梦,梦里教孙子数数呢,数到三,醒了。"

车刚开两步,祥生就连连摆手,停车,停车。祥生说他突然想起来了,今天溴水要搞饮食卫生大检查,他得回去对付那帮狗日的,明天还得再请狗日的吃顿饭。繁花想,他这就等于宣布了,宣布退出选举了。繁花说:"有那么严重吗?明天再去也不迟嘛。"祥生说:"不行。你是不知道,那帮狗日的都是些白眼狼。你在跟前他们一个样,你不在跟前他们又一个样。当中有一个转业的,比白眼狼还白眼狼,我早晚会收拾他。"繁花当然知道他是指桑骂槐。骂就骂吧,庆书也不是什么好东西。繁花说:"那怎么办呢?你自己开车去,还是——"祥生说:"我开车去,你们怎么办?还是打的吧。"繁花立即说:"你把票留着,回来我给你报了。"祥生下了车,朝相反方向走去了。宽大的马路上,祥生的背影是窄窄的一条,像个被风吹跑的树枝。繁花心里突然有些酸楚,是真的酸楚,眼里都有反应了,潮乎乎的。繁花暗暗发誓,以后村里有了发财的机会,一定要先想到祥生。三生修得同船渡,在一个班子里做了几年的伴儿,不易呀。

十四

　　唉,其实说白了,祥生只是一颗蒺藜,一颗扎在脚底板上的蒺藜。说疼吧,其实也不疼,因为那脚底板上是有茧子的,疼又疼不到哪里去。可是说不疼吧,其实也有那么一点疼,当你的肩上有了压力的时候,那蒺藜也会穿过茧子扎到肉里面的。现在好了,祥生事先退出了选举,这就等于把蒺藜拔了出来,走路都轻快了许多。至于庆书,繁花想,他只是一条泥鳅,翻不起大浪的,只要看着他别再添乱就行了。小红已经出院了,繁花没给她分配工作。小红的后脑勺上剃掉了一小片头发,贴了一块纱布,繁花开玩笑说,那是口罩前后戴反了。繁花特意买了一条纱巾,送给小红裹头。

　　这天繁花亲自主持了知识竞赛。因为是高兴的事,所以繁花把小红也叫到了主席台上。奖品很丰盛的,小红表哥运来的好光景牌肥皂只是一种,另外还有毛巾、床单、《英语会话300句》的书和磁带。只要答对一道题,就可以领一块肥皂,一条毛巾。最简单的那道题就是马克思的生日,因为已经搞过好几次了。当繁花问到,马克思的生日是哪一天的时候,除了刚嫁到官庄的新媳妇,所有人都举起了手。繁花见杀猪的祥宁的媳妇也举了手,就想,她虽然年龄大一点,可她也是刚嫁过来的,她也知道这个典故吗?繁花就让她站了起来。祥宁媳妇说:"马克思一出生,就一耳光一耳光打得资本主义呜呜哭。"繁花说:"那究竟是哪一天呢?"祥宁媳妇说:"我不是说了嘛,呜呜哭嘛,5月5号嘛。"繁花说:"祥宁媳妇答对了没有?"一半人喊对了,还有一半人喊错了。繁花说:"好,对不对还是由尚义老师来回答。"尚义老师拿起一块肥皂,一条毛巾,又从繁花手里拿起话筒,走到了台下。他先把肥皂和毛巾递给祥宁媳妇,然后问:"那你说说,马克思是哪一年出生的?"祥宁媳妇说:"一耳光一耳光嘛,1212年嘛。"尚义老师说:"搞错了。扣掉半分。"说着,就把毛巾给人家没收了。然后尚义老师分析了祥宁媳妇答错的原因:"注意了,是'一巴掌一巴掌',而不是'一耳光一耳光',所以——"尚义改成了普通话,说,"正确的答案是,马克思出生于1818年5月5号,而不是1212年5月5号。"所有人都开心地笑了,包括祥宁媳妇。繁花把话筒交给小红,让小红接着主持。繁花笑着说:"我得下去答题,我也想领个奖嘛。"小红接话筒,说:"祥宁媳妇很勇敢,我们再奖励她一盒磁带。刚才举手的人,一人一块肥皂。"

  繁花并没有在下面待着,因为她发现有几个人没来。庆茂媳妇没来,她平时可是最喜欢占小便宜的。裴贞没来倒可以理解,因为她男人是出题的,事先已经给她送去了一箱肥皂、半箱毛巾。铁锁没来,那是不允许他来,让他待在家里反省。繁花想四处走走,一来看看那几个人都在忙什么,二来想找个安静的地方待一下,想想近期的工作。快走到庆林家门口的时候,繁花看见了张石榴。哦,原来张石榴也没来。繁花想,张石榴没来那是因为清高,从来不屑于参加村里的活动。怎么说呢,虽然在庆茂的介绍下,她在组织上入了党,可是在思想上她并没有入党。整天穿着拖鞋在村子里走猫步,她哪有一点党员的样子嘛。不过,这会儿,张石榴没穿拖鞋,人家提前穿上了长筒靴。毛裤是外穿的,屁股蛋绷得很紧。张石榴背对着繁花,一边走一边唱,吊嗓子呢,啊——噢! 啊——噢! 有点海鸥叫的意思,也有点演三级片的意思。反正是骚,从屁股蛋骚到嗓子眼。连狼都有反应了。她那么一"噢",繁花就听见了一阵小碎步,那是狼跑动时的小碎步。庆林及时出现在了门口,拍着手,美滋滋地笑着。

繁花想,庆林这小子,赚钱赚疯了,连活动都不参加了。但庆林鼓掌的动作不像是疯了。那动作都有点像老牌的企业家了,有些漫不经心,也有些慈祥。他大概以为有人牵着母狗来了,出来接见了。一看是张石榴,庆林就失去了企业家的风采,拍着腿说:"靠,我还以为是来配种的。"张石榴是谁啊,人家是张石英的姐姐,县长的亲戚,在溧水算得上"皇亲国戚"了,那可不是吃素的。张石榴说:"还是留着给你媳妇配吧。"庆林说:"我说的是实话呀,你一来,我的狼都睡不好。"张石榴说:"放你妈的狗屁。"庆林说:"真的,你听,它白天从来不动的,这会儿一直在跑。"繁花刚好走到,就训了庆林一句:"庆林,别胡说。"张石榴叉着腰开始骂了。张石榴叉腰的动作也是很美观的,不是雪娥那种农妇所能比的。张石榴是手背朝里,手指还翘着,很有点兰花指的意思。张石榴骂道:"你才是狗日的,你们全家都是狗日的。"庆林接下来的动作,有点像少林寺的和尚,他摸了一把光头,弯下腰,朝着张石榴就顶了过来。张石榴赶紧往繁花怀里躲。繁花侧转身,拿着那个黑皮笔记本,朝着庆林的光头就是一下。繁花说:"德行,我看你也喂出狼性来了。"庆林没脾气了,揉着光头拐了回去。繁花又倒过来劝张石榴:"石榴妹子,他是个粗人,咱不跟他一般见识。"

繁花亲自把张石榴送回了家。见张石榴依然怒气未消,繁花就顺着张石榴又骂了一通庆林。然后繁花话题一转,提到了张石榴的丈夫李东方。张石榴说,东方跟着她妹夫在外面干工程呢。繁花问什么工程,石榴说在溴水修桥。繁花故意装作什么都不知道,说:"嗬,铺路架桥可是积德行善,大工程吧?你妹夫是干什么的?"石榴说:"也没干什么,就是修座桥,铺条路。东方跟着他,也就是赚个零花钱,万儿八千的,还不够塞牙缝。"繁花拿起张石榴的手,放到自己的膝盖上拍了拍,说:"石榴啊,你知足吧,你的牙缝也别太大了。当然了,东方娶了你,也是上辈子烧高香了。"繁花顺势就提到了铁锁。繁花说:"一个人一条命,说起来铁锁也是修路的,可是一年到头只挣了几双臭皮鞋。"繁花叹了口气,又说,"雪娥呢,也挣不了钱,就喂了几只鸡。我还听说雪娥怀孕了。到时候再罚她万儿八千的,那日子可就别想过了。"

十五

张石榴说:"我听说了,还有人说是我妹妹给她弄错的。"繁花说:"你妹妹?怎么扯上你妹妹了?"张石榴说:"村里有人乱嚼舌头,让我听见了。还有人给我送钱,让我给妹妹说一声,下次体检的时候也睁只眼闭只眼。"繁花说:"大妹子,咱可是党员,咱可不能干这个。"石榴说:"谁说不是呢。我还给她们说了,我最讨厌生孩子了,孩子有什么好?又是屙又是尿的,还不如养条狗。"繁花虽然知道张石榴不会生育,但还是说:"这我可得批评你了,你也得考虑要个孩子了,东方挣那么多钱,以后总得有人花吧。不过,你把她们打发回去,那是值得表扬的。"繁花又突然问道:"我还是不明白,雪娥怀孕,跟你妹妹有什么关系?你妹妹是不是王寨医院做体检的?就是做错了,也不能怪你妹妹啊。要是机器搞错了,怎么能怨得了人呢?"张石榴说:"可不是嘛。再说了,做十个错不了一个,但是做了一百个,出个错总是难免的吧。"

繁花真想对张石榴说,哪个村子出了这种错她都可以理解,不光可以理解,而且还会高兴,但就是不能出在官庄村啊。繁花站起身,捶着腰,说:"你这一说,我就又开始头疼了。雪娥可把我给害惨了。我该走了,得去忙雪娥的事了。雪娥这娘儿们,有点风吹草动,就夹着尾巴跑了。我想拉着她再去做一次体检,可就是不知道她躲到哪去了。"张石榴说:"总不会上天了吧?我想她不会走远,指不定躲在哪个角落呢。"繁花就问:"那你说,她会躲在哪个旮旯儿里呢?"石榴说:"穷得叮当响,肯定不会住饭庄。总得有人给她送饭吧?"繁花说:"有她的消息,你一定告诉我。我一定以党的名义,替你严守机密。"石榴说:"我巴不得你很快找到她,那样我妹妹就不必替她背黑锅了。像村后的水泵房啊,纸厂啊,学校的仓库啊,都可以找找。不过,我可什么也没给你说过。雪娥那种人,头发长见识短,我可不想跟她结仇。"

繁花总觉得张石榴平时没心没肺的,说话没个谱,所以当时并没有太在意。第二天早上,当令佩告诉她,他在纸厂看到雪娥的时候,繁花才突然想起,张石榴其实已经提到了纸厂。这天早上,繁花刚把庆书支走,让他到铁锁的远房亲戚家再跑一趟,令佩就来了。令佩进来就说:"桥下有人。"繁花以为他说的是有人偷东西的事,就挥了挥手,说:"一星期汇报一次就行了。"他不走,又说了一遍桥下有人。繁花不耐烦了,顺口说了一句:"说清楚嘛,死人还是活人?"令佩说:"像是个死人。"繁花一下子站了起来,赶紧追问了一句:"死透了没有?"令佩说他没看清楚。他娘的,不会是雪娥吧?雪娥还不至于跳河吧?她就又问令佩那人是男的还是女的。令佩说是女的。繁花急得一拍桌子:"还愣着干什么,赶紧把她捞上来呀。"令佩说:"不用捞了,已经冲到岸上了。"繁花喘着粗气,问他到底有没有看清楚男的还是女的。令佩说:"你也太小看我了,我这么大了,还能分不清公母?"繁花低声问了一句:"你没看她是不是雪娥?"令佩说:"雪娥？李铁锁家的雪娥？我昨天还见雪娥了,肯定不是雪娥。"

繁花一下子没反应过来,慌慌张张出门的时候,才醒过神来:"你说什么,你见到雪娥了？在哪里见到了?"令佩说:"纸厂啊,怎么了?"和雪娥一比,淹死人的事就显得次要了。繁花又打开门,重新回到了办公室,很郑重地问令佩:"你别开玩笑,你是什么时候见的雪娥?"令佩被繁花搞得一脸雾水:"昨天见的,怎么了?"繁花逼近他,小声地问:"你敢保证没有看错人?"令佩一定是被她的神情吓怕了,直往后退,都有点结巴了:"她都是个老娘儿们了。豆花多的是,我跟她真的什么也没干。"繁花说:"好,很好,你就当什么也没看见,别跟任何人说。"令佩说:"我知道了,是你把她藏在那里的吧？我肯定谁也不说。不过,裴贞已经知道了。"繁花吃了一惊,说:"裴贞怎么会知道呢?"令佩说:"送饭啊。"繁花好像被什么东西噎了一下,过了一会儿,才长喘了一口气。她问令佩:"裴贞看到你没有?"令佩说:"看个屁,我怎么能让她看见呢。"繁花都恨不得亲令佩两口了。繁花说:"你千万别让她们发现。过几天,姑奶奶会好好赏你的。"

繁花这才想起来,该去河边看看那个死人了。令佩开始表功了,说二毛一直劝他走,让他去剧团里表演魔术,还说干过他这一行的人,基本功很好,学魔术学得最快,半个月就可以出师了,可他一直没答应。为什么呢？因为他还没有报答姑奶奶的恩情呢。繁花说:"你什么意思,现在想走了?"令佩说:"我正在考虑呢。"繁花说:"以后在家里干,不见得比在外边挣得少。不就是赚钱嘛,哪里挣钱多,你就待在哪里。"令佩说:"姑奶奶教育得对。"繁花问他,那个死人到底是怎么回事。令佩说,昨天晚上他就发现了,发现桥下藏了一个人。他想,那会是谁呢?是不是偷了东西,藏在那里不敢出来?他还想会不会是雪娥从纸厂偷了东西,要等到夜深人静的时候再出来?他就跟那人"耗",看看谁能"耗"过谁。在号子里的时候,他别的本事没有见长,"耗"的本事却长了不少。他就继续"耗"。一直到天亮了,他才感觉有点不对劲。下去一看,靠他娘的,原来是个死人,白"耗"了。

他们往河边走的时候,已经有人知道了此事,也在往河边赶。一些孩子又蹦又跳的,跟过节似的。到了河边,那些人给繁花让了一条道。繁花下去一看,终于松了一口气。死者不是官庄人,显然是涨水的时候从上游冲下来的。现在雨一停,河水一落,就把她撇在岸上了。这时候宪玉也来了,众人又给宪玉让开了一条道。宪玉望着那具尸体,半天不说话,就跟望诊似的。然后宪玉捡起一截树枝,用树枝挑着死人的头发,又挑了挑眼皮。突然,那人嘴里爬出来一只螃蟹。众人无声地向后退了一步。

十六

宪玉把那只螃蟹挑到一边,然后又用树枝挑了挑那女人的鞋。鞋还穿在脚上,布鞋,带有鞋襻的那种。宪玉用树枝替人家脱了鞋,又去挑人家的裤腰。宪玉的老婆翠仙在后面"咳嗽"了一声,但宪玉没有理她。繁花说:"还是先通知派出所吧。"宪玉还是不吭声,继续挑。女人裤腰上没系皮带,系的是一条用碎布做成的腰带。有人正等着宪玉再往下面挑呢,宪玉却不挑了。人们都不再看那女人了,都来看宪玉了。宪玉把手套慢慢拽下来,说:"派出所懒得管的,因为她不是本地人。"繁花问:"那是什么地方人?"宪玉卖了个关子,说:"庆林知道,祥民也应该知道,这是山西人。"庆林刚好在场,听宪玉这么一说,赶紧挤到前面看了看。但他并没有看出门道来。宪玉说:"看那腰带,那鞋襻,关键是脚指甲。指甲壳里面还有煤渣呢。没错,这是山西人,跟庆林老婆是老乡。"繁花说:"派出所怎么能不管呢?好歹是条人命嘛。"这时候,已经有人把派出所的电话打通了。听说可能是山西人,对方就说:"原地先埋了,别让狼给叼跑了。"那人把意思转告给了繁花,繁花还没说什么呢,庆林倒先生气了。庆林说:"狼怎么会吃这玩意儿?狼讲究得很,嘴巴刁着呢。"

铁锁也来看热闹了。见繁花注意到了他,他的目光躲开了。繁花经过他身边的时候,故意说了一句:"你也来看了,吓得尿裤子吧?"铁锁没吭声。繁花说:"明天我们还得往南程子跑一趟。你舅爷爷家不是南程子的吗?"铁锁说:"你快点找吧,我还等着有人做饭呢。"半个小时之前,听到这话繁花肯定气得半死,但现在繁花不生气了。不但不生气,还有快感呢,是一种随时可以瓮中捉鳖的快感,一种捏着戏票等着入场的快感。繁花突然变得很客气,还拍了拍铁锁的肩膀。繁花说:"好,很好,你就等着看戏吧。"

空气好啊。一场雨过后,麦苗已经泛青了,空气里有一种草青味。那味道有点甜,也有点苦,淡淡的,凉丝丝的,很沁人心脾。繁花的心情很舒畅。晚上开会时,戏台屋脊两端的兽头繁花都觉得很好看。月光也好,那半弦月很秀气,像姑娘启唇浅笑。繁花也在笑,但那笑不能挂在脸上,只能藏在心里。会议开始了,繁花先让雪石和庆书汇报工作。雪石现在临时顶了祥生的角色,把学校管了起来。雪石说学校的厕所已经开挖了,下一步就是砌墙了,得准备瓷片了。繁花说:"这事由你负责办,该花多少钱你尽管花。再穷不能穷教育嘛。"庆书汇报了找人的经过,说他现在已经兵困马乏,开着车都差点睡着。还说,祥民给他说了,想往山西跑车,不想让我们用车了。雪石说:"他是做生意的,无非是想多挣几个钱,租车费给他涨一点,他就没有屁放了。"繁花说:"对,给他涨一点。另外,有什么线索,又花了多少经费,都报告一下。"庆书说,加油费、过桥费、餐费,这些发票都得等祥生签字,但祥生现在炝了蹶子,他只好自己拿着。繁花说:"好,很好,都交给我,这事办完以后一并报销。"繁花看庆书抽的是万宝路,就又问道:"你买烟没开发票?"庆书说:"烟就算了。"繁花说:"公事公办嘛。到了什么地方,让对方几根好烟,是个礼数嘛。明天记着开票。"然后繁花就讲了下一步工作。总的来说,分两类,一类是继续找人,一类是筹划选举,这两者就像是狗皮袜子,里外不分的。繁花说:"即便我落选了,我也不能把雪娥这个尾巴留给下一届村委主任。下一届村委主任,是这屋里边的哪一个人,我不知道,但不管是谁,我都要对人家负责。"这么说着,繁花眼圈都红了,是被自己感动的。雪石说:"繁花这是动真情了。"繁奇说:"人心都是肉长的,有什么话你尽管说,大家都能理解。"繁花说:"比方说吧,下一届村委主任是庆书——"庆书赶紧站了起来。繁花示意他坐下,然后说:"我是打个比方,比方说是庆书。庆书上去了,可是屁股还没有坐热呢,雪娥就把孩子生出来了,上头一恼,就把庆书给撸下来了。这算什么事呢?猪八戒吃人参果,还没品出滋味呢就已经下去了嘛。真到了那个时候,庆书还不把我骂死。"庆书又站了起来,繁花这次是用手把他按下去的。繁花说:"近期的一项工作,就是夏利照样跑,雪娥照样找。我个人的看法是,庆书以后就单独负责这个工作。"繁花的手一直放在庆书的肩头,所以庆书想站也站不起来。不过,庆书的嘴巴是长在脸上的,不是长在屁股上的,所以人家坐着也可以发表意见。庆书说:"我靠,就我在外面跑,这合理吗?"繁花说:"我这是发挥你的优势嘛。一、你本来就是负责这一块的;二、你会开车;三、你是当兵出身,学过擒拿格斗,要是见到雪娥,你一个人就把她制住了。"庆书气鼓鼓地坐着,暂时不吭声了。繁花又说:"第二项工作就是选举,知识竞赛搞过了,效果很好,接下来就是提前制作选票,一大摊事。这个工作由我和雪石负责。

你说呢,雪石?"雪石说:"我听组织的。"繁花又吩咐小红:"宣传工作还要继续搞。小红,从明天起,大喇叭一天广播三次。"然后繁花问同志们有没有什么意见。见没有人吭声,繁花就说:"那我们就举手通过?"这时候庆书跳了出来。繁花想,哟嗬,泥鳅终于跳出来了,想翻起大浪了。

十七

但这可能吗?显然不可能嘛。老人们早就说了,一条泥鳅翻不起浪花,一只跳蚤顶不起床单嘛。但庆书显然不知道自己是个泥鳅,是个跳蚤,他说:"我们不能因噎废食,雪娥的事可以先放一放,集中力量搞好选举。"繁花说:"庆书,你只要能找到一个人,符合那三条中任何一条,我就不让你去了。"庆书说:"你这是给我下套呢。"繁花说:"好,我这就给你解套。这样吧,村里掏钱雇个司机,我每天坐着车到处找,由庆书来负责村里的工作。我们举个手吧,少数服从多数,谁同意就举手。"连庆书本人都没有举手,更不要说别人了。但繁花还是让小红清点了一下人数,记录在案了。

繁花正要宣布散会,院子里突然来了几个人,还来了一辆毛驴车,一个老太太和一个姑娘坐在车上。一听口音,繁花就知道是山西人。是二愣把他们领来的。二愣指着繁花说,这就是我们的领导。那个赶驴车的男人,膝盖一软,朝着繁花就要磕头。繁花没有猜错,他们就是淹死的那个人的家属,男的是死者的丈夫,老太太是死者的婆婆。繁花让他们坐下来慢慢讲。那男人突然指着垃圾筒里扔的方便面盒子,问:"那是啥呀?"繁花知道,这是饿坏了,是在拐弯抹角要吃的。繁花就派庆书去买吃的。庆书很老实,乖乖跑了出去。繁花看见那个姑娘站在门口,就问那男的,那姑娘是谁。男的说,那是他的小姨子。姑娘跺了一下脚进来了,进来就说:"去你妈的,谁稀罕做你的小姨子。"男的连忙向姑娘鞠躬,姑娘一扭身,躲了。那男的说,他已经生了三个"毛毛"了,都是黄毛丫头,做梦都想生一个"带把儿"的"毛毛",生出来一看又是个黄毛丫头。这时候,庆书把方便面买回来了。繁花对庆书说:"去,快去叫铁锁,让他过来好好听听。"庆书这一下不乐意了,倚着门,说:"没看见我正喘气呢嘛。"繁花说:"好吧,你喘口气就去。"雪石说:"要不,我跑一趟?"繁花说:"你别去,就让庆书去,这是他的工作嘛。"庆书很恼火,说:"好,很好,好得很,我要不去我是孙子。"说完一横一横走了。繁花说:"德行,惯出毛病来了。"然后,她让那男的先吃面,吃完再讲。见老太太嚼不动方便面,繁花对雪石说:"你赶快打庆书的手机,让他再买个面包捎过来。"雪石说:"还是我去买吧。"繁花说:"不行,他不是要求给他压担子吗,一个面包又压不死他。"

那男的很快吃完了,吃完就又要讲。繁花让他再喝点水。那姑娘肚子也饿了,这会儿面向着墙,一小口一小口地吃着方便面,边吃边流泪。过了一会儿,庆书和铁锁来了。铁锁进来以后,繁花把自己的位置让给了他。繁花说:"这才是我们的领导,你从头讲吧。"那个男的信以为真,朝铁锁鞠了躬,磕了头,就又讲了一遍。原来,第四个"毛毛"一生下来,一看又是个黄毛丫头,那当妈的脸一扭,就让接生婆把"毛毛"按到了水缸里。一般的"毛毛",按下去浮上来,三个来回就呛死了,可那个"毛毛"命硬啊,只是呛晕了,没死,只好再呛。"杀人犯!"那个姑娘突然喊了一声。那男的愣了一会儿,对姑娘赔了个笑脸,又接着对铁锁说,那接生婆问他,到底还呛不呛了,他说,那得问问老婆。他对那姑娘说:"俺问过你姐的,你姐没吭声,没吭声就是同意了呀。"那姑娘跺着脚,哭着说:"胡勒!狗戴嚼子,胡勒!"繁花走过去,拉住姑娘的手,又替姑娘擦了泪,悄声说:"听他还能胡勒些什么。"然后繁花又问那男的:"就那样呛死了?"那男的说:"又呛了两次才呛死的。你说,这毛毛的命咋恁硬啊。"繁花已经听出门道了,肯定是那女的受不了这般刺激,投河自尽的。但繁花不问,繁花想让铁锁问。繁花对铁锁说:"你问问他,孩子她妈是怎么死的?问呀!"铁锁把脸扭到一边。繁花就又对那男的说:"你再给我们这位领导讲讲,孩子她妈是怎么死的。是投河自尽的吧?"那男的突然蹲了下去,哭了,说女人月子里是不能出门的,可她趁家人不注意溜出去了。村里有人看见她,说她到河边找那死去的"毛毛"了。后来,他们就顺河而下,找到了这里。

繁花对众人说:"看见了吧,多么生动的教材啊。铁锁,你就是铁石心肠,也应该有所触动啊。"这会儿,那男的突然朝铁锁磕了个头,说是有事相求。铁锁吓得站了起来,直往繁花身后躲。繁花又把他按到椅子上,说:"你先坐下,听听教材上还说了些什么。"那男的说,他想借"贵村"的"一方宝地",把人给埋了。铁锁再次站了起来,这次他躲到了小红的身后。繁花正想着如何回答,小红先替繁花回答了。小红说:"什么条件都可以答应,就这一条不能答应。这村里的人死了还得火葬呢。"繁花想,小红的心肠也真是够硬的,要是我,我还真开不了这个口。奇怪的是,那男的竟然不同意火葬,说以后还要来起坟的,要埋入祖坟的。那姑娘这时候突然说话了,说她赞成火葬。那男的几乎是捶胸顿足,对姑娘说:"火一烧,啥都没有了呀。"那姑娘说:"火葬咋了,周总理邓小平还火葬了呢。"她说了,她要把骨灰带回去的,放在床头,永远陪着姐姐。那男的突然耍赖了,说他身上连个钢镚都没剩下,想火葬也火葬不成啊。那姑娘很镇定,说,她可以先把姐姐埋了,然后在这里打工挣钱,等把姐姐火葬了再回去,反正不能让姐姐入他家的祖坟。

十八

这姑娘很有主见啊,很聪明啊。深山出俊鸟,要论模样,她比小红还要俊三分呢。繁花想,令佩跟这姑娘倒是挺般配,都无依无靠的,金花配银花,西葫芦配南瓜,谁也别嫌弃谁。繁花随即安排姑娘晚上就睡在办公室。那对母子呢,繁花想,唉,我可管不了那么多了,就让他们睡在舞台上算了。

小红也注意到了那个姑娘。走出那个院子的时候,小红说:"那丫头长得不丑啊。"繁花说:"我想给令佩说个媒,你看怎么样?"繁花本以为小红听了会很高兴的,不料小红却虎着脸说:"令佩不是有'豆花'吗?我看你还是给李皓做个媒更好。你们不是老同学吗?你说呢?"繁花想,还是小红考虑得周到。小红说:"你要是不反对,我这就回去抱一床被子,让李皓给送过来。"繁花当然只能赞成不能反对。小红说完就跑了,有点争分夺秒的意思,一双辫子在月光下像马尾巴那样一甩一甩的。一会儿,小红又拐了回来,喘着气说:"刚才人太多,有件事我没办法给你说。"繁花说:"你尽管说,我给你办了就行了。"小红说:"三年前选举的时候,村里请县剧团唱过一台戏,这次咱们也请一台戏吧,就算是宣传选举法的。"繁花说:"哟,这事你不提我都忘了。你看唱哪出戏好呢?"

小红说:"随便什么戏都行,图个热闹呗。明天我要进城给我爹抓药。他受了惊吓,医生给开了服药,还没顾上抓呢。我就顺便到剧团打个招呼?"繁花说:"最好是现代戏。"小红说:"还是古装戏好,老人们喜欢。豆豆的爷爷奶奶就很喜欢。你放心,唱戏的人都有吃柳条屙筐就肚编的本事。事先打个招呼,让他们到时候来一段山东快板,宣传一下选举和计划生育,他们保证能让你满意。"繁花说:"不是有一出戏叫《龙凤呈祥》吗,是说刘备招亲的,我家老爷子最喜欢看。"小红说她爹也喜欢看,豫剧叫《龙凤呈祥》,京剧叫《甘露寺》,其实是同一出戏。小红这丫头懂得真多啊。繁花说:"那就《龙凤呈祥》吧,图个吉利。"小红又问:"二毛呢?二毛的人马也在溴水演戏,听说还有模特表演呢,村里年轻人喜欢这个,干脆也叫回来?"繁花说:"二毛就二毛,怎么都行。"

本来当天晚上就应该到纸厂看看的,可繁花没去。繁花命令自己不能去。繁花总觉得这里面还有戏。这唱戏的人当中,庆书是一个,祥生是一个,尚义也算一个。一想到尚义,繁花就生气。我对你够意思了,你却对我来这一手。你又不当官,图个什么呢?草驴换叫驴图个屌嘛。繁花想不通。想来想去,可能性只有一个,那就是祥生管教育的时候,可能与他联手贪污一些东西。他自己也分不了多少,祥生是什么人,一分钱恨不得掰成两半花,怎么会给他多分呢?最多也就是几千块钱的事。繁花现在不急了,她要等着尚义自己跳出来,向她承认错误。

但是只隔了一天,繁花就忍不住了。有一只小猫钻到了她的肚子里,那小猫调皮得很,小爪子一点点地挠着她,挠得她心里痒酥酥的。到了这天下午,她实在忍不住了。她对殿军说,你想不想陪我去看戏。殿军正在起草竞选纲领,刚好写到纸厂的利用问题。他说,什么动物适合这里的气候,都得通盘考虑。繁花说:"你现在就跟我到纸厂去,那里正演戏呢。看过以后,你可能会来灵感呢。"殿军问:"又不想搞养殖场了?"繁花说:"养啊,怎么不养?这会儿已经开始养了。雪娥正在那里养孩子呢。"繁花最看不惯殿军拿望远镜的样子,这会儿却提醒他一定要带上。

走到桥头,繁花遇见了令佩。令佩靠着那只脏兮兮的汉白玉狮子,和一个"豆花"在桥头聊天。那"豆花"繁花曾经见过一次,就是二毛回村的那一天,当时"豆花"拉着另一个男人的手。这会儿,繁花忍不住多看了她两眼。她比那个山西姑娘要洋气一些,但就是有些俗。瞧她那个样子,穿着皮裙子,眼圈儿涂得像熊猫,头发弄得像吊兰,妖精嘛。繁花把令佩叫过来,说:"你不去看着雪娥,在这儿干什么?"令佩说:"有人替我看着呢。"令佩考虑得很周到,他让他的两个狐朋狗友在那里看人,说雪娥不认识他们,不会起疑心。繁花让令佩带他们去,令佩看看天色,说现在太早了吧。繁花说早什么早,天都快黑了。天确实快黑了,因为天上乌云聚集。那滚滚的乌云就像是一台戏,唱戏的全是黑脸,或甩袖,或弄棒,或翻着跟头从这头一直翻到那头,好像是要下雨了。那"豆花"走在前面,繁花和令佩跟在后面,边走边说话。繁花故意对令佩说:"这姑娘不错嘛,要是谈差不多了,就把她娶过来算了。"令佩把手掌竖在嘴边,说:"你就没看她走路有些叉腿?"令佩的声音很低,很神秘。繁花说:"不叉腿怎么走路?"令佩说:"小红就不叉腿。小红走路的时候,腿夹得紧紧的。一叉腿就是打过胎的。"什么乌七八糟的!繁花做出要打他的样子。令佩躲开了,但很快又凑了过来,说:"我是故意和这个姑娘混在一起的,为的是气气小红的。我要让小红嫉妒。"繁花说:"你拉倒吧,小红可不会理你这一套。"这会儿,他们已经走到了纸厂的西边。眼看四周没人,令佩就很得意地说:"已经有效果了。小红已经找我谈话了,还送了我两块肥皂。千里送鹅毛,礼轻情意重啊。"这个令佩,还在做梦呢。繁花说:"小红也送了李皓两块肥皂,这能说明什么问题呢?什么也说明不了嘛。"令佩"咦"了一声,说:"不一样的,那肥皂是'好光景'牌的,意思是让我向前看,很有深意的。而且,她还跟我谈心,让我出个节目。"这倒很稀奇,令佩又能出什么节目呢?

十九

令佩弯腰把挡在繁花前面的一截树枝扔到一边,然后说:"她让我给选举助兴,表演怎么从猪油里抓乒乓球。我正准备答应她。"繁花想,挺聪明的一个人,怎么突然傻得不透气呢?看来真是鬼迷心窍了,把挖苦都当成奖赏了。繁花站在原地等着殿军,半天没有吭声。令佩还在说。他已经把小红叫成"红红"了。他说:"当初我也没答应红红。打人不打脸,揭人不揭短。这不是打我的脸吗?可后来红红给我一做思想工作,我就想通了。红红说了,我只要走出了这一步,那就证明我已经彻底悔过自新了,已经能够把自己的所学献给人民群众了。红红用的都是大词,压得人喘不过气,我虽然有点配不上,但还是很感动。"繁花忍住了,没有笑出来。令佩又说:"红红还说了,宪法要在旁边给我伴奏的。"宪法?是那个瞎子宪法吗?繁花有点吃惊。他不是在北京地铁口算卦拉二胡吗?繁花曾听人说,宪法像个艺术家似的,头发留得很长,面前放着个茶缸,茶缸里是行人丢的钢镚。现在连宪法都回来了?繁花问:"你见了?"令佩说:"当然见了,还带了个老婆。"繁花笑了:"老婆?宪法老婆?没搞错吧?宪法快八十了呀。"令佩说:"没有八十。我问了,七十七。宪法宪法七十七,娶了个老婆八十一;生个儿子九十九,抱个孙子一百一。"繁花说:"行了你,张口就来。"令佩说:"这是人家宪法自己说的。表演的时候他就唱这一段,我呢,就摸乒乓球,要连着摸一百一十个乒乓球。"繁花说:"好啊,你摸乒乓球,宪法来伴奏,好啊。还是你的红红考虑得长远啊。"繁花接下来又教训了一通令佩,说既然小红对你有意,那就别再和"豆花"鬼混了。令佩的表情一下变得很神秘。令佩说:"爱情就是一锅水。红红的水还没烧开呢,还欠一把火。这豆花就是那把火。"

纸厂的西边原来是一大片杏林,学大寨那年全都砍光了。现在是一片荒地,遍布杂草、荆棘和酸枣树。间或还能看到几株杏树,都是后来从根上发出来的。树也是需要人气的,没有了人气,它就变成了野树,矮矮的,都看不出树的模样了。繁花对殿军说:"这荒地也值得一写的,种上什么果树,或者干脆放养些牲口?你琢磨琢磨吧。"殿军说:"这里适合喂骆驼。骆驼最好养了,耐旱,脾气好。骆驼浑身都是宝,我已经想好,用骆驼皮做皮鞋,这是一项空白,搞好了还可以申请国家专利呢。"殿军还在做梦呢,这里怎么能养骆驼呢?骆驼是沙地上的东西嘛。繁花想,等忙过了这段时间,一定带着殿军去医院查查,查查他的脑子是不是有毛病了。唉,到现在了他还是开口骆驼闭口骆驼,不是毛病是什么?

院墙上有一个洞,比学校院墙上的那个洞稍大一点。繁花说:"这洞摩托车可以开进去吧?"殿军说:"骆驼可进不去。"繁花盯了他一眼,他不吭声了。那个洞用砍下来的杏树枝条和酸枣树挡住了。令佩看了看树枝摆放的样子,又看了看地上的脚印,打了一个响指,说:"没人来过。"繁花问:"你的朋友呢?"令佩说:"也在里面。"令佩将树枝拨出一条缝,繁花果然看见了两个年轻人,是一对男女。他们正在打羽毛球,远远看去就像是在演皮影戏。繁花问:"是私奔的吧?"令佩说:"差不多吧。"繁花用手指戳着令佩的太阳穴,说:"你呀,什么时候能让我放心,让你的红红放心。"那对年轻人还在院子里铺了一块布,是用来盖机器的那种防雨的帆布,帆布上放着稻草。殿军说:"嘀,挺浪漫啊,快比得上深圳了。"令佩说:"不会吧,深圳可是领导潮流的。深圳的年轻人打的是高尔夫球,溴水的年轻人只能打羽毛球。"繁花说:"你们能不能谈点正事?"令佩脸一紧,赶紧开始"汇报工作"。不过,人家的"汇报"是设问式的,卖关子式的。他问繁花:"看见那个汽车轮胎上的那个东西了吗,猜猜那是什么?"那是一个方匣子,远看就像个骨灰盒,上面盖着一层塑料布。繁花接过殿军的望远镜看了,还是没看出它是什么玩意儿。繁花盯了令佩一眼,令佩就不敢再卖关子了,说那是一台电视机。还说,昨天晚上雪娥也出来看电视了。"裘贞看了没有?"令佩说不知道,因为这电视机是刚搬来的。"偷的吧?"令佩说:"是我的电视机。"繁花说:"你的电视机就不是偷的了?别以为我不知道。以后可不敢这样了。"令佩笑了笑,然后指着院子里一个巨大的广告牌,说雪娥就藏在广告牌后面的房子里。令佩搞错了,那并不是广告牌,而是"治污倒计时"宣传牌。繁花记得,"倒计时"进行到最后一天的时候,省里的报纸和电视台又来了。那天晚上零点刚过,繁花领着那些记者们拍下了纸厂通过暗渠排污的镜头。这是她当政期间干得最漂亮的一件事。这会儿,那宣传牌突然摇晃了起来。起风了,一阵狂风过后,雨来了,是深秋时节少见的暴雨。在雨中,天色慢慢变得明朗了。繁花看见院子里的那对男女,并没有进到屋里去。他们很快活,又蹦又跳的,就像甘霖中的蟋蟀。繁花浑身都湿透了,殿军脱下衣服让她顶

265

着,她却不愿顶。她说这样挺好,淋了雨很痛快。繁花确实觉得很痛快,她甚至觉得那大大的雨点,就像葡萄一般可爱。不过,当令佩也脱下衣服的时候,繁花还是接住了。她想,铁锁上次淋雨是为了给我玩苦肉计,我呢,我为什么要给雪娥玩苦肉计,没那必要嘛。她顶着令佩的衣服,等着那暴雨过去。

二十

  暴雨都下不长的。果然,那暴雨来得快去得也快,吃碗饭工夫,天色就又放晴了。雨水冲走了地上的树叶,那野草本来是黄的,这会儿颜色一深,好像变成黑的了。那对年轻人,下雨的时候待在外面,雨停了反而钻到屋里不出来了。盯着那空旷的院子,繁花曾动过一个念头,就是想等裴贞来,看看她是如何演戏的。她甚至有一种冲动,那就是告诉雪娥,最初就是裴贞告发了她。当然她是不会这样做的,一来不符合干部的身份,二来那就同时得罪了裴贞和雪娥,铁锁和尚义。她打了一个激灵,想,何不直捣那裴贞的老巢,装作什么也不知道,看看裴贞在家里搞什么名堂?这时候,雪娥出来了。雪娥挺着个肚子,在院子里散步。她的动作都有点像少女了,用脚尖探着水洼里的水,然后撒娇一般"啊"的一声。雪娥还笑呢。雪娥捡起球拍,朝这边做了个扣球动作,又朝那边做个救球动作,然后就笑了起来。繁花没有想到,雪娥笑起来那么好听,跟银铃似的。

  繁花也笑了,不过她没有笑出声。繁花的脸憋得通红,就像一朵花,不,不是一朵,而是两朵、三朵,无数朵。每一块肌肉都是一朵花,脸上都有些乱了。她本来站得好好的,这时候突然打了一个趔趄,差点跪下。令佩扶她起来的时候,她推了一下令佩,突然开始往回走了。她越走越快,几乎是一路小跑了,刚淋过雨的头发都飘了起来。她现在要急着赶到裴贞那里,她要看看裴贞到底是怎么捉弄她的。裴贞莫非也像雪娥这么开心?繁花心里惊呼了一声:老天爷啊,天底下莫非就我繁花一个人闲吃萝卜淡操心?

天已经快黑了,各种动物又回村了,街上很乱,到处都是粪便,鸭粪、鹅粪、羊粪、牛粪,反正都是臭烘烘的。做贩牛生意的庆社又赶了两头牛回来了,一头是母牛,肚子鼓鼓的,看来庆社又赚了一头牛犊,离开养牛场的日子不远了。繁花从两头牛中间穿过去的时候,因为走得太急,那头公牛受到了惊吓,突然跑了起来,尾巴都甩到繁花脸上了。

裴贞正在炒菜,一边炒菜一边唱歌。莫非她炒的是小白菜?因为她唱的是《小白菜》:"小白菜啊,地里黄啊,两三岁啊,没有娘啊。"歌是悲歌,可人家唱得很欢快。"哧啦"一声,菜出锅了。繁花站在院子里,闻着有些酸,想,大概是醋熘白菜。繁花正要喊裴贞,裴贞又唱开了,这回人家唱的是南瓜,《井冈山下种南瓜》:

小锄头呀手中拿
井冈山下种南瓜
挖个坑呀撒把籽呀
舀瓢泉水催催芽
阳光照喂雨露洒喂
长长藤儿嘿呀呀嘿呀呀
爬上架哎嘿呀呀嘿呀呀

金色的花儿像喇叭

吹吹打打结南瓜

结呀嘛结南瓜

繁花想,裴贞不愧是教师出身,唱得好啊,尤其是唱那个"嘿呀呀嘿呀呀",都有些奶声奶气了,好像裴贞还是个没开过苞的少女。繁花心里有一股火,扑腾腾地往上蹿,身子也抖了一下。接着,繁花就告诉自己要冷静。本来就是来看戏的,急什么急?应该像猫学习嘛,猫逮住了老鼠,要玩上一会儿才吃的。繁花就像猫一样,猫着腰,轻轻地踩着步子,走进了裴贞的厨房。裴贞的小儿子军军站在一边,拉着裴贞,要她再唱一个。裴贞说:"井冈山上的小朋友,像你这么大就会种南瓜了。是跟谁学的呀?"军军说:"跟老师学的。"裴贞说:"妈那个×,上回不是给你说了吗,是跟毛主席学的。你怎么不长一点记性。"军军说:"想起来了,还有朱总司令。朱总司令有没有变形金刚?"繁花用手指点着军军的脑袋,说:"有,还有手枪。"裴贞吓了一跳,扭头一看是繁花,立即笑了起来:"哟,是支书啊。"裴贞没穿高领毛衣,穿的是一件军用绒衣,油渍斑斑的。那绒衣很短,像个马甲,里面的衬衣都露在外面。繁花说:"做什么好吃的,一进院子我就闻见了。"裴贞没炒白菜,炒的是醋熘土豆。南瓜倒是有,满满的一大碗。看见土豆,繁花就想到了裴贞说过的土豆的妙用,就是让子宫里多加一点碱,好生儿子。但繁花没说土豆,繁花这会儿说的是南瓜。繁花说:"我最喜欢吃南瓜了,让我尝尝你的手艺。"但下筷子的时候,繁花夹的却是一块土豆。她的动作很自然,很家常,因为家常而透着那么一股子亲切。她还眯起了眼睛,是那种吃到美食后陶醉的表情。然后她又夹了一筷子南瓜。这次她没再眯眼睛,相反还把眼睛睁得很大,那是因为过于好吃而吃惊。"你可以去开饭馆了,"繁花说,"哪天我请客,你就去给我掌大勺吧。我就不给你酬金了,谁让咱们是好姐妹呢?"裴贞说:"支书你别笑话我。"繁花说:"真的,殿军想请客,可我不会做菜,正想找个人呢。"裴贞说:"就这,尚义还整天说我做的菜是喂猪的。"繁花说:"这南瓜做得好,放了鸭蛋黄了吧?"裴贞说:"令文家的鸭蛋贵得很,咱买不起,这是鸡蛋黄。"繁花笑着说:"我吃着正好,可是殿军肯定会说觉得酸。你放醋了吧?"裴贞说:"醋好啊,醋软化脑血管。文化人的脑血管跟麦秸秆似的,脆得很,薄得很。文化人娇着呢。"这尚义还没有转正呢,裴贞就一口一个"文化人"了。繁花说:"怀孕的女人都喜欢醋,我怀着豆豆的时候,顿顿离不开醋,都成了醋坛子了。不怕你们文化人笑话,放个屁都是酸的。"

二十一

繁花搬过凳子自己坐了。那凳子很沉,像是用枣木做的,可是再一看又不像枣木了,主要是比枣木的纹理细。枣木的纹理是用烙铁烙出来的,这木头的纹理却是用绣花针勾出来的。莫非是栎木做的?那年纸厂进了一批栎木凳子,曾派人给繁花送了几个,但被繁花拒绝了。这会儿,趁裴贞没注意,繁花把凳子翻过来看了看,凳子底下果然写着"王寨纸厂"的字样。椅子有腿不会走,太阳无腿过九州,这明明是尚义干的嘛。这个尚义,将自家的凳子拿到学校,再把纸厂会议室的凳子搬回家里,狸猫换太子嘛。繁花把凳子放好,笑着问裴贞,尚义怎么还没有回来。裴贞说,尚义从来都回来得晚,现在讲究升学率,狗在后面撵着的,一步也不能放松。军军突然说话了,说爸爸去喝酒了,还带着手绢呢。繁花问他,带手绢做什么?军军说,他的酒不往肚里咽,都吐到手绢上了。小家伙长大当了兵,肯定是特务连的。但繁花却把他批评了一通:"军军,可不敢胡说。"军军说:"我知道,我从来不说的。"完了,特务又当不成了。连裴贞都笑了。裴贞对繁花说:"你别听他胡扯,他爸爸一会儿就回来了。"繁花就说:"那好吧,我就等一会儿尚义。我有话要给他说。"裴贞给繁花盛了饭,繁花稍加推辞就接住了,然后问起了尚义转正的事情。裴贞说:"咱既没关系,又没钱送礼,只好听天由命了。"繁花把饭一放,说:"这态度可不行。有一分希望,就要做十分努力。"这时候军军又说话了:"祥生伯伯说了,还要让我爸爸当校长。"裴贞脸色变了,竟然举起凳子要砸军军的"狗头"。军军哭了。裴贞说:"我还没死呢,你给谁哭丧呢,滚!"军军只好到外边哭去了。童言无忌啊,繁花想,这顿饭我可是没有白吃啊。繁花对裴贞说:"德行,孩子又没说错什么呀。这本是我的意见。祥生这个人啊,什么事都不能告诉他。他是狗窝里放不住热馒头。"

吃过饭,繁花感到有点发冷。都是那场雨给淋的,好像是感冒了。但她还是没有要走的意思,她倒要看看裴贞怎么去给雪娥送饭。可裴贞倒能沉得住气,又打起毛衣来了。不过,繁花看得出来,裴贞还是有些手忙脚乱。瞧,那毛线球就从腿上滚下来了两次。当然,后来她还是沉不住气了,主动提到了雪娥。裴贞用打毛衣的针挠着头皮,若无其事似的问:"听说雪娥出去了?是申亲去了还是卖鸡蛋去了?"繁花说:"这件事我现在都不愿提了。是,是有人说她跑了。跑就跑吧,跑得了和尚跑不了庙。"裴贞说:"外面有些人说闲话,说是我告发的。支书,我可什么也没跟你说过。"繁花笑了,说:"你给我说什么了?我怎么不知道?"裴贞说:"这不能胡说的,要结子孙仇的。"繁花说:"其实,我知道她藏在哪里。裴贞,有人给我说,你还跟她见过面。我当时就批评了他们。我给他们说,裴贞怎么会干这种事呢,裴贞是谁?裴贞是文化人。文化人都是懂规矩识大体的,怎么会干这种傻事?我还问他们,你们说裴贞跟雪娥见过面,那你们一定也见到雪娥了。你们说说,雪娥藏在哪里?"裴贞说:"就是,让他们说个明白,说不明白就撕烂他们的嘴。"

这时候,军军把舔得很干净的碗送进来了。小孩子没记性,拉着他妈的胳膊,要求看电视。繁花倒希望他能坐在屋里看电视,可裴贞不愿意。裴贞虎着脸,又让人家滚,还让人家滚得远远的。那孩子又哭着出去了。裴贞把他的碗送到了灶房。繁花还以为她会洗了碗再过来的,没想到她很快就过来了。还没等裴贞开口,繁花就说:"他们说的有鼻子有眼的,说裴贞每天给雪娥送饭,裴贞考虑得很周到的,菜里面都要加醋的。还说雪娥喜欢吃南瓜炒鸡蛋,裴贞就做南瓜炒鸡蛋。还有更绝的呢,说那鸡蛋都是铁锁送过来的。"繁花也只是顺口这么一说,她想裴贞肯定会否认的。那团毛线又掉到了地上,这次是繁花帮她捡起来的。繁花把毛线交给裴贞,说:"他们还不如说,那鸡蛋都是铁锁下的。"繁花没有想到,无论如何也没有想到,裴贞竟然当场就承认了。不过,人家说得很巧妙,简直是天衣无缝,让繁花不得不自叹弗如。裴贞接过那团毛线,吹了吹上面的灰,说:"我就不信雪娥会跑。往哪跑?我知道她没跑,她就待在纸厂。"

"纸厂?"繁花身子往前一探,手都放到了裴贞的膝盖上,并且又抓住那团毛线。裴贞让繁花替她撑着毛线,她好把线团松一下,再缠一下。裴贞缠着毛线,自自然然地说道:"她只是在那里躲两天,等着铁锁脑子转弯呢。铁锁就想生个男孩,可你想生什么就能生什么吗?生个熊猫能卖几十万块钱呢,可你能生出来吗?"繁花说:"别熊猫了,猫都生不出来。"裴贞说:"就是嘛。雪娥就是要让铁锁明白这个道理。"繁花说:"铁锁真是个榆木疙瘩,不,是铁疙瘩。"裴贞说:"我还在想呢,等铁锁脑子转过弯来,我就去把雪娥叫出来,交给铁锁。现在看来,我只能把雪娥交给你了。"繁花说:

"裴贞考虑得真周到。"繁花想,裴贞其实还是没有把心里话说出来。她这样做,其实是要打消雪娥对她的怀疑。裴贞啊裴贞,你真是高啊,靠你娘,你真是高得不能再高了。裴贞下面说的一句话,让繁花又吃了一惊。裴贞说:"其实我什么都知道的,你们早就知道我在给雪娥送饭了。小红知道的事你还能不知道?今天就轮到小红送饭了。小红给我说了,在这节骨眼上,不能让那么多人知道雪娥怀孕了。"

二十二

小红？小红也知道？小红还给雪娥送饭？繁花脑子里"嗡"了一下，耳朵里也"嗡"了一下，随后，那嗡声就不走了，就住她的耳朵里了。但繁花坐在那里没有动，手里还撑着毛线。那毛线很轻，可她却觉得胳膊越来越酸了，好像那不是毛线，而是铁疙瘩，腰都要压酸了。现在，人家裴贞又倒过来批评繁花了。裴贞对繁花说："不是我说你，你一进来我就知道你干啥的。你呢，偏偏要拐弯抹角的。我拿你当亲姊妹，你也应该拿我当亲姊妹呀……"裴贞还说了些什么，繁花听不清楚了。繁花只看到裴贞的嘴皮子在动，嘴角还出现了一点白沫，跟肥皂泡似的。繁花还有点冷，眼皮都有点睁不开了。那其实是因为身子滚烫，都可以当熨斗了。但她的脑子还是清醒的，还知道该怎么收场。她说："雪娥在那里有吃的，有喝的，我很放心。就让她在那里再住两天吧。铁锁的脑袋不是铁疙瘩吗？铁疙瘩也有烧化的时候。"

从尚义家里出来，繁花就有些不对劲了。一开始是头重脚轻，好像自己的脑袋变成了石头，双脚却像是踩在棉花上一般。没走几步，又颠倒过来了，变成了头轻脚重，那石头好像就绑在自己的腿上。路过繁新家的牛棚的时候，她靠着牛棚的栏杆休息了一会儿。牛在反刍,跟吃泡泡糖似的,咂得很响。庆林家的狼又在叫了,不是长嚎,而是断断续续的,有些上气不接下气的意思。再听下去,那狼又不叫了,变成了狗叫,不是一只狗叫,好多狗都在叫。繁花明白了,庆林的狼肯定又当上新郎官了。庆林说过,他的狼每次配种,村里的狗都要叫。公狗叫是嫉妒,母狗叫是羡慕,反正都有反应的。狗叫当中,还有人打起了快板。那肯定是宪法打的快板。当年在毛泽东文艺思想宣传队,人家就说过快板。宪法果然又说上了,底气很足,儿子也能生出来的,反正不像七十七岁的老人。

> 石榴树上樱桃熟
> 玉兔西升落东方
> 老少爷们儿听仔细
> 姑娘媳妇也听端详
> 北京城里人如潮
> 我心时刻在官庄
> 抬头看来没有星
> 低头看来有道坑
> 那坑就叫地铁站
> 地铁站里栽着葱
> 葱上看,冻着冰
> 墙上看,点着灯
> 灯泡后面有颗钉
> 钉上看,挂着弓
> 弓上看,卧着鹰
> 老鹰展翅回官庄

进村遇到大姑娘
姑娘姑娘真好看
就是口罩戴了反
姑娘名叫孟小红
舍身忘死跳墓坑
宪法一听泪涟涟
这不就是活雷锋
小红姑娘送来饭
还是官庄井水甜
糖醋鱼儿大如鹅
油煎豆腐骨头多
纸厂河里长韭菜
丘陵地上捉田螺
宪法过上好日子
梦里也跳迪斯科
吹着鼓,打着号
抬着大车拉着轿
颠倒话,话颠倒
石榴树上结樱桃
旭日东升照八方
贼儿摸黑去偷缸
聋子听见忙起来
哑巴一路喊出房
一把扯住贼头发
看看才知是和尚

和尚说是来投票

　　一不小心碰到窗

　　窗里有人偷偷笑

　　快板不说二胡响

　　母鸡叼住了饿老雕

　　原来是宪法入洞房

　　可口可乐不解渴

　　百事可乐百事忙

　　投票时候都要来

　　宪法给你发喜糖

　　宪法这个"饿老雕"真的要入洞房了吗？到底是真的还是假的？宪法回来了，我怎么一点都不知道呢？宪法刚回来，知道的不少啊，连小红头上戴口罩的事都知道了，不简单，不简单。刘备摔孩子是笼络人心，小红戴口罩也是要笼络人心啊。正想着，宪法又拉起了二胡。看来，人家十八般武艺都要摆出来啊。宪法虽然没看过电视，但人家也知道宋祖英，这会儿拉的就是宋祖英的《今天是个好日子》。本来挺欢快的一支曲子，上了二胡就有些呜呜咽咽了。拉完了《今天是个好日子》，人家又拉上了《诸葛亮吊孝》。这是给李皓拉的吧？李皓会唱《空城记》，那就会唱《诸葛亮吊孝》。果然，繁花听见李皓又唱上了：

　　灵前故友祭忠魂

　　追思平生痛我心

　　公瑾弟保东吴你把心血用尽

　　柴桑口掌帅印统领三军

为破曹差子敬你把我相聘
咱二人一见如故互称知音
在军帐对面坐咱高谈阔论
共商讨天下事大破曹军

　　李皓嗓子哑了,破锣似的,听上去有些恶狠狠的,黑压压的,好像那手中摇的不是诸葛亮的羽扇,而是张飞的蛇矛,李逵的板斧。繁花想,周瑜就是活着,也会被他唱死过去的。又过了一会儿,繁花看到尚义回来了。尚义喝醉了,跟跟跄跄的。不过有人在旁边搀着,那人是小红。尚义毕竟是个文化人,喝醉了还很有礼节。他在向小红道歉,说不该吐到她身上。"脸都丢尽了,我真想扇脸。其实我没喝高,遇到这么高兴的事,我怎么会喝高呢。没喝高,再喝几杯也不高。"小红说:"对,没高。你还能喝。"尚义说:"你回去给祥生说,就说我说了,我没高。"小红说:"你没高,他高了。"尚义又说:"学生家长都听我的,你信不？连二愣那种傻瓜都望子成龙呢,不听我的行吗？"小红说:"不行,行也不行,你最厉害了。"等他们走远了,那股子酒味还滞留在繁花的鼻子跟前。突然,空气中又升腾起来一股子草味,热烘烘的,味道很重,还带着那么一股子臊味。牛反刍的声音变弱了,好像也在闻那股味道。以后每过一会儿,那味道就重上一次。迷迷糊糊之中,繁花终于想到了,那是新鲜牛粪的气味。

二十三

嗨,人家以前是怎么说的?以前人们都说我是一枝鲜花插在牛粪上,这会儿倒是真的插上了。等她顺着栏杆出溜下去的时候,她的脑子还在转。过几天,等小红当上了村委主任,人们又该怎么说呢?其实小红才是鲜花,地地道道的插在牛粪上的一枝鲜花,红艳艳的,好看着呢。

天越来越冷,繁花的额头却越来越热。这期间县里开会,县上强调各乡各村的负责人都得到会,不能请假。雪石和繁奇就来征求繁花的意见,看派谁去合适。繁花说:"你俩谁去都行。"雪石说:"我老了,腿脚不方便,我就算了。"繁奇说:"我比雪石还大一个月零五天呢,他要跑不动,我就更跑不动了。"雪石说:"我耳朵聋,你耳朵也聋吗?"繁奇说:"对了,老弟,我不光耳聋,还眼花呢。"繁花不想听他们吵,就说:"那就派庆书去算了。"繁奇说:"庆书?你就不害怕那没脑子的家伙给你添乱?"繁花听明白了,他们是想让小红去的,但是张不开这个口。最后还是繁花自己说出来了。繁花说:"小红在村里当够了丫鬟,也该到外面当当丫鬟了。"

但小红没去,去的是庆书,是小红让庆书去的。庆书县上开完大会,电话就打回了官庄村委。说县上表扬巩庄村了,巩庄村吸引到外资了。哎呀呀,谁能想到呢,投资的人不是别人,竟然是孔庆刚,美国人就是孔庆刚,孔庆刚就是从大陆跑到台湾,又从台湾跑到美国的那个家伙啊。村里很快就传开了。有人骂庆刚不是东西,你是巩庄人"靠"出来的吗?不是嘛,明明是我们官庄人"靠"出来的嘛。你不回官庄,却去了巩庄,为什么?为什么呀为什么?不是数典忘祖又是什么?为了保护你娘的墓,小红奋不顾身跳到了墓坑里,差点被巩庄人活埋了,你知道不知道?啊?也有人说,庆刚是在美国学坏了,美国人本来就不是好东西,《新闻联播》整天都在说,他们今天欺负这个,明天欺负那个,手里有几个臭钱,烧得慌,就知道欺负人。靠他娘的,原来以为他们远在天边,谁知道他们就在眼前,这不,撒泡尿工夫他们就欺负到官庄人头上了。宪玉的看法比较特别,他是从生理医学的角度讲的。他说:"美国人因为身体好,所以经常胡乱搞。搞来搞去就搞到女权社会,只认娘不认爹了。庆刚在美国待久了,也就成了杂种了。"令文说:"宪玉,你说的我可不同意。庆刚是杂种吗?不是嘛。虽说寡妇门前是非多,可他娘生他的时候还不是寡妇嘛。就算他是杂种,他也是咱官庄人的杂种。庆茂你说说,他娘跟咱村哪个人有过那么一腿?"

庆茂说,我们是礼仪之邦,村里谁跟谁有过一腿?啊?没有嘛,从来没有嘛。所以,如果说庆刚是杂种,他也不是官庄人的杂种。他只能是巩庄人的杂种,他娘嫁过来的时候,肚子就已经大了。不过,庆茂话锋一转,又说:"当然,那个时候的人比较封建,这种事情是不可能发生的。所以,说来说去,庆刚还是地道的官庄人。至于人家为什么不给官庄投资,那就天知地知,你知我知了。反正啊,这煮熟的鸭子是飞掉了。"这时候,祥民开车过来了。他说,他是从巩庄回来的。他说他见到庆刚娘的坟了,瘦狗会搞啊,把庆刚娘的坟修得很排场,比曲阜的孔子的坟都排场。坟前有和尚念经,也有耶稣教的人念经,你念过一段,就到一边休息休息,我再念。祥民说,他看中一个耶稣教的人,那家伙口才很好,瘦狗说那家伙以前干过村长。祥民发誓,一定把他从北辕的教堂挖过来,弄到王寨。祥民还没说完,有人就骂开了瘦狗。说瘦狗不是东西,要不是瘦狗半路插一杠子,煮熟的鸭子能飞掉吗?谈到鸭子,最有发言权的就是养鸭养鹅专业户令文了。令文说:"煮熟的鸭子怎么能飞走呢?我经常煮鸭子,怎么从来没见过?说来说去,还是没煮熟嘛。"祥民说:"就是煮熟了,那也是替别人做的一道菜。靠他娘,我们都被巩庄人当菜吃了。"这些话最后还是传到了繁花的耳朵里。好多年了,繁花都没有哭过,但这一天繁花哭了,哄都哄不住。繁奇来看繁花的时候,见繁花还在哭,就说了一句:"繁花,你怎么像个女人似的。"繁花一下子不哭了。因为繁花愣住了,不知道哭了。繁花想,我什么时候不是女人了?我本来就是个女儿身嘛。繁花又哭了起来。

选举的前一天,县里的剧团来了,唱的就是《龙凤呈祥》。二毛也来了,二毛他们不在戏台上演,是在学校的操场上演的。繁花在家里挂吊瓶,母亲去看戏了,父亲领着豆豆去看二毛了,就殿军在家。殿军坐在床头给繁花削苹果,削着削着就把手指头割破了。殿军把苹果放下,用刀子削起了手指,繁花赶紧把刀子夺了过来。繁花现在知道了,殿军在外面受刺激了,大刺激,得赶紧去医院查查了。殿军又谈起了骆驼,说骆驼好啊,浑身是宝啊。以前繁花听到这话从来不接腔,但这一天繁花却顺着他的话,说:"对呀,给骆驼梳梳头,理理毛,打扮得漂漂亮亮的,让它当模特陪人照相啊。"

有人敲门,繁花拉开窗帘的一角,看清来人是小红和宪玉。小红手里牵着豆豆,豆豆手里举着一朵棉花糖。小红很大方,进了屋就坐上了繁花的床沿,还把繁花的手从被窝里拉出来,贴到脸上。"烧有点退了。"她对宪玉说。繁花一直在装睡,这会儿睁开了眼睛,很吃惊地说:"哟,你什么时候来的?你看,我也不能起来陪你说话。"小红的手指竖在嘴边,"嘘"了一声,说:"别说话,好好养着。你吓死我了。真悬啊,没让牛给踩伤,真是万幸。要是把你踩伤了,你非把繁新的牛全宰了不可。"这倒好,还没有上任呢,就不让我说话了。殿军在一边看着小红笑,笑得很瘆人。他还伸出了手,想摸摸小红头上的伤。繁花说:"殿军,你出去给小红倒杯水。"殿军往外走的时候,嘿嘿地笑个不停。宪玉看着殿军的样子,偷偷地摇了摇头。小红也笑了,不过那是对着繁花笑的,很慈祥,很有风度的。小红一只手握着繁花,一只手在繁花的手腕上按着,问宪玉:"这次换个手扎吧?"宪玉说:"那就换个吧。"繁花说:"不换了,反正又扎不死人。"

二十四

宪玉拿着针管,看看繁花,又看看小红,不知道该听谁的了。繁花把握在小红手里的胳膊抽出来,缩到被子里,让宪玉还扎原来的手。繁花对小红说:"雪娥她——"繁花话没说完,小红就虎起了脸:"七分靠治,三分靠养。听话,好好闭目养神。"繁花说:"我是说,雪娥她怎么钻到了那样一个鬼地方。"小红这次没有虎脸。小红用手抓住那个晃动的吊瓶,眼睛也看着吊瓶,说:"雪娥也真是狠心,扔下铁锁,也扔下一对姑娘,就那样藏起来了。"小红还是不认账啊。殿军端着水站在一边,说:"雪娥,大肚子。"繁花撵殿军走,但殿军不走,殿军还是那句话,雪娥,大肚子。小红终于解释了一下,说:"是人家夫妻两个商量出来的。这对夫妻,真是在一个罐子里尿的,想出来的主意都是臊的。"还是不认账,而且有点指桑骂槐了,再说下去可能就要翻脸了。这会儿宪玉扎完了针,行头还没有收拾完,就说:"我走了,待会儿再来。"繁花说:"你去看戏吧,殿军已经会拔针头了。"豆豆说:"我也会拔。"不知道什么时候,豆豆自己把毛衣毛裤都脱了,只穿了一个裤衩,在床边一扭一扭的。小红说:"哟,豆豆太聪明了,看了二毛的戏就学会走猫步了。"豆豆更得意了,来回扭着屁股走猫步,还一边舔着棉花糖。

繁花当然知道那是小红给买的。繁花就朝豆豆吼了一声:"你怎么拿别人的东西呢？平时是怎么教你的？说!"豆豆的舌头还吐在外面,都吓得忘记收回去了。繁花又喊:"说,我是怎么教你的？给我说一遍。"豆豆这才"哇"一声哭了出来,边哭边说:"谢谢,我不要,我家里有。"小红没劝繁花,也没有去哄豆豆。小红对殿军说:"那就看你的了。伺候好繁花,你就给村里立了功。繁花要是转成了肺炎、心肌炎,有个三长两短,我们可饶不了你。"繁花越听越别扭。倒不是怀疑小红咒她要得心肌炎,而是因为那个称呼。小红平时从来不直呼其名的,可这会儿开口繁花闭口繁花的,繁花真有点不习惯。小红刚出房间,繁花就把豆豆抱上了床。豆豆不哭了。但繁花一个巴掌下去,豆豆就哭了起来,殿军也跟着哭了起来。殿军的哭声像杀猪,豆豆的哭声像杀羊。繁花没哭,繁花不知道应该先哄哪一个,心里全乱了。

第二天选举的时候,繁花的烧已经退了。她没去会场,就坐在自家的院子里。村里的大喇叭好像刚换了个新的,声音很清脆,正放着庆书最喜欢的那首《北京颂歌》,那歌中唱着朝霞灿烂,巨人向前。家里的人都去投票了,连豆豆也跟着爷爷奶奶去了,家里只剩下了繁花和几只兔子。她听出来是牛乡长在主持会议。牛乡长代表王寨乡感谢上届村委为官庄村做出的巨大贡献,还特意表扬了"孔繁花同志",说她身上有一种精神,为了人民的利益鞠躬尽瘁的精神,这是官庄村干部的"传家宝"啊,不能丢。然后是演讲。最先演讲的是孟小红。孟小红平时只要站在大喇叭跟前,都是用普通话说话的,这会儿用的却是本地方言。孟小红重点提到了纸厂的改造。她说,纸厂放在官庄村,那是官庄的骄傲,是乡政府对官庄的信任。她表示要和乡领导紧密合作,一手抓生产,一手抓治污,两手都要硬。她的声音突然放低了,提到了她那死去的哥哥。她大概搞错了,竟然说哥哥就死于河水污染。她说,她比任何人都痛恨污染,所以请大家放心,她会下决心配合纸厂搞好治理。接着小红的嗓门又抬高了。说乡里已经同意了,纸厂将实行股份制,官庄村以一百万元入股,村里的各家各户也可以入股。小红特意提到,在外面工作的官庄人,已经有人提出入股了。小红提到了一串名字,其中有张石榴的丈夫李东方,李雪石的儿子李小双,孔繁花的妹妹孔繁荣。繁荣也入了股?繁花不敢相信自己的耳朵。小红说,纸厂将优先解决官庄村剩余劳动力的问题,也就是"吃完饭没事干"的问题。她,官庄村人民的女儿,要像孝顺自己家的老人一样,孝顺官庄村人民。然后是有人向她提问。繁花听出来了,提问的是李尚义。尚义说的是普通话,问的是计划生育问题。想起来了,尚义老师还是计划生育模范呢。小红先感谢了尚义老师一番,说尚义老师是"先天下之忧而忧",然后说,只要措施得当,相信村里的老少爷们儿,婶子嫂子姐妹们,都会理解她的。随后小红就举了一个例子,说雪娥虽然是医院检查出了错,怀孕不能怪雪娥,但雪娥还是非常通情达理,愿意配合组织,认真解决这个问题。小红说,在对待计划生育问题上,她一定要做到"你仁我义",那种"不仁不义"搞软禁的事,扒房的事,再也不会出现了。繁花的耳朵"叽叽"叫了两声,脑子里"嗡"了一下。接下来,祥民提到了火葬问题,本村人死了必须火葬,外村人死到了官庄该不该火葬,火葬费该谁拿。小红说,当然该死者家属拿。有人说,就是嘛,本村的人是人,外村人也是人,都是人嘛。接着传出来一阵打闹声,牛乡长只好插了一句,要大家冷静下来。小红说,前几天河里冲下来的那个人,现在已经火葬了,火葬费已经有人拿出来了。有人追问是谁拿的。小红说:"过几天,大家喝喜酒的时候,就什么都知道了。到时候不光要喝喜酒,还要吃烤全羊。"这一下,所有人都知道是李皓拿的了。繁花想,看来铁拐李也要进入村委了。

二十五

　　小红发表过演说以后,繁花正等着听庆书发表演说呢,乐曲声却响了起来。嘀,这就开始投票了?看来庆书也放弃竞选了。这次换了个曲子,是《解放军进行曲》,繁花双手给兔子择草,双脚却跟着那旋律打起拍子。那旋律一遍挨着一遍放,像狗咬尾巴似的首尾相接。后来,那乐曲声突然停了。小红又发表了演说,那自然是就职演说了。现在小红又改成了普通话。那普通话说得好啊,都有点像倪萍了,哗啦啦地就把观众的感情给煽起来了。但小红说了些什么,繁花却没有听清楚。因为有人在放炮,噼噼啪啪好一阵乱响,像过除夕似的。

　　别说,到了晚上,村里还真有点除夕的意思。各个路口的灯光都亮了起来,大喇叭里放一段戏曲再放一段相声,赵本山也出来了,又出来卖拐了。赵本山的拐刚卖出去,宪法又接上了。这就是实况直播了,宪法的二胡拉得很欢快,有些牛欢马叫的意思,都不像是二胡了。宪法正拉得起劲呢,小红突然在大喇叭里说话了,说从今天开始,村里的电费都由纸厂来出,在用电方面以后实行"按需分配"。繁花披着殿军的棉袄坐在院子里,想,明天我就把家里的灯泡换掉,都换成一百瓦的。繁花膝盖上跳动着一个毛线球,她正在给豆豆打毛衣。连任人民调解委员的繁奇坐在她旁边,夸她打得好。她说:"还好呢,多天不摸针线,手指头比脚指头都笨。哪天我得去问问裴贞,这胳肢窝怎么打。"繁奇对繁花的父亲说:"我看出来了,我这妹子做针线活也是好手。"繁花的父亲:"这庆书不是老想着给自己压担子的嘛,怎么还没压上,还是'专搞妇女工作的'?"繁奇"啧"了一声,说:"等下届吧。小红说了,她只干一届,然后就去纸厂当个普通工人。"繁花的父亲说:"你还是——?"话没说完,繁奇就懂了,知道这说的是自己连任的事。繁奇说:"老叔啊,我的亲叔啊,人家用我,那是阎王爷不嫌鬼瘦。"他说的"人家",当然是指小红。这话说得好,好就好在听不出来他是在骂小红还是夸小红。繁花的母亲说:"小红为啥要把雪娥藏起来呢?我老了,脑子转不过来这个弯。"繁奇摇晃着膝盖,哈哈笑了,说:"小红说了,雪娥那是在替纸厂看家,以后要补发工资的。"说完,繁奇又低声透露了一个消息:"雪娥的二闺女,就是那个亚弟,送人了,送给祥宁了。名字都改了,改叫令弟了。祥宁要搬到溴水住去了。"繁花心里"哦"了一声,想,我怎么没想到呢?好啊,这一下雪娥就可以生了,但愿她能生个小子。繁花说:"祥宁不杀猪了?"繁奇下巴一收,说:"你看你,杀猪嘛,哪里都可以杀。在溴水杀猪,更挣钱。"

  繁奇其实是来劝繁花入股的。谁都知道,只要官庄村不闹事,纸厂是一本万利,为什么不入呢?入了吧,繁荣都入了,你为什么不入呢?繁花问父亲,繁荣是不是真入了?老爷子说:"入了,我替她报名了。繁荣打来电话了,说姐姐终于可以给老孔家生个儿子了。"繁花想,繁荣这一下称心了,她不是总说我麻烦她丈夫,早晚会耽误她丈夫的前程吗?以后就不会麻烦人家了。繁花问:

"听说妹夫要当局长了?"繁花父亲说:"还没宣布呢。改天我找宪法算一卦。"繁奇说:"你看,局长夫人都入了股了,你还不入?"繁花心里想,我想入也入不了啊,我还得筹钱给殿军治病呢。繁奇给殿军递了一根烟,雪茄烟,说:"人心都是肉长的,到了这一步,我心里也不是滋味啊。好在繁花能想得开,不然我这张老脸都没处放。你说呢,殿军?"殿军没听懂,恶狠狠地说:"鸡巴毛,我要养骆驼了,骆驼皮可以做鞋。"繁奇说:"怪不得,都要当老板了,当然看不起这一点股份。"繁花突然想起了殿军为雪娥修补的那几双鞋。她让繁奇带给雪娥。手工费就免了。新补了几块皮子,换了两个鞋跟,一块皮子三元,一个鞋跟五元。雪娥要是手头紧张,也就算了。

街上传来一阵杂沓的脚步声。从门口望出去,繁花看见了小红、庆书和李皓。李皓手中捧着一张玻璃匾。繁花知道那是送给自己的。李皓一脚深一脚浅的,那块玻璃匾也就摇过来摇过去,像阳光下晃动的镜子。要是没有意外,匾额上题的应是"一花一世界"。快走到繁花家门口的时候,小红把那匾额接了过去,自己抱着。繁奇已经出门迎接去了,很匆忙的样子。有那么一会儿,繁花仰起了脸。灯光照不到的地方,天光幽暗而浩瀚。那脚步声越来越近,好像正从天上传过来,传过来。

历史也是现在进行时(代后记)

多年来,我一直试图与大众传媒保持距离。除了在文学杂志上发表作品,我很少参加大众传媒组织的活动。我当然知道,一个健康的公共空间的形成,离不开传媒的培育、参与和监督。但是,恕我直言,大众传媒日益强化的商业性质,又往往使人不能不对它保持必要的警觉。

正因为这个缘故,对长篇小说《石榴树上结樱桃》获得首届"华语图书传媒大奖",我感到非常惊奇。只是在获悉这是内地第一个由传媒举办的"非商业性"图书奖项之后,我的惊奇才变成了惊喜和不安。在商业性成为主流意识并且无孔不入的时代,我非常尊重这个奖项的"非商业性"。我把它看成传媒对自身价值的重估和矫正,看成传媒在两种性质之间进行的有意义的对话。

几年前,在写作《花腔》的时候,我关注知识分子在现代性的旅程中所遇到的困难。我真切地意识到历史不仅是过去时,它也是现在进行时和未来时,是我们的现实和梦想。《石榴树上结樱桃》是我的第二部长篇小说,它讲述的是20世纪90年代以后乡土中国的历史性变革,关注的是在这场历史性变革中,乡土中国可能遇到、已经遇到的诸多困难。但是,我不认为它仅仅是一部描述乡村生活的小说。如果我们承认,我们生活在同一个公共空间之内,那么这些故事就是我们自己的故事。我曾对一个认为自己与乡村无关的高级知识分子说,你住在中国的城市也好,住在美国的城市也好,只要你不是住在月亮上,发生在中国乡村的那些"悲喜剧"都会影响到你的生活,你现在的和未来的生活,除非你认为自己没有未来。不过,住在月亮上就与乡村无关了吗?果真如此,那个月亮肯定不是中国的月亮。

公共立场和专业品格,揭示了"知识分子"这个词的基本含义。知识的零碎化和专业性的强化,虽然是现代社会的必然要求,虽然是这个时代的饭碗的要求,但它并不意味着知识分子要放弃对社会的关注。恰恰相反,知识分子应该从自己的专业出发,去细心、耐心地营造一个健康的公共空间。这是一个互动的关系,如同小溪奔向大河,大河又化为无数溪流。我承认,也不得不承认,文学和别的人文学科可能从来没有像今天这样边缘化,它可能还会更加边缘化。但是边缘并不意味着空缺,并不意味着放弃,并不意味着怨恨和意气用事。

面对如此错综复杂、如此含混暧昧的现实和语境,如何在公共生活和个人的内在经验之间建立起有效的联系,并用文学的方式对此进行准确有力的表达,对所有写作者来说,可能都是一项极富挑战性的工作。我能够理解同行和读者对《石榴树上结樱桃》的赞誉或者非议。对我来说,我必须承认,也乐于承认,我自己的写作其实才刚刚开始。我还有许多故事没有讲述,还有许多想法没有表达,还有很多困惑没有与读者交流,还有许多美好的想象需要与大家一起分享。所以,我感谢初审评委和终审评委,我更愿意把这个奖项看成评委们对我的宽容、鼓励和期待。其他几位候选人的作品,我都曾认真拜读,他们的作品有很多都已经是文学史上的重要篇章,对我以及我的同代人都产生过重要的影响,在此我也向他们表示感谢。同时,我也要真诚地感谢《新京报》和《南方都市报》为"非商业性"的华语图书的健康发展所做的贡献。

2005 年 3 月 5 日

(本文为作者获首届"华语图书传媒大奖·文学奖图书奖"受奖词。)